Les enfants de l'hiver

Gilbert Bordes

Les enfants de l'hiver

ÉDITIONS FRANCE LOISIRS

Édition du Club France Loisirs,
avec l'autorisation des Éditions XO

Éditions France Loisirs,
123, boulevard de Grenelle, Paris
www.franceloisirs.com

ISBN : 978-2-298-03411-0

— Les enfants, où sont les enfants ?

Une rafale de mitraillette crépite. La montagne l'amplifie. Puis le silence. Immense. Écrasant. Une femme crie. Des hommes parlent en allemand, aboient des ordres.

— On veut les enfants !

— Il n'y a pas d'enfants ! dit Loïc, dont les intonations du Midi chantent dans le silence revenu. Nous sommes montés ici comme chaque année pour prier la Vierge des neiges.

— Ah bon ? vous priez ? Vous n'étiez pas à la tête des terroristes qui ont attaqué le convoi entre Foix et Vicdessos ? Huit de nos camarades ont été tués, quatre camions détruits avec le matériel qu'ils transportaient, et les enfants, hein, les enfants que vous avez enlevés, où sont-ils ?

— Je ne sais pas de quoi vous parlez.

— Les six enfants que nous transportions à notre centre de Toulouse. Tous fils de ceux que vous appelez des résistants... On sait que vous les avez emmenés ici pour les cacher en Espagne. Cela ne vous dit rien ?

— Non.

Loïc Stinger fait face, résigné. Des mèches grises bougent sur son crâne dégarni. Il n'a pas eu le temps de chausser ses lunettes et cligne des yeux vers de vagues silhouettes qui s'agitent devant lui. Pourtant, il garde la tête haute et joue la surprise avec une seule pensée : ne pas trahir la peur qui le dénoncerait.

— Non ? hurle l'officier. C'est toi le chef des bandits qui ont attaqué notre convoi ! On t'a reconnu.

Les six SS pointent leurs armes sur Loïc, sa femme et Marcello, le contrebandier. Le vent court d'un sommet à l'autre, des oiseaux de proie observent la scène, très haut au-dessus de la vallée bleue.

— Où sont les enfants ? braille encore leur chef. La femme de *La Reine des neiges* a parlé.

Ce n'est pas possible. Léa Bucher, qui tient le bistrot *La Reine des neiges* à Vicdessos, n'a pas trahi. C'est chez elle que se retrouvent les résistants du réseau Montesquieu. Elle qui a récupéré les enfants après l'attaque du convoi et qui les a gardés jusqu'à ce que Loïc, Jocelyne et Marcello viennent les chercher pour les emmener en Espagne.

Les Allemands les ont surpris en fin d'après-midi alors qu'ils se préparaient à passer la nuit au refuge. Ils les ont placés contre le mur, la femme entre les deux hommes, et les menacent en pointant les canons sur leur poitrine.

Minuscule, les cheveux noirs tirés en un petit chignon à l'arrière du crâne d'où s'échappent des plumes de corbeau, le visage livide, Jocelyne ne réussit pas à contenir les tremblements de son corps. Près d'elle, à peine plus grand, Marcello darde un regard d'animal sauvage sur les Allemands. Un peu bossu, une figure de renard, des yeux légèrement bridés pleins d'une lumière froide sous un béret qu'il ne quitte jamais. C'est un homme de la montagne, pas plus français qu'espagnol, un de ceux qui connaissent tous les chemins secrets entre les pics, passent leurs marchandises au nez des douaniers, et gagnent leur vie en hors-la-loi.

Les SS ont vite compris qu'ils ne tireront rien de lui et s'en prennent à la femme qu'ils sentent prête à flancher.

— Et toi, qu'est-ce que tu sais ?

Jocelyne secoue la tête. Des images défilent à toute allure devant ses yeux : les six enfants rassemblés dans un abri de berger à Vicdessos, une fillette malade, un garçon de douze ans et quatre adolescents, la montée jusqu'à l'Oustal, le refuge que certains appellent la maison du diable, d'où Marcello devait les conduire en Espagne.

— Parle. Où sont-ils ?

— Je ne sais pas ! Je n'ai pas vu d'enfants.

Ses yeux croisent ceux de son mari qui n'a pas bronché. Sa résignation la terrifie et la révolte. Jocelyne se sait lâche, capable de supplier, de trahir pour rester en vie. Son esprit, figé par la menace du canon pointé sur ses seins, lui impose d'horribles mensonges qu'elle ne peut pas refouler. Gagner quelques secondes, retarder l'instant ultime.

— C'est lui ! murmure-t-elle en désignant Loïc.

Le canon se déplace de quelques centimètres.

— C'est lui quoi ?

— C'est Loïc qui a voulu monter ici pour... pour...

Avouer une faute futile pour cacher la vérité et attirer la clémence des SS. Jocelyne s'enfonce dans cette brèche avec l'imagination du désespoir.

— On est montés avec Marcello pour aller chercher du tabac et du café en Espagne.

— Je vois : de la contrebande !

— Qu'est-ce que tu racontes ? murmure Marcello.

Un coup de feu. Un seul. Marcello pousse un cri, une horrible grimace met à nu ses dents noires déchaussées. Il lance les bras, tourne sur lui-même et s'écroule. Le tireur rit de ce pas de danse avec la mort.

— Voilà ce qui t'attend ! menace-t-il en s'adressant à Jocelyne. À moins de parler.

Son voisin dit quelque chose en allemand; une expression cruelle allume son regard. Derrière cette lueur froide se devine un désir de torture, de cris et de sang.

Loïc prend Jocelyne dans ses bras. Puisqu'il faut mourir, autant que ce soit tout de suite. À deux, la mort semble moins difficile à affronter. Il se tourne vers les SS. Ses paupières battent, il grimace face à la lumière intense.

— On fait un peu de contrebande, c'est vrai, avoue-t-il, en espérant que les bourreaux, qui subissent eux aussi les privations, seront intéressés. On peut tout avoir, des chaussures de luxe, des parfums, des vêtements en soie...

Il pense aux six enfants.

Les SS y pensent aussi. Ils ont fouillé le refuge de fond en comble, la petite chapelle, rien. Leur but est quand même atteint : seuls dans la montagne, le froid, les loups et la faim auront vite raison de cette poignée de fugitifs.

Un vent gelé vient de se lever. De gros nuages roulent d'un sommet à l'autre, annonçant la neige.

Les SS discutent, visiblement en désaccord. Un seul reste planté face à Loïc qui étreint toujours sa femme. Les autres font une nouvelle fois le tour du refuge, entrent dans une sorte de hangar en bois. Deux chèvres, l'une rousse et l'autre blanche, s'enfuient quand ils ouvrent la porte. À quelques pas, depuis une pente herbeuse un âne les regarde, les oreilles pointées vers eux, puis va se cacher derrière un tertre rocheux.

Le hurlement du vent fracassé contre les rochers surprend les SS, qui tournent vers les cimes des regards inquiets. Ils savent qu'à l'Oustal la clémence du temps ne dure pas. L'été n'y fait que de brèves incursions. C'est le domaine de l'hiver, du gel qui fend les rochers, du blizzard, de la neige. Isolé dans la montagne, dernier refuge avant l'Espagne, l'endroit n'est accessible que par une passerelle jetée au-dessus du précipice, un lien fragile avec la vallée.

— Tu ne veux pas parler ? Pour la dernière fois, où sont les enfants ?

Le silence se répercute d'un sommet à l'autre. Une bourrasque soulève les cheveux gris de Loïc.

Puis une nouvelle rafale de pistolet-mitrailleur… Loïc et Jocelyne s'écroulent. Des cris stridents se mêlent à l'écho.

L'âne brait à proximité. Les hommes le cherchent du regard, mais ne le trouvent pas.

— Cette fois, conclut un des SS, l'organisation terroriste Montesquieu n'a plus de chef ! Le réseau sera vite démantelé.

— Bon, rétorque un autre, ça, c'est fait, maintenant, faut récupérer les mômes.

— On s'en fout !

— Notre mission était claire : ne pas laisser échapper les enfants.

— Qu'est-ce que ça peut faire ? dit l'un d'eux. Ici, personne ne viendra les chercher et ils n'ont aucune chance de s'en tirer.

Finalement d'accord, ceux-là s'engagent dans le sentier tortueux que des générations de contrebandiers ont délimité entre les lourds rochers que l'on devine prêts à dévaler la pente, comme retenus par de simples brindilles. Le monde est en équilibre sur un fil. Le moindre caillou dérangé surprend dans ce silence minéral aussi vieux que l'univers. Les deux SS restant entrent successivement dans le refuge et la chapelle, puis rejoignent les autres en courant. Des explosions retentissent. Les toitures et le clocher volent en éclats. Il ne reste plus rien de l'Oustal, hormis le petit hangar miraculeusement intact.

Les SS arrivent au bord du profond canyon que les gens d'ici appellent la rigole du diable, une cassure longue de plusieurs kilomètres qui sépare l'Oustal de la vallée. La limite du monde habitable. La passerelle de planches et de câbles en acier se balance au-dessus du précipice. Il y a bien un autre passage, quelque part en amont du Blaset, mais ceux qui le connaissent n'en parlent pas : lorsque les douaniers surveillent les chemins habituels, ils peuvent ainsi leur échapper et acheminer les marchandises.

Les SS s'engagent sur le pont avec appréhension. Les câbles détendus par des années d'usage, les planches pourrissantes rendent le moindre faux pas mortel. Entre ciel et précipice, la passerelle plie sous le poids des soldats, qui évitent tout mouvement brusque. Cinquante mètres séparent les bords de la faille, plus qu'il n'en faut pour trébucher. Le vent pique les visages et mord les mains.

Enfin de l'autre côté, rassurés, les hommes se regardent en riant, puis se tournent vers l'immensité du massif. Si les enfants sont restés là-haut, ils n'ont aucune chance de survivre. Il ne reste plus qu'à les empêcher de regagner la vallée, et leur mission sera accomplie.

Ils ont tout vu.

Terrés dans une grotte dont seul Marcello connaissait l'entrée, six garçons et filles se pressent en tremblant les uns contre les autres. Par une fente dans le rocher, ils ont vu les SS pousser Loïc, Jocelyne et Marcello contre le mur. Ils ont vu Marcello touché en plein cœur faire un tour sur lui-même, puis le couple enlacé exécuté à bout portant. Ils ont entendu les cris de la mort et le silence des sommets. Leur cœur éclate à chaque battement dans une douleur qui les brûle tout entiers.

Le temps s'est figé dans l'horreur, depuis leur départ du lycée réquisitionné, où s'entassaient des centaines de personnes rassemblées là avant d'être transférées dans des camps en Allemagne. Des SS sont venus les chercher, les ont fait monter dans un camion qui est parti au milieu de la nuit. Ils se sont serrés les uns contre les autres, tremblants de peur. Le bruit du moteur était tel qu'ils n'ont pas entendu les rafales de mitraillette. Après une embardée, le camion s'est arrêté dans un champ. Des cris perçaient le grondement de la fusillade. Des hommes qui portaient une cagoule ont fait descendre les enfants. Ils ont couru dans le champ, ils sont montés dans un autre véhicule qui est parti sous la mitraille. Ils sont arrivés à *La Reine des neiges*, un bistrot au pied de la montagne. Le beau sourire de Léa Bucher les a rassurés. Elle leur a donné à manger et à boire...

Des graviers se détachent du plafond dans un bruit de grêle. Puis un filet d'eau qui court sur la paroi se fait entendre à son tour. Ils ouvrent les yeux. Des détails sortent de la pénombre. Une lueur naît des rochers, suffisante pour se diriger.

— Ça chlingue !

Christophe, l'adolescent qui vient de chuchoter, se pince le nez. Il repousse un autre garçon, plus jeune que lui, très brun, portant d'épaisses lunettes.

— Tu pues !

— Mais c'est pas ma faute ! réplique le garçon aux lunettes en avançant d'un pas, plié en deux, les mains sur le ventre.

Matthieu bondit, le rattrape et le ramène de force.

— Reste là ! lui ordonne-t-il.

Humilié, Joachim se cache derrière un rocher. C'est la première fois que la peur lui fait ça. Il sent vraiment mauvais. La jeune fille regarde les sacs posés au fond de la grotte puis se tourne vers Matthieu. À seize ans, le garçon a un regard d'adulte. Ses gestes lents et mesurés inspirent confiance aux autres, qui ont tant besoin de quelqu'un pour les diriger. Ses paroles aussi. Il semble imperméable à cette peur liquide qui a l'odeur du pantalon de Joachim.

— Ce silence, murmure Marie-Hélène. Je me demande si...

— On n'entend rien depuis plus de deux heures, renchérit Matthieu. Il faut faire quelque chose.

— Viens, Joachim, propose la jeune fille. Tu vas te laver et te changer.

Tout à coup, une voix gronde :

— Mais taisez-vous, nom de Dieu ! Ils sont toujours là !

C'est encore Christophe, qui regarde dehors par une fente entre les rochers. Un grand adolescent aux cheveux blonds frisés, au visage osseux, au regard incertain.

— J'ai vu bouger quelqu'un, là, derrière ce monticule ! Ils vont finir par nous trouver.

Ils se taisent, retiennent leur respiration, tendent l'oreille. Au bout d'un long moment, Matthieu s'étonne :

— C'est bizarre !

Il se tourne vers les autres pour les prendre à témoin.

Christophe scrute encore l'extérieur.

— Ils ont dû partir ! fait-il en se déplaçant d'un pas mal assuré vers le centre de la grotte. À moins qu'ils ne se soient cachés pour nous tirer comme des lapins dès qu'on sortira.

Il se tourne vers Séverine, une blondinette de dix ans au visage maigre, aux grands cheveux en désordre, qui tousse tout le temps. Recroquevillée dans un coin, la fillette darde vers lui un regard fatigué de bête traquée. Immobile pour passer inaperçue, elle ose à peine respirer.

— Je vais aller voir ! décide Matthieu en se dirigeant vers la sortie.

— Tu déconnes, intervient Christophe. Que tu ailles te faire tuer, c'est ton affaire, mais en te voyant sortir, ils sauront qu'on est là, alors, tu restes !

Christophe s'est placé devant Matthieu, les bras écartés, comme un coq qui s'apprête au combat.

— Tu as peut-être raison, répond Matthieu, cependant, on ne peut pas se cacher ici une éternité.

Le silence retombe. Derrière un rocher, près de la source, Joachim s'est nettoyé tant bien que mal. Il a trouvé un pantalon de rechange dans son sac et constate qu'il est un peu court. Il revient vers le groupe, ajuste ses grosses lunettes.

Matthieu se hisse sur le rebord de la grotte et regarde au-dehors par une trouée en hauteur. Il voit d'abord les flammes qui coiffent les ruines de la chapelle, puis sa vue plongeante s'arrête sur de lointaines silhouettes noires se dirigeant vers le canyon. Les Allemands ?

— Ils sont partis, dit-il en sautant de son perchoir et en se dirigeant de nouveau vers l'extérieur.

Cette fois, Christophe ne cherche pas à l'arrêter.

La sortie est cachée par de gros rochers qui l'ont dissimulée aux regards des Allemands. Matthieu s'aventure à découvert. La nuit approche. Les poutres du clocher s'effondrent dans le brasier de la chapelle avec un bruit que la montagne amplifie. À côté, le refuge n'est plus que ruines fumantes, ses murs dressés dans la clarté de l'incendie ont quelque chose de choquant, une nudité qui révolte. La forte odeur de suie qui épaissit l'air immobile dessèche la gorge.

Prudent, il fait quelques pas, regarde les trois corps étendus sur l'herbe, Marcello, grimaçant, le visage vers le ciel, puis Loïc et Jocelyne, enlacés pour toujours. La mort est là, la mort injuste de la guerre. Matthieu n'ose plus bouger.

Christophe reste un peu en retrait. Des tremblements agitent son grand corps maigre. Il claque des dents, incapable de faire un pas de plus. Sans un mot, Matthieu fait demi-tour, passe devant lui et retourne à la grotte.

— Loïc, Jocelyne et Marcello sont morts.

Tous le savent. Mais l'entendre les contraint à prendre en compte une réalité qui les dépasse.

— On ne peut rien faire ici ! dit Christophe. On partira demain. On connaît le chemin pour redescendre à Vicdessos. En attendant, personne ne doit quitter la grotte. La montagne est dangereuse.

Matthieu lui jette un regard qui n'échappe pas au grand adolescent.

— Je suis savoyard, dit-il pour se justifier. J'ai passé mes vacances avec mon grand-père qui est berger. Je sais de quoi je parle.

Joachim grelotte en serrant contre lui son étui à violon. Ses cheveux plaqués à la manière des adultes le vieillissent. Il dit d'une voix sombre, monocorde, presque inquiétante :

— Il ne faudra pas retourner au village. Les Allemands auraient tôt fait de nous mettre la main dessus !

— Il n'a pas tort, ajoute Marie-Hélène.

Séverine tousse. Christophe s'assoit près d'elle et l'attire contre lui avec des gestes maladroits.

— Elle est très malade, dit-il en levant ses yeux bleus vers les autres.

— C'est ta sœur ? demande Matthieu qui a remarqué que le grand garçon ne quitte pas la fillette depuis leur départ de Vicdessos.

— Non, mais c'est tout comme.

Dans le silence revenu, ils entendent un bruit inquiétant. Des pas réguliers. Des cailloux qui roulent.

Ils se regardent, la bouche entrouverte, figés, les yeux ronds de terreur.

— Ils sont là !

C'est Jeanne, la jeune fille aux cheveux courts, qui a parlé du bout des lèvres. Une voix basse qui n'est pas ordinaire.

Les pas se rapprochent. De nouveau, le temps s'est arrêté.

Le silence hérisse ses épines. Les cœurs martèlent les poitrines. Le sang cogne aux tempes. Matthieu grimpe sur le rocher devant l'entrée et tend l'oreille. L'incendie de la chapelle décroît peu à peu. À travers les crépitements, il entend nettement le bruit régulier de pas qui heurtent les cailloux. Christophe finit par se hasarder dehors. Deux gros yeux blancs le regardent dans la nuit ; il pousse un cri et reconnaît la silhouette de l'âne.

— Qu'est-ce qu'il m'a foutu la trouille ! s'exclame-t-il, fier malgré tout d'avoir identifié le bruit.

La présence de l'âne les rassure. Ils éprouvent tout à coup le besoin de se rapprocher les uns des autres. Joachim serre contre lui sa boîte à violon et se croit obligé de préciser :

— C'est ma mère qui a voulu que j'apprenne la musique.

— Moi aussi, j'ai fait un peu de musique, ajoute Matthieu. Du piano, mais je n'aimais pas ça.

— Il faut dormir, dit Christophe en pressant Séverine contre lui. On partira demain au lever du jour.

Joachim lui jette un regard plein d'une peur qu'amplifient ses épais verres de lunettes.

— Je sais, on risque de se jeter dans la gueule du loup, dit Matthieu. Mais on sera prudents. Il nous faut la journée pour descendre. On attendra la nuit pour aller frapper à la porte de *La Reine des neiges*.

Personne ne trouve à redire. Ils pensent aux trois cadavres et se pressent dans le coin le plus reculé de la grotte, près de leurs sacs. Séverine, qui a supporté sans une plainte le feu de sa poitrine, somnole, la tête posée sur les genoux de Christophe. Les autres veillent, attentifs au moindre bruit. De temps en temps, Matthieu regarde Marie-Hélène. Depuis qu'ils sont ici, il ne voit qu'elle parce qu'elle est la plus grande, mais aussi parce qu'il la trouve belle et qu'elle ressemble d'une manière difficile à définir à cette autre fille qu'il a connue au printemps dernier.

Christophe, les cheveux en broussaille, examine les autres. La jeune fille assise dans un coin, un peu en retrait du groupe, l'intrigue malgré lui. On ne l'a presque pas entendue depuis le départ. C'est une petite brune de quinze ans aux cheveux courts, au regard qui brûle, à la poitrine de femme qu'elle cache sous son manteau. Discrète, elle reste en retrait.

Joachim pose ses lunettes et les range dans son étui à violon qu'il presse contre lui.

— J'ai toujours peur de les casser, précise-t-il. Sans elles, je suis incapable de faire un pas.

Christophe remarque ses petits yeux de myope à la lumière imprécise. Un curieux garçon, pense-t-il. Le plus jeune sûrement et, pourtant, il ressemble à un vieil homme. Il marche légèrement voûté, comme l'horloger de la rue Blanche, à Lyon, que Christophe croisait chaque matin ; ses cheveux plaqués sur la tête ajoutent à son visage blême une austérité qui ne donne pas envie d'aller vers lui. « C'est sûrement un Juif ! » pense le jeune homme.

Il grimace. Le silence oppressant met son âme à nu, découvre la véritable nature d'une haine derrière laquelle il s'abrite depuis le début de sa cavale. Il pense à son père qui lui a enseigné la générosité et la justice, qui a sacrifié sa liberté et probablement sa vie pour les autres. Il caresse la joue de Séverine, endormie enfin, la bouche entrouverte. Un filet de bave coule au coin de ses lèvres. Pauvre fillette que la tuberculose ronge et emporte inexorablement. Le grand-père de la malade, le vieux Parthinot, qui se traînait avec sa jambe de bois, travaillait à l'imprimerie depuis le premier jour. Un homme au caractère irascible, toujours de mauvaise humeur, toujours pestant contre quelqu'un ou quelque chose. Le père de Christophe l'aimait. Les deux hommes ne passaient pas une journée sans se disputer, mais ne pouvaient se passer l'un de l'autre. Parthinot était seul depuis la mort de sa femme. Sa fille vivait avec un ouvrier teinturier, ivrogne et violent. Elle travaillait dans un hôtel malfamé de Lyon. Séverine supportait les colères de l'alcoolique et la faiblesse de sa mère. En 1943, Parthinot a récupéré la gamine qui commençait à cracher le sang. Quand les Allemands sont arrivés dans l'usine, c'est lui qui a sauvé Christophe. Non, Séverine n'est pas sa sœur, mais elle fait partie de sa famille.

Matthieu vient de se lever et se dirige vers la sortie. Il lance un regard furtif à Christophe en passant devant lui.

— Où tu vas ?

Matthieu ne répond pas. Il sort et revient quelques instants plus tard reprendre sa place. Dans le silence de la nuit, l'adolescent laisse aller son esprit au hasard des cauchemars qui le hantent. Le bruit, les éclats de voix, les cris de douleur, le claquement des armes. La fin de ce qu'il croyait indestructible. La suprématie de la famille Leiman sur le commerce des vêtements dans le Sentier. La pieuvre que gérait son père par l'intermédiaire de ses frères et cousins n'a pas échappé longtemps aux gens de la Gestapo. Isaac croyait que tout s'achetait, même sa liberté. Il s'est trompé. Son erreur a été de sous-estimer les convictions de l'ennemi. Leur grande maison de la rue de Seine a été réquisitionnée par un commandant d'armée qui s'y est installé avec sa maîtresse. Le clan Leiman n'existe plus ; ses membres, arrêtés en quelques heures, ont été déportés ; les magasins, fermés. Matthieu a réussi à se cacher lorsque les hommes armés sont entrés chez lui et se sont emparés de sa mère. Il s'est terré dans une cave pendant plusieurs jours. Un ami de la famille est venu le chercher. Et puis, le départ de Paris en pleine nuit, caché sous le siège d'une voiture aménagée pour le transport interdit de la viande, les heures immobile à supporter les douleurs de ses membres et le bruit assourdissant du moteur...

Il parcourt des yeux les visages fermés, s'arrête sur celui de Marie-Hélène. Est-elle juive ? Quelle importance ?

Derrière ses paupières closes, Marie-Hélène se sent comme brûlée par le regard de Matthieu. Son expérience lui a appris à se méfier des garçons, à ne pas écouter leurs boniments et surtout à fuir ceux qui lui plaisent. Alors, elle s'en veut de trouver le jeune homme beau, de le chercher dès qu'il s'éloigne.

Premier jour

Le soleil se lève. Matthieu, qui a des fourmis dans les jambes, fait quelques pas. Il secoue les épaules, mime un mouvement de boxe. Les autres se dressent à leur tour, comme s'ils attendaient un signal pour bouger, pour reprendre contact avec la réalité. Le jeune homme se glisse entre les rochers de l'entrée. L'air froid lui pique le visage. Il a mal à la tête, ses paupières sont lourdes, son estomac gargouille.

Après avoir longuement écouté le silence de la montagne, il s'aventure à découvert dans une intense lumière. Les ruines de la chapelle fument encore, mais tout autour, il n'y a que du blanc. Vierge de toute trace. Matthieu fait demi-tour pour annoncer cette incroyable nouvelle aux autres.

— La neige ! dit-il à Christophe qui le rejoint, les mains au fond des poches.

Rien ne bouge dans un éblouissement qui aveugle.

— Ouais, la neige, maugrée Christophe.

Ils marchent vers les ruines. Devant le mur, les trois monticules blancs des cadavres les arrêtent. Ils se découpent dans toute leur monstruosité.

— Pourquoi ? questionne Christophe.

Il s'adresse à lui-même. Pourtant, Matthieu se sent obligé de répondre en formulant autrement la même interrogation :

— Quel mal avaient-ils fait ?

— Aucun. Mon père dit que le profit est à l'origine de toutes les guerres.

Christophe éprouve le besoin de parler de son père, de se différencier de ce garçon qui fait plus vieux que lui et qui a une tête de fils de bonne famille.

— Qu'est-ce que tu racontes ?

— Que les ouvriers se font toujours trouer la paillasse pour les riches.

— Je ne sais pas si tu as raison, mais je sais qu'on ne peut pas laisser arrêter les Juifs comme s'ils étaient des malfaiteurs.

— Pourquoi ? Tu es juif, toi ?

— Oui, je suis juif et aussi français !

Christophe fait une grimace, serre les dents.

— Mon père cachait des Juifs dans son imprimerie à Lyon. C'est lui qui faisait le journal de la Résistance. Un de ces pourris, pour acheter sa liberté, l'a dénoncé. Alors, tu comprends que...

— Il y a des salauds partout ! répond Matthieu en se dirigeant vers le hangar.

L'âne s'en échappe, s'arrête à bonne distance, tourne sa longue tête vers les deux garçons. Puis il s'approche du cadavre blanc de Marcello et se met à braire, une sorte de grincement puissant et lugubre.

— Pauvre bête, dit Christophe. Il me fait pitié.

Joachim et Jeanne les rejoignent. La présence de l'âne les rassure un peu. Cet animal nerveux les relie au restant de l'humanité. Au moment de quitter le village, ils ont entendu Marcello lui dire : « Mon bon Marteau, tu as la tête dure, toi, mais tu comprends qu'il faut s'occuper de ces malheureux ! » Ils se disent que l'animal, avec ses gros yeux et ses oreilles toujours en mouvement, peut voir et entendre ce qui leur échappe parce qu'il est d'ici.

Ils font le tour du refuge, s'arrêtent de nouveau devant les masses des cadavres, incapables de leur tourner le dos, de penser à autre chose. Le soleil glisse entre les pans de la montagne et les éblouit.

— Qu'est-ce qu'on peut pour eux ? murmure Christophe.

— Beaucoup, répond Joachim. Il faut les enterrer et prier !

— Tu parles drôlement, toi ! ricane Christophe. Ton père est rabbin ?

— Non, mais il m'a ouvert les yeux sur la bêtise !

Christophe, qui ne trouve rien à répondre, éclate d'un rire forcé et se détache du groupe, toujours gêné par l'intense lumière de la neige.

— Oui, il faut les enterrer, insiste Joachim. C'est Dieu qui l'ordonne parce qu'ils l'ont bien servi.

— Dieu ! s'exclame Christophe. Franchement, s'il existait, il y a bien longtemps qu'on le saurait !

— Je te plains, répond Joachim en tournant vers lui ses épaisses lunettes.

— Tu peux et je m'en fous ! se moque encore Christophe. Dieu, c'est une belle invention des riches pour que les pauvres croient au paradis qui les attend s'ils acceptent de souffrir sur Terre !

L'impression d'avoir dit une sottise, une de ces répliques grossières que les ouvriers de son père échangeaient souvent dans les ateliers, arrête le jeune homme. La souveraineté de la montagne et surtout la présence de la mort posent de nouvelles questions aux réponses fortes d'un sens dont personne ne lui avait parlé.

Le vent s'est levé, très froid. Ils retournent à la grotte en frissonnant.

Christophe lève les bras et demande qu'on l'écoute.

— Marcello a monté des provisions sur le dos de l'âne. C'est moi qui ai déchargé les sacs !

Une plainte l'interrompt. Les regards se tournent vers Séverine. Christophe a couvert ses jambes nues avec un de ses pulls. La malade a beaucoup toussé durant la nuit, une toux qui rappelle à Marie-Hélène sa tante, elle aussi tuberculeuse.

— J'ai m... m... mal !

Christophe prend la main de la fillette et la presse contre lui. Les autres restent pétrifiés face à une douleur contre laquelle ils ne peuvent rien. Christophe décide :

— Le vent s'est levé. Le temps risque de se gâter. Il peut tomber des mètres de neige qui nous coinceraient ici. Il faut descendre tant que c'est possible.

— J'ai peur, marmonne Joachim.

— On s'en fout, s'emporte le jeune homme. Personne ne t'empêche de rester ici.

— Tu n'as pas à lui parler comme ça, proteste Jeanne en se dressant devant Christophe. On est tous sur le même bateau.

La jeune fille fait face au grand adolescent. Sa petite taille n'enlève rien à son autorité naturelle. Elle a le regard ferme des gens forts. Elle tourne vers les autres son visage de petit garçon. On la croyait effacée, extérieure au groupe et voilà que sa seule présence suffit à l'imposer.

— Christophe a raison, il faut s'en aller !

— Allons récupérer les provisions, propose Christophe. Elles devraient être dans le hangar si les Allemands ne les ont pas emportées.

Pensif depuis un moment, Matthieu s'écrie :

— Stop ! On ne peut pas y entrer.

— Qu'est-ce que tu racontes ? demande Christophe.

— Les Allemands sont entrés dans la chapelle, puis dans le refuge et enfin dans le hangar. La chapelle et le refuge ont explosé ! Réfléchissez deux minutes !

— Tu as raison, c'est bourré d'explosifs là-dedans ! fait Christophe.

— Alors, tant pis, poursuit Matthieu. On se passera des provisions. On va descendre.

Ils vont chercher leurs sacs au fond de la grotte. Séverine est prise d'un brusque accès de toux. Les larmes roulent sur ses joues livides. Cassée en deux, les cheveux devant la figure, la fillette étouffe, soutenue par Christophe qui lui tapote le dos.

— Viens ici. Je vais te couvrir les épaules avec mon gilet.

Il aide la malade à s'asseoir sur une pierre plate. La toux se calme. Un peu de sang macule ses lèvres. Marie-Hélène lui prend la main.

— Attendez, dit la jeune fille. On va manger, ça nous donnera des forces.

Les autres lui lancent un regard curieux. La jeune fille ouvre son sac et en sort deux paquets de biscuits.

— C'est la dame de *La Reine des neiges* qui me les a donnés pour le voyage. Autant les manger tout de suite.

Elle distribue les gâteaux secs. Séverine n'en veut pas.

— Faut faire un effort, insiste Marie-Hélène d'une voix pleine d'autorité bienveillante. Si tu ne manges pas, tu ne pourras pas tenir longtemps. Je vais te chercher à boire.

La fillette se force à mâcher un biscuit.

Dehors, ils clignent des yeux à la lumière intense, passent devant les cadavres en détournant la tête. Pourtant, au bout de quelques mètres, Marie-Hélène se tourne et fait un signe de croix.

— Tu as bien du temps à perdre, bougonne Christophe qui marche devant la jeune fille.

— C'est pas perdre du temps de prier pour eux. Ils sont morts pour nous et ils sont là, dans la boue, comme des chiens.

— C'est vrai, admet le jeune homme à court d'arguments.

La neige fond rapidement, découvrant les corps figés, les visages tournés vers eux, les bouches immobilisées dans un rictus de chien qui veut mordre. À la terreur qu'ils éprouvent près de ces corps dont ils ne peuvent détacher leurs regards s'ajoutent du dégoût et de la tristesse, une horreur qui ne peut pas s'exprimer par des larmes ou des sanglots, qui donne envie de vomir. Leur silence révèle l'ampleur de leur désarroi.

— Il ne faut pas les laisser comme ça ! dit Jeanne.

Même si elle parle peu, ils sentent tous en elle une force et un courage qui leur manquent. À côté,

Marie-Hélène, avec ses beaux cheveux ondulés, ses yeux noirs pleins de paillettes d'or, incarne une féminité ordinaire, apaisante mais résignée.

— Qu'est-ce que tu veux qu'on fasse ?

— Jeanne a raison, fait Joachim en ajustant ses lunettes, leur place n'est pas ici.

Une vague odeur écœurante flotte dans l'air. Marie-Hélène ne dit rien, mais la reconnaît. À Saint-Ouen, la Gestapo avait tué un homme dans un appartement voisin. Le corps était resté trois jours étendu sur le plancher. Cette odeur de la mort, qu'on ne peut confondre avec aucune autre, s'insinuait partout.

— Il faut partir maintenant, insiste Christophe.

Du rocher où elle est assise, Séverine regarde la vallée en contrebas. Aura-t-elle la force de supporter la route pendant des heures ?

Des ruines de la chapelle s'échappe une fumée bleue aspirée par un ciel infini. La vallée semble proche. Christophe pense à ce que dit son grand-père : lorsque l'air attend le froid et la neige, il rapproche les vallées des sommets.

— Il faut compter plus de quatre heures pour atteindre le village, poursuit Matthieu.

Ils s'engagent dans le sentier qui plonge vers la vallée. La passerelle au-dessus du canyon revient soudain à l'esprit de Matthieu. La pensée de s'aventurer seul sur ce minuscule pont tendu entre les deux rives, qui se balance au vent, d'affronter le vide sous ses pieds, le terrorise. Matthieu est sujet au vertige. Il a l'air solide comme ça, mais si Jocelyne ne lui avait pas donné la main, il n'aurait pas pu passer.

Séverine tousse, pliée en deux. Quand elle reprend son souffle, un bruit de fer rouillé racle sa gorge.

Marie-Hélène lui prend la main.

— Viens, je vais t'aider.

— Au village, on va trouver un docteur pour te soigner, lance Christophe.

— Le docteur de Toulouse a dit que j'avais la tuberculose et qu'il ne pouvait rien pour moi, murmure la fillette.

— C'était un mauvais docteur qui disait n'importe quoi, réplique Christophe.

Ils poursuivent leur marche entre les rochers. À l'orée d'un bosquet de sapins, les deux chèvres se dressent sur un promontoire et les regardent en bêlant.

Christophe explique que les animaux domestiques ne s'aventurent jamais si loin en haute montagne. Il se peut que Marcello les ait montées pour en faire cadeau à quelqu'un.

— Tu en sais des choses, toi ! réplique Matthieu.

Ils avancent, conscients qu'ils sont à découvert et qu'on peut les voir de très loin. Ils n'entendraient pas le coup de feu, l'un d'eux pousserait un cri, roulerait dans la pente parmi les cailloux, et son visage se figerait dans une expression de douleur intense semblable à celle des cadavres laissés à l'Oustal. Cette pensée les fait ralentir. Le groupe se resserre.

Christophe, qui dépasse tout le monde de sa tête maigre, se dit qu'il est une cible toute désignée pour un tireur embusqué. Imperturbable, Jeanne va de son pas décidé. Son assurance réconforte les autres. Tous ont vécu en ville et ressentent intensément l'immensité de la montagne et le poids des choses inertes. Matthieu marche devant comme s'il voulait se prouver qu'il a le courage de faire face. Séverine peine à marcher en s'accrochant d'une main à Christophe et de l'autre à Marie-Hélène. La fillette relie les deux adolescents, les oblige à faire les mêmes pas.

— On devrait bientôt arriver à la passerelle ! dit Matthieu pour les encourager. Loïc m'a dit que ce pont a été construit par les contrebandiers. Avant, ils devaient faire un grand détour, très dangereux. C'est pour ça qu'on appelle l'Oustal la maison du diable !

La passerelle ! Matthieu se demande comment il va faire pour cacher son vertige, pour ne pas trembler comme une feuille.

Le vent vient de se lever. C'est d'abord une légère brise fraîche qui tire les herbes sèches, puis il prend de la force et pousse les premiers nuages qui courent entre les sommets. Le groupe contourne un mamelon pointé vers le ciel que les gens du pays appellent la porte de l'enfer. On la voit de la vallée. Des croyances s'y rattachent, toutes tournées vers l'enfer que cache ce rocher dressé comme une frontière entre le domaine des hommes et celui des êtres maléfiques.

Ils arrivent près d'un torrent qui court entre les rochers. Ils s'arrêtent pour boire au creux de leurs mains et repartent, de plus en plus anxieux à mesure qu'ils se rapprochent du passage dangereux. La pente est plus douce ; l'assurance de leurs pas leur donne une raison d'espérer. Ils contournent une colline plutôt ronde dans ce monde d'arêtes, de pics, de rochers tranchants. Après avoir escaladé un monticule rocheux, ils empruntent une plate-bande assez étroite en bordure du précipice. Séverine n'a plus la force de marcher. Christophe la charge sur son dos.

— T'en fais pas, cherche-t-il à la rassurer, on va bientôt arriver.

Ils font une courte halte. Joachim, qui traînait la patte, rattrape le groupe. L'escalade des rochers a pris beaucoup de temps au jeune garçon gêné par son gros sac et sa boîte à violon. Le froid monte de la vallée, qui disparaît sous la brume. Ils reprennent leur marche.

— Le temps se gâte, dit Christophe, courbé sous le poids de Séverine.

— Qu'est-ce que t'en sais ? demande Matthieu qui n'arrive pas à calmer les tremblements de ses jambes.

— Rien, une impression.

Ils arrivent à l'endroit où le sentier s'arrête au bord du canyon. Matthieu, le premier, regarde autour de lui, saisi par l'impression de s'être trompé. À son tour, Christophe s'étonne de ne pas voir les câbles tendus entre les deux rives et les planches pour marcher au-dessus du vide.

— On a dû se tromper, constate Matthieu. Pourtant, je me souviens de ce bosquet de sapins, avec les deux grands arbres secs sur le bord.

— Moi aussi, répond Christophe. Je me souviens aussi des piliers qui tenaient la passerelle.

Ils font quelques pas et découvrent les deux piliers de pierres sèches cachés derrière des touffes d'aubépines. Christophe se penche au-dessus du vide et repère les câbles qui se balancent dans le vent.

— Les salauds ! grogne le garçon.

La passerelle n'existe plus. Les Allemands l'ont fait sauter. En face, à plus de cinquante mètres, la deuxième pile n'est plus qu'un moignon. Entre les deux, le trou est si profond qu'on ne voit pas le torrent qui y coule dans un dédale sombre de blocs rocheux.

Christophe se redresse. Les autres ont compris. Joachim, qui n'en peut plus, s'est allongé sur les pierres roulantes. Il transpire abondamment et respire vite, comme un animal que les chiens ont coursé. Séverine s'est remise à tousser.

À son tour, Jeanne suit du regard la paroi abrupte qui plonge dans l'inconnu sombre de la faille. Un grand silence règne, celui des respirations retenues, prêtes à céder aux sanglots. Les conséquences du sabotage n'échappent à personne.

— On va passer ailleurs, propose Matthieu, que l'absence de passerelle ne désole pas.

— Impossible ! dit Marie-Hélène. Ils en ont parlé à *La Reine des neiges* ! Loïc a dit qu'on ne pouvait passer que par là.

Ils observent encore les câbles qui pendent dans le vide, retenant des planches calcinées.

— Marcello a dit à voix basse qu'il y avait un autre passage, mais que c'était pour les contrebandiers. Il a dit aussi que c'était très dangereux, raison pour laquelle les gendarmes et les douaniers ne s'y aventuraient jamais.

— Bah ! reprend Christophe, toujours moqueur, les contrebandiers chantent partout que c'est très dangereux, comme ça les douaniers les laissent tranquilles. Je parie que c'est plus facile qu'ils le disent !

Séverine gémit. Le froid la paralyse. Christophe la prend dans ses bras.

— J'ai mal ! murmure-t-elle en pressant ses mains sur sa poitrine.

— Je sais, ma chérie, je sais ! On va se tirer de là !

Le vent s'est renforcé. Les aiguilles de gel piquent leur visage et leurs mains nues. Séverine vomit des glaires sanguinolentes que Marie-Hélène essuie avec son mouchoir. Elle se penche sur la malade, son épaule touche celle de Christophe qui la regarde d'une drôle de manière.

— Bon, reprend Matthieu, on va remonter à l'Oustal et attendre les secours. On s'abritera dans la grotte.

— Les secours ? demande Joachim, mais comment ils vont monter ?

— Par le fameux passage. Tous les contrebandiers le connaissent. Les résistants sauront vite qu'on est ici. Ils interceptent les messages radio des Allemands. On doit attendre ; demain ou après-demain, on sera secourus.

Seul le silence lui répond. Personne n'est dupe. Le plus dur est devant eux.

— T'en fais pas, dit Marie-Hélène à l'oreille de Séverine. On va bien trouver quelque chose.

L'évidence les terrorise, les rend muets : s'ils remontent là-haut où personne ne viendra les chercher, ils vont mourir de faim et de froid.

Ils rebroussent chemin. Assis sur une pierre plate, Joachim regarde les autres s'éloigner. Il a mal aux jambes et son estomac tiraille. Matthieu lui crie :

— Bouge-toi un peu !

— J'peux plus ! Je suis à bout de forces.

— Tu ne peux pas rester ici ! insiste Matthieu. C'est dangereux, la nuit est très froide. Et puis avais-tu vraiment besoin de t'embarrasser de ce gros sac et de ton violon ?

Joachim reprend la marche en grimaçant. Christophe tourne vers lui ses yeux bleus.

— Qu'est-ce que tu croyais ? Que tu partais en vacances ?

Ils grimpent le sentier enserré entre les ajoncs et les rochers. Christophe porte Séverine, courbé comme s'il était chargé d'un sac de grains. La fillette ballottée laisse aller sa tête sur le côté. Marie-Hélène lui donne la main et lui murmure des mots encourageants. Matthieu marche devant sans se retourner. La nuit tombe, les premiers flocons de neige volent dans l'air, très légers, tellement inoffensifs.

Mais le vent prend de la force. D'abord, il hurle sur les cimes, puis sur les pentes, se charge de neige qu'il plaque contre les visages. Le groupe baisse la tête, se recroqueville pour faire face à ses coups de bélier. Christophe peine à porter Séverine, mais il s'acharne en serrant les dents.

— À ce régime-là, on n'ira pas très loin !

Les flocons tombent de plus en plus épais, formant un rideau opaque au travers duquel ils ne voient plus la montagne et surtout le sentier, ce sentier de bouquetins et de mouflons qui se divise en plusieurs branches – dont une seule conduit à l'Oustal. Matthieu cherche des détails, des rochers aux formes particulières qu'il aurait remarqués, mais ne trouve rien et doute de son sens de l'observation.

La montagne se donne à l'hiver.

— On s'arrête un instant !

Christophe met un genou au sol. Séverine tousse de nouveau. Le froid irrite sa gorge et ses poumons malades. Elle tourne de grands yeux clairs vers son bienfaiteur comme pour lui demander pardon. Marie-Hélène s'est assise près d'elle et la protège du vent et de la neige.

Matthieu ne cache pas son impatience. Jeanne, qui ne s'est pas arrêtée, s'éloigne. La nuit n'est pas très sombre. La neige qui commence à recouvrir les rochers et le sentier maintient une clarté diffuse. Christophe masse ses épaules meurtries. Ils repartent. Marie-Hélène tire Séverine, qui fait un gros effort pour retenir sa toux. La fillette pense aux merles que son père piégeait. Parfois, l'oiseau n'était pas mort, alors il l'étouffait dans sa main. Ce bec jaune ouvert, ces yeux dont le regard devenait vitreux et puis la petite tête ronde qui roulait... Joachim, qui ne voit rien à travers ses gros verres de lunettes pleins de buée, trébuche à chaque instant, mais n'ose pas demander à quelqu'un de lui donner la main.

Tout à coup, Jeanne s'arrête.

— Vous entendez ? demande-t-elle d'une voix blanche.

Un lointain feulement, un bruit né de rien mais long et sinistre, monte dans la nuit. Probablement le vent qui souffle encore dans la vallée, ou bien le bruit d'un torrent qui cascade à proximité. Pourtant, ce bruit les glace jusqu'au plus profond d'eux-mêmes.

— J'ai peur !

— T'inquiète pas ! dit Christophe. On est presque arrivés !

En réalité, il n'en sait rien.

Le temps passe. Les flocons sont toujours plus larges, plus lourds ; la neige couvre le sentier. Ils ont mal aux jambes. Christophe a de nouveau chargé Séverine sur son dos. Il pense que Matthieu pourrait l'aider, porter un peu la malade, mais Matthieu marche devant sans se préoccuper de lui. « Un égoïste ! » se dit Christophe. Il voudrait s'arrêter, se coucher et dormir pour échapper aux douleurs qui scient son dos.

Ils progressent de plus en plus difficilement entre les bosses et les creux du sol. Jeanne s'est arrêtée et regarde autour d'elle. Ont-ils quitté le sentier ? Se sont-ils éloignés du seul fil qui les reliait au refuge ?

— On est où ? demande-t-elle tout à coup. On devrait être arrivés depuis longtemps !

Tous pensent la même chose, mais n'osent pas en parler ouvertement pour ne pas céder au désespoir.

— On est complètement perdus, ajoute Jeanne.

Christophe laisse glisser Séverine jusqu'au sol et s'assoit près d'elle. Les autres ont envie de l'imiter, mais se retiennent, car ils savent bien qu'une fois assis ils n'auront plus le courage de reprendre la marche. Le vent court d'un sommet à l'autre dans cette immensité où ils ne sont rien.

Grimaçant, Christophe se remet debout et veut soulever Séverine. La douleur de son dos et de ses épaules arrête son élan. Il repose la fillette.

— Je ne peux plus ! J'ai trop mal !

Sans un mot, Matthieu charge la malade sur ses épaules.

— On va bientôt arriver, l'encourage Marie-Hélène.

Christophe marche en silence quelques instants, puis décide :

— Je vais la reprendre. Ça va mieux.

— Comme tu voudras.

Il a la désagréable impression de ne pas accomplir son devoir en abandonnant la fillette à un inconnu.

— Tu dis que ce n'est pas ta sœur, observe Jeanne, mais tu dois beaucoup l'aimer !

— T'occupe pas de ça !

— On repart, fait Matthieu. Prions Dieu de conduire nos pas jusqu'à l'Oustal.

— C'est ça, prions, mais surtout, ouvrons grand nos yeux pour trouver le bon chemin, se moque Christophe.

Ils reprennent leur lente progression. La côte est de plus en plus raide ; le silence de la nuit, de plus en plus menaçant.

Marie-Hélène chancelle, tombe à genoux, puis tente de se remettre sur ses jambes. Matthieu l'aide à se relever. Joachim en profite pour s'asseoir.

Le froid glisse ses doigts de verre sur la peau, le cou, progresse jusqu'au ventre. Le silence qui les entoure leur rappelle celui des cadavres dont l'horrible image les hante. Matthieu serre les dents.

Soudain, un bruit strident traverse la nuit, aigre, comme celui du fer râpé. Un instant, les flocons semblent suspendus dans l'air, figés à leur place. Et de nouveau le silence.

— Qu'est-ce que c'est ? demande Joachim d'une voix tremblante.

— Le vent ! s'emporte Matthieu. Qu'est-ce que tu veux que ce soit ?

— Ça sent le brûlé !

En effet, une vague odeur de cendre flotte dans la nuit. Ils s'étonnent. Matthieu hume l'air et tente d'isoler l'odeur. Marie-Hélène se souvient de l'incendie de l'usine Lemarck où sa mère faisait le ménage. Un brasier qui illuminait la nuit de ses couleurs de sang et de guerre.

— C'est vrai ! Ça sent le brûlé ! finit par admettre Christophe.

Il enfonce son index dans la bouche et le dresse au-dessus de sa tête.

— Qu'est-ce qui te prend ? s'étonne Joachim.

— Je cherche le sens du vent. C'est lui qui apporte l'odeur de brûlé, et cette odeur, c'est celle de l'Oustal, répond le grand adolescent. On faisait comme ça avec mon grand-père quand on allait poser des pièges.

Ils retiennent tous leur respiration. Christophe tend le bras dans la nuit.

— On doit aller dans ce sens, en travers de la pente.

Ils repartent et, cette fois, marchent sans se plaindre. Quand ils voient les ruines se détacher sur la nuit claire, ils poussent tous le même cri de joie. Christophe triomphe.

À l'intérieur de la grotte, le froid est moins vif, mais les enfants ne réussissent pas à se réchauffer. Ils se pressent les uns contre les autres et, malgré la faim qui les taraude, s'endorment profondément.

Deuxième jour

La toux de Séverine les réveille. Ils se dressent, font quelques pas. Matthieu sort, suivi de Joachim. Christophe et Marie-Hélène s'empressent auprès de la malade, qui ne réussit pas à reprendre son souffle.

— Il faudrait pouvoir faire du feu ! se lamente Christophe.

Jeanne, toujours recroquevillée, remarque :

— Marcello fumait. Il avait un briquet en métal doré qui sentait très mauvais.

— Tu en es sûre ? demande Matthieu, qui frappe ses chaussures contre les pierres pour en détacher la neige collante.

— Certaine. C'était un briquet à essence qu'il a rempli avant de partir de *La Reine des neiges*, poursuit la jeune fille. Il a dit à Pedro, le domestique qui aide à la cuisine : « Va remplir mon briquet ! », et Pedro est sorti, puis il est revenu avec le briquet jaune. Marcello l'a allumé pour bien vérifier qu'il marchait et on est partis.

— Tu penses qu'il a le briquet sur lui ? qu'on peut le récupérer ? demande Matthieu.

— Je suis sûre qu'il l'a sur lui, à moins qu'il ne l'ait perdu quand les Allemands étaient là. Je l'ai vu allumer une cigarette en arrivant.

Matthieu sort, s'arrête devant le monticule blanc que forme le corps de Marcello.

— Il était gaucher, dit Jeanne qui l'a suivi. Je l'ai remarqué parce que, moi aussi, je suis gauchère. Il rangeait son briquet dans la poche gauche de son pantalon.

Matthieu avale sa salive et pense à Séverine. Il pense aussi au beau regard de Marie-Hélène, au contact de sa main. Une étrange sensation l'envahit, une agréable chaleur qui lui rappelle ce qu'il a vécu au printemps dernier et ne l'a arraché au monde des enfants que de manière superficielle. C'est du moins ce qui le frappe aujourd'hui.

Enfin, il se penche sur le cadavre, pousse la neige. Sa main heurte le visage dur, il la retire vivement. Tournés vers lui, les yeux profonds de Marcello sont toujours ceux d'un animal sauvage terrassé, mais pas dompté.

— Dans la poche gauche de son pantalon ! répète Jeanne d'une voix retenue. Si ça te gêne, je peux chercher à ta place.

Matthieu lève les yeux sur la jeune fille près du cadavre.

— Pourquoi ça me gênerait ?

Il hésite encore un peu avant d'avancer la main droite jusqu'au tissu sous lequel il sent le bois dur de la hanche. Par chance, Marcello est tombé sur le côté droit, laissant libre l'accès à sa poche gauche. D'un geste rapide, le jeune homme saisit le tissu raide de gel, ses doigts s'enfoncent dans l'ouverture. Il extirpe des plis serrés un paquet de tabac et enfin le briquet qu'il montre à Jeanne en poussant un petit cri de victoire. L'espoir revient avec cet objet doré qui brille entre son pouce et son index. Il range le tabac dans la poche de son anorak.

— On est sauvés ! dit-il. Mais il va falloir enterrer ce malheureux au plus vite.

Matthieu s'éloigne du corps en regardant le briquet, aussi précieux qu'un bijou en or dans sa main. La neige qui tombe toujours blanchit son dos et ses cheveux.

— On rentre, dit-il en se secouant comme un animal.

Il se tourne. L'âne Marteau, qui s'est approché sans bruit, penche son long museau sur le cadavre de son maître, puis pousse un braiment.

— Tu crois que ça pleure, un âne ? demande Matthieu avec sa naïveté de citadin.

— Sûrement, répond Jeanne. Tous les animaux pleurent. Il n'y a pas besoin de larmes ni de sanglots pour ça.

Ils reviennent à l'abri. Matthieu brandit fièrement le briquet.

— On va pouvoir faire du feu ! dit-il en s'adressant à Séverine, qui grelotte sous les vêtements trop légers étalés sur elle.

— Du feu ici ? s'étonne Marie-Hélène. Mais on va s'enfumer !

— Je ne pense pas, fait Joachim en regardant pardessus ses grosses lunettes. Il y a un courant d'air qui vient du fond de la grotte, vers l'extérieur. La fumée sera chassée...

Ce maudit courant d'air qui les gèle pourrait finalement leur venir en aide. Le mauvais a parfois du bon.

Tous font cercle autour de Matthieu qui a soulevé le capuchon du briquet. Le jeune homme fait tourner la molette. Une gerbe d'étincelles frappe la mèche noire, mais aucune flamme ne jaillit. Il recommence plusieurs fois.

— Faut lui souffler au cul ! conseille Christophe. Ça fait monter l'essence dans la mèche.

— Comment ça, lui souffler au cul ? demande Matthieu.

— Fais voir.

Christophe saisit le briquet en connaisseur, le sort de son carter doré, le porte à sa bouche, souffle fort, mais le briquet refuse toujours de fonctionner.

Matthieu reprend l'objet, s'énerve, fait tourner la molette jusqu'à ce qu'aucune étincelle ne jaillisse plus.

— Bravo ! s'exclame Christophe. Tu viens de bouffer toute la pierre. Maintenant c'est foutu. Voilà ce qu'on fait quand on est maladroit.

L'enthousiasme retombe d'un coup.

— Tu peux parler, s'emporte Matthieu qui ne trouve rien à répondre. Je te signale que…

Un cri de Séverine l'arrête net. La fillette délire de nouveau. Christophe se penche sur elle, lui caresse le front. La malade s'apaise, puis sombre dans une nouvelle crise de toux qui la laisse au bord de l'asphyxie. Le front couvert de grosses gouttes de sueur, la bouche ouverte, elle adresse un regard implorant au jeune homme.

— Mais du feu, il y en a !

Ils sursautent, retiennent leur respiration. Debout à l'entrée de la grotte, Joachim tourne vers les autres sa face blanche. Ses lunettes à grosse monture semblent le séparer des autres en lui conférant une vision du monde peu ordinaire. Ses cheveux noirs qu'il ne coiffe plus tombent en mèches raides sur ses tempes et cachent en partie ses oreilles.

— Qu'est-ce que tu racontes ? demande Matthieu.

— Les ruines de la chapelle fument encore, poursuit le myope. Et quand il y a de la fumée, il y a du feu !

C'est si simple qu'ils s'étonnent de ne pas y avoir pensé plus tôt. Matthieu sort précipitamment. La neige et la brume ont tout mangé. Il n'y a plus de montagnes, plus de bosquets en bas de la grotte. Seule, irréelle dans cette blancheur opaque, une petite fumée s'échappe des décombres. Comment les flocons ont-ils pu recouvrir le foyer sans le noyer ?

Matthieu s'accroupit. D'un geste lent, car il redoute de commettre l'irréparable, de faire tomber un paquet de neige sur ce qui reste de combustion, il déplace les morceaux de bois calcinés.

— Fais attention !

Joachim se tient debout près de lui, comme un ingénieur qui explique à son ouvrier ce qu'il doit faire pour ne pas compromettre l'expérience. Les autres restent en retrait, craignant que leur présence ne fasse rater l'opération de la dernière chance. Matthieu hésite.

— Je vais t'aider, dit Christophe.

— Ce n'est pas la peine !

Matthieu découvre lentement les cendres entassées sur des brindilles qui ont probablement sauvé le foyer. Le jeune homme souffle avec précaution. Les cendres s'envolent, se mélangent aux flocons qui fondent avec un bruit de grésil en touchant le bois très chaud.

— Il faut les couvrir.

Sans écouter le conseil de Joachim, Matthieu souffle de nouveau et aperçoit, entre les tisons carbonisés, des braises qui palpitent, tout au fond, comme repliées hors de ce monde de froid et d'eau.

— Je te répète qu'il faut les protéger de la neige ! insiste Joachim.

Christophe revient des ruines du refuge avec un couvercle de lessiveuse et une sorte de poêle rouillée à longue queue qui devait servir à rôtir des châtaignes.

— Avec ça, la neige ne pourra rien.

Matthieu dispose le couvercle au-dessus du minuscule foyer et le cale avec des tisons mouillés. Il plonge la poêle entre les poutres calcinées, mais elle est trop large. Délicatement, il tente d'enlever les morceaux de bois coincés les uns sur les autres.

Christophe se penche à son tour. Sa présence dérange Matthieu qui ne dit rien. Enfin, il réussit à glisser le récipient sous les tisons qui se recouvrent aussitôt d'une pellicule noire.

— Attention de ne pas les laisser échapper.

Matthieu serre les dents, se redresse lentement. Un léger tremblement agite ses poignets.

— Fais vite, ils vont s'éteindre ! s'impatiente Christophe.

Matthieu arrive à extraire l'ustensile sans renverser son précieux contenu. Joachim pousse un cri de joie qui monte dans l'air épais. Christophe tient le couvercle de la lessiveuse au-dessus des braises. Les lourds flocons roulent sur la tôle grise. Ils marchent ainsi très doucement vers la grotte. Les filles et Joachim suivent en retenant leurs pas.

Dans la grotte, Matthieu pose la poêle sur le sol. Tous s'accroupissent pour observer les braises déjà noires. Le jeune homme souffle délicatement et elles reprennent vie, redeviennent incandescentes.

— Il faudrait de l'herbe sèche, des brindilles, quelque chose qui brûle facilement.

— Du papier pour faire des flammes, ajoute Joachim.

— Attention de ne pas trop leur donner, réplique Jeanne, sinon, elles en crèveront. Le feu, c'est comme un poisson rouge, on doit le nourrir juste ce qu'il faut, sinon, ça l'étouffe.

— Qu'est-ce que tu racontes avec ton poisson rouge ? se moque Christophe.

Joachim a trouvé du papier journal dans son sac. Marie-Hélène, qui était sortie sans rien dire, revient avec une brassée de branches et un cageot constitué de fines lattes de bois blanc que Christophe casse à coups de pied avant de récupérer les morceaux.

— Donne un peu de journal, dit Matthieu.

Il froisse une demi-feuille et la pose sur les braises. Un fin liseré incandescent se forme sur la tranche du papier, le rogne pendant quelques instants, puis s'éteint. Matthieu recommence l'opération en soufflant.

— Pas trop fort, tu lui fais peur !

Jeanne rejoint Matthieu, qui pose de nouveau du papier sur les braises. Enfin, une légère flamme se tortille. Un cri de joie l'accueille. Le papier brûle en se recroquevillant. Avec beaucoup de délicatesse, Matthieu dispose des petits morceaux du cageot qui s'enflamment à leur tour.

Lentement, toujours en prenant une infinité de précautions, le jeune garçon ajoute des brindilles. Christophe rassemble de grosses pierres autour du foyer pour retenir le bois et permettre à l'air de passer. Les branchages s'embrasent à leur tour. Très vite, de hautes flammes montent au-dessus du foyer improvisé et, comme ils l'avaient espéré, la fumée est aspirée par une ouverture naturelle entre les rochers. Ils se regardent avec joie.

— Cette fois, dit Christophe en se penchant sur Séverine, tu vas guérir, c'est sûr.

Très délicatement, il approche la fillette des flammes.

— Tu vas avoir chaud, c'est toujours ça !

Pendant ce temps, Marie-Hélène, qui a trouvé une casserole dans les ruines du refuge, fait chauffer de l'eau de la source au milieu des flammes. En moins de cinq minutes, l'eau bout. Ils échangent des plaisanteries en regardant les bulles éclater à la surface du liquide. Ils n'avaient jamais pensé qu'une eau bouillante pouvait porter autant d'espoir. Marie-Hélène attend que l'eau soit à la bonne température pour faire boire Séverine qui claque toujours des dents.

— Ça va te réchauffer.

Les joues de la fillette retrouvent un peu de couleur. Les autres ne se lassent pas de regarder les flammes qui éclairent les parois de la grotte.

— On est bien ! Les secours vont arriver aujourd'hui.

— Je crois, pense Matthieu à haute voix, qu'ils sont freinés par la neige, sinon, ils seraient là depuis longtemps.

— Et s'ils se sont perdus ? remarque Joachim. La neige, ça efface tout, les chemins, les repères...

— Les vrais montagnards ne se perdent pas ! assène Christophe. Ils viendraient ici les yeux fermés.

— Pas sûr. C'est pas parce qu'un contrebandier connaît le fameux passage qu'il sait où se trouve la maison du diable. Je me dis qu'ils se sont perdus !

Christophe ne répond pas. Joachim a peut-être raison. Il décide :

— Je vais chercher un endroit élevé d'où il est facile de voir loin. On sait jamais.

— Je viens avec toi, décide Matthieu. On ne sera pas trop de deux !

— Moi aussi, insiste Joachim.

Christophe se moque :

— Miro comme tu es, tu ne risques pas de voir grand-chose !

Vexé, Joachim va bouder à côté de sa boîte à violon.

— La neige tombe toujours ! constate Matthieu.

— À la fin de l'hiver, poursuit Christophe, là où elle n'est pas très épaisse, on voit souvent des fleurs blanches…

— Ce sont des perce-neige, tranche Joachim.

— Oui, ajoute Christophe. Alors, on dit que la neige fleurit !

Pendant toute la fin de la matinée, Christophe, Matthieu et Jeanne surveillent l'horizon, les pentes blanches qui plongent vers la brume de la vallée. À force de scruter l'étendue uniforme, les rochers sombres qui dépassent de la neige s'animent. Alors, ils crient, ils hurlent en faisant de grands gestes. Seul l'écho leur répond et les rochers retrouvent leur immobilité minérale.

Ils reviennent vers midi. Marie-Hélène distribue les derniers gâteaux secs. Après le feu, la question de la nourriture devient essentielle.

Ils avalent leur part sans en perdre une miette. La faim s'est installée en eux. Manger ne fait qu'aviver une douleur persistante de l'estomac et de tout le corps. Ils ne parlent pas, conscients qu'ils ne pourraient dire que des paroles de désespoir. Ils se retirent au fond de la grotte, à l'endroit le plus abrité, et fuient une fois de plus dans le sommeil.

Soudain Matthieu se redresse vivement, fait quelques pas dans la grotte.

— Tu vas où ? lui demande Christophe.

— Où veux-tu que j'aille ?

Il marche jusqu'à la sortie. Le jour blanchit un ciel sans nuages. La neige reflète une lueur bleutée. Les deux garçons tremblent. La faim accentue l'impression de froid. Malgré la neige, les ruines de la chapelle fument toujours. Ils arrivent au hangar, s'arrêtent à la porte.

— À ton avis, l'explosif, ils l'ont mis où ? demande Matthieu.

— Je ne sais pas, mais, si ça n'a pas pété, c'est que la mèche s'est éteinte. Je connais un peu. Dans les hangars de l'imprimerie, les maquis fabriquaient des bombes pour torpiller les Boches !

— Alors, qu'est-ce que t'attends ? s'emporte Matthieu.

Christophe hésite un long moment, puis pousse la porte en planches. Matthieu, qui ne veut pas être en reste, entre le premier en retenant ses pas.

— Le sac de provisions est au fond à droite. C'est moi qui l'y ai mis quand on est arrivés, précise Christophe.

Il s'est approché derrière Matthieu, qui fait un pas de plus et se tourne.

— Regarde !...

Posé devant eux à même le sol, un paquet plié dans du papier d'où sort un cordon d'une vingtaine de centimètres au bout brûlé.

— De la dynamite !

— Tu crois que... Il faut l'enlever de là, hésite Matthieu.

— Faut pas y toucher ! décide Christophe. On se casse.

Ils reviennent à la grotte. Marie-Hélène rapporte des branches sèches glanées dans le bosquet en contrebas, les pose sur le feu qui se met à crépiter et à fumer.

— Interdit d'entrer dans le hangar, dit Christophe. Il y a un paquet de dynamite qui peut vous péter à la gueule !

— Comment on va faire pour prendre les bûches ? demande Joachim en se tournant vers Matthieu. Faut trouver autre chose !

Ils se pressent autour des flammes qui ne les réchauffent pas. Christophe se glisse discrètement jusqu'à Marie-Hélène, assise en retrait.

— Tu ne dors pas ?

Elle fait « non » de la tête.

— Je veux te parler d'un truc. On n'est pas juifs, nous, alors on doit s'entendre.

— Pourquoi tu dis ça ?

— Parce que les Juifs vont faire bande à part, eux, et nous laisseront tomber à la première occasion, poursuit Christophe.

— Je te crois pas !

— Je sais ce que je dis. Mon père, qui est un gros bosseur, a pu racheter l'imprimerie de son patron, ajoute Christophe comme s'il se parlait à lui-même. Il cachait des Juifs dans ses entrepôts. Et ces salauds l'ont dénoncé pour se sauver.

— Si tu avais été dans la même situation, qu'est-ce que tu aurais fait ? demande Marie-Hélène. Moi, je serais sûrement lâche en face de la mort.

La jeune fille pense à son père. Un visage sombre et fermé sous une casquette bleue vissée sur ses cheveux gris. Elle ne l'imagine pas ailleurs qu'assis sur sa chaise en bout de table, près de la cuisinière à bois, son verre vide devant lui. Il rouspétait beaucoup contre les bourgeois, les riches, tous les profiteurs de la société, mais ne faisait pas grand-chose. Elle réalise ce soir qu'elle ne l'a jamais aimé et que lui aussi, à sa manière, était lâche.

— Il faut qu'on se soutienne, insiste Christophe. Séverine va très mal.

— Ne t'inquiète pas. Je sais m'occuper des enfants.

— Des tuberculeux aussi ?

— J'en ai connu une dans l'atelier où je travaillais. On l'appelait Jacotte. Elle aurait été belle sans sa peau blanche et les veines bleues sur ses tempes. Quand la toux la prenait, elle sortait. La patronne aurait voulu la mettre à la porte, mais elle travaillait mieux que les autres. Tous les travaux délicats qui demandaient de l'habileté, c'était elle qui les faisait.

— Est-ce qu'elle buvait des tisanes de camomille et de sureau ? Il paraît que c'est bon !

— Je n'en sais rien.

— Séverine doit aller à Madrid où un grand médecin la soignera. C'est mon père qui a arrangé ça avant de se faire arrêter. Il faut qu'elle vive ! Son père est un sale con qui picole et se bat avec tout le monde. Et sa mère fait la pute dans un bistrot du vieux Lyon.

Marie-Hélène recule la tête comme pour mieux voir dans la lumière chancelante le visage maigre de Christophe. Ses cheveux blonds frisés, son nez court, ses joues creuses ont, de près, un aspect qu'elle découvre. Finalement, il est assez beau. Ce sont ses attitudes de m'as-tu-vu qui l'enlaidissent.

— Tu es un drôle de garçon, toi !

Christophe ne répond pas. Il pose la main sur l'épaule de Séverine. Rompu de fatigue, Joachim, assis en tailleur, la tête roulée sur la poitrine, dort dans une position tellement inconfortable que Marie-Hélène se retient pour ne pas le secouer.

Troisième jour

Il pleut. Une brume épaisse enferme l'Oustal dans une prison blanche. La neige s'alourdit d'eau qui ruisselle le long de la pente. Ici, le temps change tellement vite qu'il peut passer de l'orage à la tempête de neige, de la pluie au grand soleil, mais le calme ne dure jamais. Malgré l'humidité, les ruines de la chapelle fument toujours.

Joachim ajuste ses épaisses lunettes, cherche près de lui sa boîte à violon. Il émerge d'un rêve heureux. Il était dans le salon de sa maison d'Amiens. Son père était à l'atelier, sa mère recevait ses amis et elle avait demandé à Joachim de jouer avec sa cousine Rebecca un concerto pour deux violons de Bach. Et dans son rêve, Joachim jouait à la perfection cette partition trop difficile pour lui. Brusquement plongé dans la pénombre de la grotte, il s'étonne :

— Mais qu'est-ce que je fais là ?

Puis la réalité s'impose, tout lui revient en mémoire. Marie-Hélène présente des branches aux flammes. Pendant que les autres dormaient, la jeune fille est allée glaner du bois mort et a pu conserver le foyer jusqu'au jour. Elle va remplir la casserole à la source.

Les autres bougent et grimacent. Leurs jeunes corps ne sont que douleurs. Matthieu se frotte le visage. Quelques poils de barbe font un bruit de râpe à son menton.

— Sans le feu, on est perdus ! constate le jeune homme. Marie-Hélène s'en est occupée pendant qu'on dormait. Mais il faut qu'on le surveille chacun notre tour. Pendant la journée, il va falloir aller ramasser du bois mort dans le bosquet, de quoi tenir jusqu'à demain...

— Faudrait des bûches bien sèches, ajoute Christophe.

Tout à coup, Séverine se redresse, gesticule.

— Mais pourquoi tu t'en vas, Julie ? crie-t-elle d'une voix étrange. Tu sais bien que papa t'aime. S'il t'a parlé comme ça, c'est qu'il veut que tu sois heureuse !

Marie-Hélène tourne vers Christophe un regard étonné.

— Julie, attends-moi, je viens avec toi.

Séverine s'agite, remue les bras. Tout à coup, les yeux ouverts, elle hurle :

— Mais qu'est-ce que tu fais ? L'eau est trop froide pour se baigner !

Elle pousse un cri strident puis se met à tousser. Un filet de sang coule de ses lèvres.

— Calme-toi ! lui murmure Christophe en la serrant doucement contre lui. Je suis là, il ne peut rien t'arriver de mal.

Tout le corps de la fillette est agité de soubresauts.

— Elle a vu des choses qui choqueraient les plus endurcis. Sa sœur s'est noyée sous ses yeux l'année dernière. Son grand-père dit que c'est à cause de ce choc qu'elle a attrapé la tuberculose, explique Christophe.

— Les secours vont arriver aujourd'hui ou demain. Il faut être patients, dit Matthieu, tentant vainement de masquer son anxiété.

— J'y crois pas ! On se trompe ! Les secours ne viendront pas parce que personne ne pense à nous, s'emporte Christophe. Il faut partir !

— Pour aller où ? demande Matthieu.

— Vers leur fameux passage secret et le plus vite possible. Le mauvais temps arrive.

— Et moi, je dis qu'il faut attendre ici, tempête Matthieu.

— Tu n'es qu'un trouillard. On voit bien que c'est pas toi qui craches le sang !

Christophe se jette sur Matthieu qui lance ses poings en avant. Les deux garçons roulent sur le sol.

— Mais vous allez arrêter !

Deux voix mêlées les immobilisent : Jeanne et Marie-Hélène se tiennent côte à côte, l'une petite et sévère, l'autre grande et légère comme une plume. Les échos de la grotte n'en finissent pas d'amplifier leur volonté.

— Vous êtes des gamins, assène Jeanne avec ce calme qui ne laisse aucune prise à la contestation.

Marie-Hélène ne dit rien, mais son regard montre bien qu'elle pense la même chose.

Les deux garçons se relèvent, penauds. L'envie d'en découdre se lit encore au fond de leurs yeux. Deux coqs dans la même basse-cour.

Une mélodie venue de très loin monte, prend de l'assurance et emplit la grotte de ses notes légères et pures, cabriole tel un bouquetin sur les pentes de la montagne. Étonnés, ils écoutent, silencieux, hors de la réalité. Ils en oublient leurs douleurs et la peur.

Séverine se réveille calme, loin de ses démons, comme si la maladie avait fui son corps trop maigre.

Tout à coup, Christophe bondit sur le musicien, lui arrache le violon des mains.

— Arrête ça ! hurle-t-il, car cette musique lui fait tellement mal qu'il sent les larmes piquer ses yeux.

Joachim reprend vivement son instrument.

— Si j'entends encore une fois ton crincrin, je te jure que je le fracasse sur les rochers !

— Ce crincrin est un violon qui vaut plus cher qu'une voiture. Il vaut peut-être le prix d'un tank, mais si les tanks parlent avec la voix de l'enfer, lui, il s'exprime avec celle du ciel.

Les autres se tournent vers Joachim. Plutôt petit, rondelet sans être gros, ce garçon a une façon de s'exprimer très différente de la leur. Son regard surtout les intrigue. Marie-Hélène lui trouve tout à coup beaucoup de sagesse avec ses gros yeux déformés par les loupes de ses lunettes.

— Avec la musique, on ne pense plus à se disputer. Sans sa force, nous ne sortirons jamais d'ici !

— Si les secours n'arrivent pas très vite, c'est pas ta musique qui va nous empêcher de crever de faim.

Cette pensée calme les esprits échauffés, un long silence pèse dans la grotte.

— Il y a de quoi manger dans le sac de Marcello, réplique enfin Marie-Hélène.

— Peut-être, mais on ne peut pas entrer.

— Retournons-y, décide Marie-Hélène. Il y a sûrement une solution.

Ils se rendent au hangar, s'arrêtent devant la porte ouverte. Christophe pousse un cri de surprise.

— La dynamite !

— Eh bien quoi ?

— Elle n'est plus là !

En effet, le paquet plié dans du papier journal a disparu.

— Qu'est-ce que ça veut dire ? s'inquiète Matthieu.

— Ça ne veut rien dire !

Ils se tournent vivement. Jeanne les regarde, un léger sourire aux lèvres.

— C'est moi qui l'ai enlevée.

— Tu as fait ça ?

— Je l'ai portée dans le ruisseau, ajoute-t-elle.

— Jeanne, tu es vraiment une drôle de fille ! s'exclame Christophe en souriant.

Marie-Hélène entre la première et trouve le sac.

— On va faire l'inventaire de nos provisions, propose-t-elle.

Elle en sort une tourte de pain, du saucisson, du jambon, deux pots de confiture, un couteau et une petite lampe électrique.

— Elle marche, constate-t-elle.

— Faut économiser la pile, tranche Matthieu en prenant la lampe des mains de la jeune fille et en la déposant sur une étagère. On ne s'en servira qu'en cas de besoin absolu.

— Il y a un gros tas de bûches pour le feu. Des pelles, une pioche, et ça qu'est-ce que c'est ?

Elle ouvre un coffre posé à côté du bois.

— Des couvertures pleines de poussière ! Et dans ce vieux placard ?

Elle tire sur la poignée de la porte qui se décoince avec un bruit aigu. Sur une étagère, elle découvre des bols, des tasses, des fourchettes et des cuillers. Elle se tourne vers les autres en souriant.

— On va rapporter tout ça en bas. Il faut aussi prendre quelques bûches !

Ils se rassemblent autour du feu avivé par le bois sec. De belles flammes éclairent l'intérieur de la grotte.

— Il faut penser que les secours vont mettre deux ou trois jours avant d'arriver, observe Marie-Hélène. On doit donc se rationner.

Elle sort la tourte du sac, prend le couteau posé sur le rocher et trace six lignes.

— Une portion pour chaque repas, précise-t-elle. Avec une tartine le matin et une autre le soir, ça nous fait trois jours de nourriture.

— Ce sera sûrement suffisant, précise Matthieu.

— Et si les secours n'arrivent pas ? questionne Christophe sur un ton remonté, qu'est-ce que tu proposes ?

— Les secours viendront de France ou d'Espagne, peut-être des deux côtés. Regarde, on devrait être arrivés, ceux qui nous attendent s'inquiètent et vont nous chercher. Du côté français, les maquis ont des espions chez les Allemands et savent déjà ce qui s'est passé. Une équipe est sûrement partie pour nous récupérer avec, à sa tête, un copain de Marcello qui connaît le passage. Ça va aller.

— Ouais, tu as sûrement raison ! répond Christophe, peu convaincu.

— Voici une tartine pour chacun, précise Marie-Hélène. Maintenant, le reste, par quoi commence-t-on, la charcuterie ou la confiture ?

— Mangeons la confiture ! dit Matthieu. Ensuite, nous verrons.

Christophe lui lance un regard courroucé.

— Bien sûr, tu ne veux pas manger de charcuterie. Et tu n'as jamais pensé que les autres en voulaient aussi, de la confiture ? s'écrie Christophe. Tu es bien un Juif !

— De quoi tu parles ? demande Matthieu qui a blêmi.

— De tes manières de te servir le premier.

— Les lois de Dieu ne s'appliquent pas dans les conditions de survie ! précise Joachim. Cependant...

Ils se taisent, se replient en eux-mêmes. Maintenant qu'ils ont mangé, ils somnolent en remontant le col de leurs anoraks et en cachant leurs mains au fond de leurs poches. Ils n'osent pas sortir de la grotte, redoutant de se perdre dans cette montagne où tout se ressemble. Personne ne veut rater l'arrivée des secours, qui pourrait se produire plus tôt que prévu.

La nuit tombe. Comme ils n'ont rien à faire, Marie-Hélène distribue la deuxième tartine de pain avec du saucisson ou de la confiture. Manger les occupe et les raccroche à l'espoir que les secours seront là au lever du jour.

Ils s'endorment, exténués, même s'ils n'ont pas bougé de la journée.

Quatrième jour

Matthieu sort. La pluie englue la montagne, l'écrase dans une brume épaisse d'où naissent de minuscules gouttes gelées. La neige a pratiquement fondu, il n'en reste que des plaques sales par endroits.

Christophe le suit. Matthieu ressent la présence du jeune homme comme un poids posé sur sa poitrine. Ils aperçoivent les cadavres que la pluie a dégagés. L'horreur les rapproche dans un silence lourd.

— On ne peut pas les laisser là ! dit Jeanne qui vient de les rejoindre.

Ils sont incapables d'opposer le moindre argument.

— Qu'est-ce qu'on fait ? demande finalement Matthieu.

— Faut les enterrer. N'importe où pourvu qu'on puisse creuser.

— Quand les secours vont arriver, ils auront autre chose à faire qu'à les redescendre dans la vallée ! dit Matthieu.

Depuis son départ de Paris, une semaine plus tôt, le jeune garçon, qui a grandi dans la sécurité de la grande maison familiale, découvre l'incertitude du monde. Après l'anéantissement qui a suivi l'arrestation de sa mère, son envie de vivre remet fortement en question les grands principes généreux qu'on lui a inculqués. Il a le sentiment que les adultes lui ont menti en lui cachant la réalité. Ceux qu'il admirait pour leur sagesse n'étaient-ils pas pires que des enfants capricieux ?

Il tourne son visage carré vers Christophe.

— Qu'est-ce qu'on fait ? répète-t-il avec une pointe de défi.

— Il y a deux pelles et une sorte de pioche dans le hangar.

— Alors, on y va, dit Matthieu.

Christophe entre chercher les outils. Les pelles larges, surtout destinées à dégager la neige, sont mal adaptées pour emporter la terre et les gravats.

— On creuse où ?

Matthieu redoute d'avoir à toucher les cadavres pour les déplacer, mais n'en dit rien.

— Je ne sais pas, rétorque-t-il.

— Si on faisait le trou à côté ? On n'aurait qu'à les faire rouler. De toute manière, quand on sera tirés de là, quelqu'un viendra les chercher pour les emporter au cimetière dans la vallée.

Matthieu s'empare de la pioche, s'approche du mur, sonde le sol du fer de l'outil, entre les corps.

— C'est que du rocher par là !

Il se dirige vers le sentier. Les autres l'observent sans broncher.

Un bêlement attire leur attention. En contrebas, les deux chèvres les regardent. Christophe se demande où elles ont bien pu passer la nuit.

— Et Marteau, où est-il ?

Ils n'en savent rien.

Christophe s'approche. Le grand air avive ses joues pâles.

— On va creuser ici ! décide Matthieu qui s'est placé en retrait du sentier à une dizaine de mètres des cadavres, sur la pente tournée vers le soleil. On mettra des rochers, quelque chose pour marquer l'emplacement des tombes.

Il donne le premier coup de pioche, le fer sonne sur le rocher. Il recommence un peu plus loin, mais la montagne ne se laisse pas violer. Ici, la nature n'a pas d'états d'âme. Les morts sont emportés par les loups, les ours, les charognards. La vie ne peut se perpétuer que par elle-même, sans rien attendre de la terre, quelques centimètres de boue ou de poussière, mais rien que l'homme puisse domestiquer, façonner selon sa volonté.

— Tu as mal choisi l'endroit, constate Christophe. Donne la pioche.

Il se dirige vers la chapelle, s'arrête sur une petite plate-forme presque carrée, se tourne vers les autres.

— Je pense qu'ils seront très bien ici.

Il lève l'outil qui s'enfonce dans une terre gorgée d'eau.

— Je vous l'avais dit ! On peut creuser !

Mais le roc est là, à vingt centimètres sous le terreau noir. Le fer sonne de nouveau. Ce n'est peut-être qu'un caillou, se rassure Christophe qui frappe à côté. Un bruit de cloche retentit. Le garçon s'énerve, prend son élan en soulevant l'outil à bout de bras au-dessus de sa tête et frappe. Le manche se brise avec un craquement de vieux bois. Christophe se redresse, penaud, le manche cassé dans les mains.

— Et voilà ! fait Joachim en ajustant ses lunettes.

L'eau gargouille dans la pente, cascade entre les rochers. Trempés, ils retournent à la grotte. La pluie leur fournit une bonne raison pour retarder la corvée. Séverine sourit à Christophe. Exténuée, la fillette gît sur son lit de fortune; la présence des autres la rassure.

— Il faut que Séverine se force à manger, dit Marie-Hélène en allant chercher la tartine de la fillette pliée dans du papier journal.

Elle fouille dans son sac avec la main droite et tourne vers les autres un regard interrogateur.

— Eh bien quoi ? demande Matthieu.

— La tartine, murmure Marie-Hélène, elle n'y est plus.

— Qu'est-ce que ça veut dire ? s'emporte Christophe en se plaçant à côté de Marie-Hélène, qui range ses vêtements dans son sac.

Personne ne lui répond. Ils échangent des regards interrogateurs, teintés de soupçon. Qui a volé la tartine ?

— C'est peut-être un renard ! propose Joachim d'une voix blanche.

— Tu as déjà vu un renard ouvrir une fermeture Éclair ? se moque Christophe.

Séverine tousse encore. Alors, Christophe explose :

— Il y a un salaud parmi nous, quelqu'un qui a mangé la part de la petite malade. Et je sais de quel côté il est, le salaud ! Du côté des profiteurs !

Matthieu bondit, se plante devant Christophe.

— Tu peux répéter ce que tu viens de dire ?

— La pluie vient de cesser, annonce Jeanne.

Les deux garçons se toisent encore un instant. Ni l'un ni l'autre ne veut baisser le regard en premier.

— Allez, venez, insiste Jeanne. C'est le moment avant la nouvelle averse.

Ils sortent. Christophe prend l'outil dont il a cassé le manche.

— On peut s'en servir quand même, constate-t-il.

Matthieu déplace les cailloux qui affleurent sous la mousse, Joachim enlève les gravats. Christophe se met à creuser avec l'outil au manche cassé, Marie-Hélène et Jeanne évacuent les grosses pierres.

— C'est assez profond, décrète Matthieu.

Ils se tournent vers les deux cadavres enlacés, grimaçants, les yeux grands ouverts. Personne n'a le courage de prendre à pleines mains les vêtements tachés de sang. Matthieu s'approche, hésite. Christophe reste en retrait, l'outil à la main.

— Il faut aussi enterrer Marcello, dit-il en cherchant un endroit propice à côté du premier trou.

Jeanne ose enfin faire ce qui rebute les autres. Elle se penche sur les corps et saisit résolument un bras, le tire de toutes ses forces. Alors, Matthieu et Christophe viennent à sa rescousse. Les cadavres toujours soudés glissent sur la boue gelée et roulent dans la fosse. Les adolescents se regardent, satisfaits.

— Bon, c'est pas très profond. On met la terre par-dessus ! dit Christophe en s'essuyant le visage. Il suffit d'y rouler de grosses pierres pour que les loups ne viennent pas les déterrer.

— Les loups ? raille Matthieu. Ça fait belle lurette qu'il n'y en a plus !

Christophe se redresse avec cet air moqueur qui enlaidit son visage.

— T'es bien un Parisien, toi ! Dans les Alpes, il n'y en avait plus depuis longtemps, mais mon grand-père dit que depuis le début de la guerre, ils sont revenus parce qu'il n'y a personne pour les chasser ! Ici, c'est sûrement pareil !

Joachim, dont les carreaux des lunettes sont couverts de gouttes, s'approche de la tombe et récite une prière. Christophe lui lance un regard ironique, mais ne fait aucune remarque.

Ils se dépêchent d'entasser la terre sur les visages hideux. Matthieu commence à creuser à côté un trou un peu moins large pour Marcello.

Le vent se lève tout à coup. Une trombe d'eau gelée déferle sur eux. Ils abandonnent les outils et courent se mettre à l'abri.

La pluie tombe sans discontinuer jusqu'à la nuit puis se transforme en neige. Ils frissonnent dans leurs vêtements mouillés. Ils ont froid et faim.

— C'est l'heure de faire une nouvelle distribution de nourriture, décide Matthieu. Pour l'instant, on ne peut rien pour ce pauvre Marcello.

Il sort du sac à provisions une part de tourte, du saucisson et le pot de confiture presque vide. Joachim fronce les sourcils en voyant Christophe découper des rondelles de saucisson. Peut-il se résoudre à manger du porc ? Pourquoi ne pas manger du serpent venimeux, du crapaud ou du rat ? Si la vraie religion n'autorise, en temps ordinaire, que la viande des animaux à sabots et ruminants, c'est que Dieu a ses raisons et que dépasser son commandement conduit aux pires abîmes du mal.

— Je n'y arrive pas ! dit-il.

— Pas grave, les autres mangeront ta part !

Finalement, Matthieu, Jeanne et Joachim refusent la charcuterie. Marie-Hélène prend son jambon sous le regard de Matthieu, le porte à ses lèvres.

— Tant pis ! dit Christophe avec animosité. Ceux qui ne veulent pas de charcuterie n'ont qu'à manger leur pain sec.

Jeanne remarque qu'il n'a pas prononcé le mot « Juif », mais n'en dit rien. Les autres mastiquent leur pain mou en silence, appréciant pour la première fois de leur vie ce geste anodin.

Séverine, qui s'est réveillée, claque des dents. Elle n'a pas la force de manger et regarde Christophe comme pour lui demander secours. L'adolescent la prend contre lui, lui caresse les cheveux avec des gestes pleins de tendresse.

— Elle a beaucoup de fièvre ! Mais qu'est-ce qu'on peut faire ?

Marie-Hélène lui apporte un peu d'eau tiède.

Joachim, sorti quelques instants plus tôt, revient en secouant les flocons tombés sur ses épaules.

— Qu'est-ce qu'il tombe !

Ils se tassent près du feu. Malgré les couvertures, Séverine grelotte. Marie-Hélène parle pour détourner son attention du tumulte que Matthieu, qui vient de s'asseoir près d'elle, fait éclater dans sa poitrine. Son cœur cogne si fort qu'elle redoute que les autres ne l'entendent.

— Je gardais des enfants quand on me le demandait, dit-elle. Et puis, je travaillais dans un atelier de couture...

— Moi, ajoute Christophe, j'étais apprenti dans l'imprimerie de mon père. Il voulait que je connaisse tout le boulot, que je sois d'abord ouvrier avant de le remplacer. « Comme ça, qu'il me disait, quand tu seras patron, personne ne pourra te monter le coup ! »

— Moi, se croit obligé de préciser Joachim, mon père est mécanicien. Ma mère ne veut pas que je travaille avec lui.

— Et puis moi, ajoute Christophe qui éprouve le besoin de se faire valoir en regardant Jeanne, je suis champion de tir du Rhône. Le président de mon club dit que je suis assez fort pour participer au championnat de France.

Cinquième jour

— Venez voir ! crie Joachim en posant une brassée de bûches près de l'âtre.

Les autres le regardent. La neige sur ses cheveux transforme son visage.

Ils courent vers le hangar. Joachim contourne le tas de bois jusqu'à une sorte de maie qui se trouve dans le coin le plus sombre. Le couvercle en grosses planches a été ouvert et, en souriant, le garçon explique :

— Il y avait des bûches dessus, c'est pour ça qu'on ne l'a pas vu. J'ai enlevé le bois et voilà ce que j'ai trouvé.

Il en ressort un sac de jute.

— Des pommes de terre, triomphe-t-il. Il y en a bien quinze kilos.

Puis ils sortent un deuxième sac.

— Des haricots secs. Les contrebandiers avaient leurs provisions pour tenir en cas de mauvais temps. Ils les avaient cachées pour qu'on ne les vole pas.

— C'est pour que les ours ne viennent pas les manger, explique Christophe.

— Avec ça, on peut tenir huit jours, constate Marie-Hélène.

— On n'en aura pas besoin, conclut Matthieu, les secours seront arrivés bien avant !

Christophe lui lance un regard incrédule. Il rapporte le sac de pommes de terre dans la grotte et commence la distribution.

— C'est pas compliqué, explique-t-il. On pique la pomme de terre au bout d'un morceau de bois pointu et on la fait cuire dans les braises. C'est délicieux. J'en mangeais comme ça dans la ferme de mes voisins...

La nuit tombe, blanche, immobile, pleine de neige à venir. Il fait bon à l'intérieur de la grotte. Les enfants se goinfrent de pommes de terre grillées. Marie-Hélène a écrasé un tubercule puis l'a mélangé avec de l'eau pour en faire une sorte de purée qu'elle donne à Séverine. L'envie de vomir retourne l'estomac de la fillette.

Une fois repu, Joachim retrouve sa gravité ordinaire.

— Il faut penser à remercier Dieu, dit-il en croisant les mains.

Matthieu se tourne vers Jeanne, puis vers Marie-Hélène, comme pour leur demander leur avis, car il pense que Joachim n'a pas tort : les pommes de terre auraient pu être pourries ou mangées par les souris.

Sans un mot, Jeanne croise les mains à son tour, près de Marie-Hélène qui se met à genoux et fait un signe de croix. L'heure n'est pas à la différence, mais au contraire à ce qui les rassemble. Christophe, qui était accroupi près de Séverine, se redresse, trop grand en face des autres à genoux, et proteste :

— Mais enfin, vous déconnez !

Personne ne lui répond. Il a parlé dans le vide et la grotte lui renvoie l'écho de sa voix, comme si personne n'avait voulu l'entendre.

— S'il y a des pommes de terre, c'est que quelqu'un les a apportées. C'est pas plus compliqué que ça !

— Tu vas la fermer ! s'emporte Matthieu.

Ne sachant quoi répliquer, Christophe reste là, la bouche ouverte, les bras ballants. Le murmure des autres arrête sa protestation. Enfin, il se tourne vers Séverine.

— Laisse-les faire ! Nous, on sait que ça sert à rien.

Séverine semble dormir. Sa respiration bruyante rejoint la prière des autres. Christophe va chercher des bûches qu'il empile dans un coin de la grotte. Matthieu reste un moment pensif et décide :

— Il ne faut pas trop forcer le feu. Suppose que les secours n'arrivent pas demain, on doit économiser le bois.

— On peut récupérer des morceaux de poutre de la chapelle et encore d'autres du toit du refuge, lui oppose Christophe. La neige nous les conserve bien au sec ! Et puis, en contrebas, il y a des sapins.

— Certes, mais ce n'est pas une raison pour gaspiller. On va devoir surveiller le feu pour qu'il ne s'éteigne pas, tranche Matthieu.

— Bon, décide Marie-Hélène, on va instituer un tour de garde.

Elle fouille dans son sac et en ressort du papier à lettres et un crayon.

— Je vais écrire les noms sur cette feuille. Comme ça, il n'y aura pas de contestation. Qui passe en premier ?

Sixième jour

En se levant, ce matin, Matthieu tend les mains aux flammes et décide :

— On a à manger, on a du feu. Première priorité, ce matin, enterrer ce pauvre Marcello.

— Avec la neige qui est tombée, ce ne sera pas facile, rétorque Christophe.

— Et puis la terre est peut-être gelée, aussi dure que les rochers, ajoute Joachim.

— On va quand même essayer.

Comme Séverine dort, ils partent tous les cinq accomplir une tâche qui leur coûte, mais dont ils ne peuvent se dispenser. À grands coups de pelle, Christophe dégage le sol à côté de la tombe de Jocelyne et Loïc et constate que la terre est encore meuble. Matthieu s'empare de la pioche au manche cassé. Ils réussissent à creuser une fosse d'une vingtaine de centimètres de profondeur, puis le fer heurte le rocher. Matthieu se dresse, essuie la sueur de son front. Il regarde autour de lui pour trouver un nouvel emplacement et mesure la difficulté de la tâche.

— Si ça se trouve, c'est pareil à côté ! En mettant des pierres, il sera quand même mieux qu'avec rien.

Personne n'insiste. Ils placent le cadavre du contrebandier dans la fosse et poussent la terre par-dessus. Quand c'est fait, Matthieu constate que l'épaule affleure la surface.

— Avec les pierres et la neige, ça ira, dit Christophe, qui a oublié ses gants et a attrapé l'onglée.

Ils trouvent quelques petites pierres près des ruines du refuge, les autres étant sous la neige qu'ils n'ont pas le courage de déblayer. Ils ont froid, l'envie de se rassembler près du feu les pousse à bâcler le travail. Même Joachim est pressé d'en finir :

— De toute façon, les secours l'emporteront pour le rendre à sa famille.

Septième jour

Christophe et Matthieu se relaient à leur observatoire pour surveiller les alentours. La neige est peut-être trop épaisse pour que les secours puissent franchir le passage secret. Et cela risque de durer : l'hiver ne fait que commencer !

— Ce n'est pas demain que la neige va fleurir, grogne Christophe.

— Le printemps ne reviendra peut-être jamais, murmure Matthieu, cédant au découragement. Puis il se reprend : Tu as dit toi-même que les montagnards ne se perdaient jamais. Donc, les secours vont arriver !

Christophe ne répond pas, mais son visage fermé montre qu'il en doute.

Huitième jour

La réserve de pommes de terre est fortement entamée. Les haricots secs ne valent pas grand-chose. Probablement oubliés au refuge depuis des années, les grains sont percés de trous de charançon et se réduisent en poussière. Si personne ne vient les chercher, combien de temps tiendront-ils, prisonniers de la montagne ?

Séverine va très mal. La fièvre toujours plus forte ronge son petit corps décharné. Christophe l'a approchée du feu au point qu'elle se brûle le visage, ce qui ne l'empêche pas de claquer des dents. Une coulée de sang séché salit son menton et ses joues creuses. Sa respiration hachée fait un bruit de marmite rouillée qu'on racle. Christophe, qui l'a veillée une partie de la nuit dernière, sait qu'elle est à l'ultime limite de ses forces. Alors, face à l'apparente insensibilité des autres, il explose :

— Mais nom de Dieu, faites quelque chose !

Christophe se réfugie dans le coin sombre de la grotte, derrière un pan de rocher, et s'assoit, le front posé sur les genoux. Jeanne le rejoint.

— Personne ne peut rien. Il faut te calmer.

— Me calmer ? Mais c'est trop injuste que cette gamine n'ait eu que de la souffrance tout au long de sa vie ! Et que maintenant…

Jeanne pose sa main sur celle de Christophe.

— Nous, les Juifs, avons la prière comme dernier recours, dit-elle. Toi, tu n'as rien que la colère ! Les secours vont arriver et ta petite protégée sera sauvée.

— Tu y crois vraiment, aux secours, toi ? Pas moi ! Les gens de la vallée ont autre chose à faire que nous chercher !

Ils se taisent. De l'autre côté de la grotte, Marie-Hélène attise le feu.

— Elle se donne des allures de grande dame et joue à la maman avec Séverine ! murmure Jeanne. Elle croit tout savoir et ne connaît rien de la vie. C'est une coquille vide.

— Et toi, qu'est-ce que tu es ? rétorque Christophe.

Elle ne lui répond pas.

— Moi, j'en veux à Matthieu, poursuit Christophe. Il m'a frappé et j'ai toujours mal à la mâchoire. Il me le paiera.

— C'est toi qui lui as sauté dessus. Tu n'as eu que ce que tu méritais, tu es jaloux, parce qu'il est plus fort que toi.

— Qu'est-ce que t'en sais ?

— Les garçons ne savent pas tricher et ils sont plus stupides que l'âne de Marcello.

— Tu te trompes, je te jure que tu te trompes.

— Non, je ne me trompe pas et tu le sais.

Un bruit strident traverse la grotte. Matthieu se redresse, les cœurs cognent dans les poitrines. Joachim grimace. Séverine ouvre de grands yeux pleins d'effroi. Christophe se précipite près d'elle et lui prend la main.

Le cri se répète, intense, comme s'il venait de partout à la fois.

— C'est la montagne qui a mal ! murmure enfin Christophe.

Les autres le regardent, étonnés.

— Oui, poursuit le jeune homme, mon grand-père dit que quand la montagne crie comme ça, elle a mal et va se fâcher. C'est pas bon pour nous !

— Qu'est-ce que tu racontes ? se moque Matthieu, comme pour se rassurer. La montagne, c'est un tas de cailloux, rien de plus.

Matthieu sort. Christophe le rejoint. La nuit ne touche pas le sol blanc. Le ciel s'est piqué d'énormes étoiles si basses qu'elles semblent à portée de main. Il fait froid. Les deux jeunes gens se dirigent vers le hangar et s'arrêtent devant la tombe de Marcello, où la terre remuée salit la neige. Christophe, le premier, comprend ce qui vient de se passer.

— On a un problème ! dit-il.

— Qu'est-ce que tu veux dire ? demande Matthieu, devant l'endroit où se trouvait Marcello et d'où part un large sillon en travers de la pente.

— Quelque chose a emporté le cadavre de Marcello. Regarde, les pierres ont été roulées ! Faut dire qu'elles n'étaient pas bien lourdes. Je te dis : un vrai problème !

— Quelque chose ? interroge Matthieu d'une voix blanche. De quoi tu veux parler ?

— Des loups ! Les cris qu'on a entendus la nuit dernière, c'étaient eux !

— On dit que les loups n'attaquent pas les humains, tente de se rassurer Matthieu.

Christophe a un petit rire moqueur.

— On dit ça dans tes livres de petit-bourgeois. On dit aussi que Dieu réserve le paradis aux malheureux pour les faire tenir tranquilles. Franchement, tu ne comprends rien ! Sache que chez mon grand-père, en Haute-Savoie, les gens qui ne sont pas nés avec une cuiller en argent dans la bouche disent que les loups, une fois qu'ils ont goûté à la chair humaine, ne veulent que ça !

— Qu'est-ce que tu racontes ? D'ailleurs, rien ne prouve qu'il y a des loups par ici.

— Je te dis qu'ils reviendront et que ce sera pour nous !

Ils rentrent à la grotte où le feu palpite sur les tisons qui fument. Matthieu constate qu'il ne reste plus de bûches et s'emporte :

— Le feu est en train de s'éteindre ! C'est qui de garde ? hurle-t-il en allant consulter la feuille accrochée à l'entrée de la grotte. Sans feu, on crève tous.

Marie-Hélène retourne le sac de pommes de terre, d'où tombent une trentaine de tubercules.

— C'est tout ce qu'il reste, constate-t-elle. On n'a pas touché aux haricots parce qu'ils sont charançonnés, mais il va bien falloir les manger si on reste ici encore quelques jours.

Elle décide :

— On mangera une pomme de terre et un demi-bol de haricots par jour. C'est peu, mais c'est à ce prix qu'on tiendra encore cinq jours.

— Et après ? demande Joachim.

— Jusque-là, les secours auront le temps d'arriver ! conclut Matthieu, toujours optimiste.

Séverine est tellement faible qu'elle ne se lève plus de la couche improvisée que Christophe, Marie-Hélène et Jeanne ont confectionnée avec leurs vêtements. La fillette vomit toujours du sang.

— Il lui faudrait de la viande, quelque chose de bien consistant, s'emporte Christophe. Ah ! si j'avais un fusil...

— Et qu'est-ce que tu ferais d'un fusil ? demande Matthieu sur un ton ironique.

— N'oublie pas que je suis champion de tir du Rhône. J'irais chasser.

Neuvième jour

Cet après-midi, il fait beau. Le soleil brille dans un ciel dégagé. La neige miroite. Joachim s'est isolé dans un coin de la grotte pour travailler sa musique. Christophe reste près de Séverine. Jeanne est partie marcher seule. Chacun se replie sur soi, recherche une occupation pour échapper au présent.

Matthieu et Marie-Hélène décident d'aller surveiller les pentes : le ciel est clair, les secours pourraient profiter de l'accalmie pour monter. Ils se placent à leur observatoire habituel, balaient la poudre blanche d'un large rocher et s'assoient dans la lumière intense en clignant des yeux. Ils sont venus là sans se concerter, parce qu'ils ne s'éloignent plus jamais l'un de l'autre.

Matthieu observe Marie-Hélène. Les joues de la jeune fille se sont creusées, la peau sèche de son visage la vieillit. Des pellicules de peau se détachent de ses lèvres gercées. Le jeune homme n'ose pas rompre le silence. Enfin, elle lui demande :

— À quoi tu penses ?

— À rien. Penser m'éloignerait d'ici.

— Moi, je pense à ma mère !

— Est-elle brune, comme toi ?

— Oui, avec des yeux noirs. Elle travaillait dans une usine qui fabriquait des pièces d'avion. Elle faisait le ménage et se levait tous les jours à trois heures du matin. Maintenant, je comprends qu'elle était très forte, très courageuse. Plusieurs fois, elle m'a demandé de remettre des colis à des gens que je ne connaissais pas. Je crois que c'étaient des plans qu'elle volait dans l'usine et qu'elle faisait passer à ceux de la Résistance.

Marie-Hélène s'arrête un instant, meurtrie par les souvenirs qui défilent dans sa tête, puis poursuit :

— Moi, je travaillais le matin dans un atelier de couture et, l'après-midi, je gardais les enfants d'un fonctionnaire haut placé à Paris.

— Un fonctionnaire des Allemands ? Un de ceux qui faisaient la chasse aux Juifs ?

— Je ne sais pas. C'était un homme distant, beaucoup plus âgé que sa femme. Il me payait bien et ses deux filles, Marthe et Thérèse, étaient adorables. C'est probablement grâce à lui que je n'ai pas été emmenée avec ma mère. Quand elle a été arrêtée, j'étais chez lui. Il m'avait demandé de rester deux jours et deux nuits auprès de ses filles.

— Et ton père, il faisait quoi ?

— Pas grand-chose. Des jardins. Il n'a jamais pu supporter un patron. Il dépensait tout ce qu'il gagnait au bistrot. Et puis, un soir, il n'est pas rentré. Il avait été arrêté parce qu'après avoir bu il disait des choses interdites sur les nazis.

Elle secoue légèrement la tête. Matthieu regarde bouger les boucles de la jeune fille dans la lumière du soleil bas sur l'horizon.

— Souvent, je me dis qu'il faut oublier tout cela et repartir de zéro. Si je sors vivante d'ici, je ne retournerai jamais à Paris. Et toi, ta famille ?

Il voudrait parler d'autre chose. Lui aussi se dit que s'il échappe à la prison de l'Oustal et à celle des nazis, il ne reviendra pas à Paris.

— Tu es riche ! Ça se voit, insiste Marie-Hélène. Tu n'as pas des réactions de pauvre. La pauvreté a ses mots, ses gestes, ce ne sont pas les tiens.

Il ne répond pas, conscient que la richesse de sa famille a été aussi un carcan qui l'a isolé du monde. Ici, la politesse, les mots choisis ne servent pas à grand-chose. La guerre lui a montré que la violence gagnait toujours sur le savoir-vivre. Celui qui frappe le premier s'impose s'il n'a pas d'états d'âme.

— J'ai beaucoup à apprendre, constate-t-il. Je me prenais pour une grande personne et, comme toi, je dois tout recommencer de zéro.

— Mon père n'aimait pas les Juifs, ajoute Marie-Hélène. Il disait que tous nos malheurs venaient d'eux.

— C'est ce qui se dit, en effet.

— Tu vivais dans un château ? demande naïvement la jeune fille.

— Non, dans une grande maison. La Gestapo est venue. Ils lorgnaient les tableaux de maître accrochés aux murs et l'argenterie dans les placards. Ils ont arrêté mon père. Ma mère et moi, on était cachés dans la cuisine. Mes frères et ma sœur s'étaient enfuis quelques jours plus tôt. Une semaine plus tard, ils sont revenus ; ils ont torturé ma mère et l'ont emmenée. Moi, j'étais caché dans le petit bureau de mon père. Ils m'ont trouvé et m'ont emmené à la gare de l'Est, où étaient rassemblés des centaines d'autres Juifs. Et puis, on est partis vers Toulouse et Foix…

Elle lui prend la main d'un geste naturel, sans équivoque, et ce contact submerge Matthieu, dépasse la douleur des souvenirs.

Tout à coup, un cri éclate, remplit la montagne, un hurlement de fauve terrassé qui s'amplifie d'un sommet à l'autre, se multiplie à l'infini. Matthieu et Marie-Hélène sursautent. Jeanne, qui s'était éloignée seule, revient en courant.

— Qu'est-ce qui se passe ?

Devant la grotte, Christophe, qui tient Séverine dans ses bras, vient de pousser ce cri désespéré. Matthieu et Marie-Hélène se précipitent vers lui.

— Séverine, nom de Dieu, vite, elle s'étouffe !

La petite fille, la bouche ouverte, les yeux révulsés, agite nerveusement les bras, secoue la tête. Un flot de sang s'échappe de sa bouche en gros bouillons.

— Séverine ! Respire !

Les autres, à l'écart, n'osent faire le moindre geste.

— Séverine, pense à Dieu, dit Joachim en joignant les mains.

— Mais tu vas fermer ta gueule ! hurle Christophe en lui lançant un violent coup de pied qui l'atteint au bas-ventre.

Christophe serre la fillette, l'écrase contre sa poitrine comme pour lui donner son propre souffle. Du sang coule sur son anorak, se fige en grumeaux noirs. Les bras de la malade battent l'air comme les ailes désarticulées d'un moulin et retombent, animés d'un tremblement douloureux; la tête roule en arrière dans un désordre de mèches blondes. Les yeux grands ouverts s'immobilisent avec cette expression d'horreur qu'avait le regard de Loïc.

— Nom de Dieu ! dit Christophe en se laissant tomber sur le petit corps qui vient de cesser de vivre.

Et tandis qu'il enfouit sa tête dans les cheveux souillés de la fillette, de gros sanglots soulèvent ses maigres épaules. Les autres sont atterrés, paralysés par une réalité qui dépasse leurs plus horribles cauchemars. Joachim, assis par terre, en oublie la douleur de son bas-ventre.

Tout à coup, Christophe se dresse comme un diable surgi de sa boîte, agite les poings devant Matthieu.

— Tout ça, c'est ta faute ! hurle-t-il. Si tu m'avais écouté, si on était partis d'ici, on aurait trouvé le passage et la petite aurait pu être soignée.

— Je comprends ta peine, dit Matthieu d'une voix grave. Mais tu sais bien que…

— Je sais qu'on est tous des trouillards. Des merdeux. Et que la petite, c'est nous qui l'avons tuée en restant là. C'est toi en ne voulant pas partir, mais c'est moi aussi en t'écoutant. On est des poules mouillées.

— Christophe, arrête !

Jeanne s'est avancée devant lui, droite, sûre d'elle, sans baisser les yeux. Il hésite un instant, puis poursuit :

— Si on sort d'ici, je jure que je prendrai un fusil et que je tuerai tous les Allemands et tous les Juifs que je rencontrerai. Je te le jure, Séverine.

Il se penche sur les yeux ouverts sans vie. Quelle ultime pensée reste accrochée pour toujours à ce regard qui n'est plus celui d'une petite fille ?

— Christophe ! répète Jeanne.

La colère de l'adolescent se perd dans les larmes et les sanglots. Jeanne le regarde fixement.

— Tu as du chagrin, je te comprends. Mais cesse de dire des bêtises.

La jeune fille passe la main sur les yeux de la morte, abaisse les paupières en une caresse délicate.

— Qu'est-ce que tu fais ?

— C'est mieux ! répond Jeanne. Il faut qu'elle dorme.

Maintenant, Séverine paraît apaisée. Christophe s'agenouille près du petit corps étendu sur les cailloux. Il pleure longtemps, et les autres respectent ses larmes en évitant de parler.

— Séverine, c'est la petite-fille de Justin Parthinot ! reprend Christophe qui a besoin de parler. Quand ils ont arrêté mon père, j'étais là. Il y avait des armes derrière la réserve de papier. J'ai couru pour en prendre une parce que je sais tirer. Et Justin m'en a empêché. Il m'a flanqué un de ces coups de pied au cul que je sens encore. Il avait raison. Si j'avais pris une arme, je me serais fait tuer avec les autres. Il m'a emmené et m'a dit qu'il faisait partie d'un réseau de résistance avec mon père. Le soir, il m'a parlé, mais pas comme à un enfant, non, comme à un homme, sans rien cacher de la vérité. Le lendemain, quand la Gestapo est venue l'arrêter, il s'était enfui. Moi, j'étais resté chez un voisin avec Séverine. Quelques jours plus tard, on s'est fait prendre. Ils nous ont emmenés, la petite et moi, ils nous ont entassés avec d'autres dans un train qui roulait au pas. Il y faisait une chaleur terrible et la petite toussait. J'avais rien à lui donner, pas même un peu d'eau, alors qu'elle avait le feu dans la poitrine.

Matthieu s'est accroupi près de lui. Il pose la main sur l'épaule du garçon qui sanglote en parlant.

Quand le jour tombe, ils sont tous assis un peu à l'écart. Christophe serre toujours Séverine dans ses bras, comme pour la réchauffer encore. Ce soir, ils ne ressentent pas le feu ni sa chaleur. Ils se recroquevillent sur eux-mêmes, conscients que plus rien désormais ne sera comme avant. Ils passent ainsi la nuit, en silence, recueillis.

Dixième jour

Personne n'a dormi. Prostrés près du petit cadavre que Christophe a allongé sur une pierre plate, ils ont laissé défiler les heures, conscients que l'avenir ne leur appartient pas. Christophe, le premier, se lève et va chercher de l'eau à la source pour laver le visage aux joues devenues dures comme du bois. Marie-Hélène veut l'aider, il refuse. Alors, avec des gestes délicats dont personne ne l'aurait cru capable, le jeune homme blond passe le chiffon mouillé sur les lèvres et le menton, puis prend un peigne dans ses affaires et démêle les cheveux de Séverine en faisant bien attention de ne pas tirer trop fort sur les mèches collées.

— Je veux qu'elle soit belle ! dit-il en trempant son chiffon dans l'eau et en nettoyant les boucles blondes imbibées.

Il fouille dans le sac de la fillette à la recherche d'une robe, d'un vêtement propre, mais tous sont souillés, fripés. Il réussit à plier les bras du cadavre sur la poitrine. Joachim récite une prière. Christophe ne l'entend pas.

Une partie de la matinée se passe dans un silence recueilli. Le cadavre de Séverine exerce sur eux une étrange fascination. Il les révolte et, pourtant, ils ne peuvent pas s'en détacher.

Joachim souffle à Matthieu :

— C'est horrible, mais on ne peut pas la garder ici !

C'est vrai. Ils pensent aux difficultés qu'ils ont eues pour enterrer Marcello, ce qui n'a pas empêché les loups de voler le cadavre. Vont-ils passer plus de temps à creuser des tombes qu'à chercher le moyen de se libérer ?

— Il faut trouver un endroit où elle sera bien tranquille et où on pourra lui parler ! insiste Joachim en serrant contre lui sa boîte à violon comme un bouclier.

Christophe ne peut pas admettre la réalité. Il fait sienne la certitude de Matthieu qu'il a pourtant combattue :

— Quand les secours vont arriver, ils la descendront. Sa place n'est pas ici.

— Faut l'espérer !

Sans rien ajouter, Christophe se retire dans un coin de la grotte. Les heures passent. Ils ne savent plus s'ils sont le matin ou le soir. Enfin, Jeanne s'exclame :

— On ne peut pas rester comme ça !

Ils en sont tous conscients. La présence de la morte les empêche de penser à ce qu'ils pourraient faire pour s'en sortir. Ils restent près du petit corps, l'esprit englué dans une léthargie morbide.

— Joachim a raison. On va la mettre là où elle sera bien en attendant de la descendre, dit Christophe d'une voix sourde.

Cette décision le vide de ses dernières forces. Son grand corps s'affaisse, ses bras trop longs pendent, il baisse la tête, puis se dirige vers la sortie.

Matthieu le rejoint. Les deux garçons échangent un regard où toute animosité a disparu. Ils passent chercher des outils dans la remise, la pioche au manche cassé, les larges pelles à neige, et se dirigent vers le petit torrent qui coule en bas des sapins. Christophe marche devant, pressé de tourner une page monstrueuse. Sous la neige, le sol est dur de gel. Ils longent la berge jusqu'à un tas de cailloux chapeauté de blanc.

— On dit que sous les cailloux, le gel tarde ! dit Christophe en déplaçant les pierres restées libres.

Ils se mettent au travail et arrivent enfin à une terre noire meuble dans laquelle les pelles entrent sans trop de difficulté. Ils ne pensent qu'à leur effort, oublient momentanément qu'ils sont perdus au milieu des Pyrénées et qu'ils creusent une tombe. Ils reprennent contact avec eux-mêmes.

Avec le tranchant des pelles, Christophe taille un magnifique trou rectangulaire, coupant délicatement les racines des arbres qui rampent vers l'eau.

— On mettra un tissu au fond et un autre par-dessus, dit le jeune homme, puis on posera des rondins de bois qui ne la toucheront pas et retiendront la terre. Comme ça, elle sera bien.

Ils rentrent en silence à la grotte. Le soleil qui se couche illumine la neige de chaudes lumières ocre et rouges. Christophe, sans desserrer les dents, prend délicatement le petit corps dans ses bras, le soulève et sort. Les autres marchent derrière. Joachim, les mains croisées, murmure une prière en hébreu et Christophe ne dit rien. Paradoxalement, ces litanies issues du fond des âges et dans une langue qu'il ne connaît pas le rassurent. Porteuses d'un espoir qu'il n'avait jamais ressenti, elles le relient à l'humanité tout entière.

Ils arrivent au bosquet. Matthieu étale sur la terre noire un morceau de bâche trouvé dans le hangar. Christophe y pose la fillette. Tous s'agenouillent autour de la tombe et prient à leur manière. Joachim récite des versets de la Bible dans un silence qui donne à ses paroles une portée universelle. Christophe pense à la petite vie misérable de Séverine et serre les poings. Quels bonheurs emporte-t-elle de ce monde ? « Pour une si grande injustice, pense-t-il, rageur, leur Dieu mérite que je lui casse la gueule ! » Enfin, il se penche sur le petit visage qui semble apaisé et dépose un baiser sur la joue froide.

— Salut petite sœur !

Il la recouvre lui-même de la bâche, car il ne veut pas partager avec les autres la dernière image de la fillette. Matthieu dispose des bâtons par-dessus puis des branches de sapin. Enfin, il pousse la terre noire en l'étalant avec précaution du bout de sa pelle.

Christophe se redresse, le visage blême, le regard dur. Jeanne s'approche de lui, si près qu'il sent l'épaule de la jeune fille contre son bras. Matthieu et Joachim sont graves, les mains croisées devant eux. Marie-Hélène grelotte.

Matthieu s'essuie les yeux à la manche de son manteau.

— On va remettre les pierres par-dessus ! dit-il. Et des grosses.

— Je veux une croix ! profère Christophe.

— Une croix ? demande Jeanne, étonnée par une telle proposition émanant du garçon qui ne cesse de maudire Dieu et les religions.

— Parce que la croix, c'est la marque du malheur et qu'elle en a eu beaucoup ! rétorque sèchement Christophe.

Matthieu trouve deux tiges de saule et les attache avec une ficelle. Quand c'est fait, le groupe revient lentement vers la grotte, silencieux. Ils ont l'impression de laisser une partie d'eux-mêmes sous le tas de cailloux et en sont moins forts.

Onzième jour

Ils se pressent autour du feu. Matthieu apporte les bûches du hangar et annonce que la réserve a fortement baissé. Le soir, ils mangent les dernières pommes de terre que Marie-Hélène partage équitablement.

Ils sont tristes ; la pensée de Séverine ne les quitte pas.

Douzième jour

Christophe n'est plus le même. Il reste en retrait des autres. Lui qui se moquait facilement ne s'offusque plus quand Joachim s'agenouille pour prier. Il sort, fait de longues marches dans la montagne, comme s'il cherchait quelque chose. Il s'arrête devant la tombe de Séverine et reste là des heures, jusqu'à ce que le froid le chasse.

Il ne reste que les haricots rances que Marie-Hélène fait cuire dans de l'eau et qu'elle écrase en une bouillie infecte. Que mangeront-ils quand le sac sera vide ?

— Quelque chose ne va pas..., s'inquiète soudain Joachim. La femme du bistrot devrait avertir les résistants en ne voyant pas Marcello. Mais, si elle le fait, ce sera au bout de combien de temps ? Un jour pour atteindre l'Espagne par la route, un autre pour rentrer à Vicdessos, un troisième pour remonter ici, ça fait trois jours. Donc, au bout de trois jours, la femme du bistrot s'étonne de ne pas voir arriver Marcello. Elle avertit les résistants.

— Donc, quelque chose ne va pas, conclut Matthieu.

Ils font tous ce même calcul. Maintenant qu'ils n'ont que de la bouillie de haricots rances à manger, la certitude que personne ne pense à eux s'impose à leur esprit, même s'ils la repoussent.

— C'est la guerre ! dit Matthieu sur un ton fataliste. Rien ne se passe comme on l'avait prévu, pourtant, il ne faut pas perdre espoir, on n'a rien d'autre à faire qu'à attendre.

Treizième jour

À midi, Matthieu demande à tous de s'asseoir près du feu et de l'écouter. En cinq jours, sa barbe a poussé : des poils épars salissent son menton et ses joues. Cette supériorité d'adulte lui confère une certaine autorité. Ses épaules d'homme, son visage carré, son calme l'imposent.

Christophe s'approche. Il passe la main sur son menton, resté celui d'un enfant. Malgré sa grande taille, il a encore les joues lisses, une peau claire qu'aucune lame de rasoir n'a affermie.

— Les secours tardent, admet Matthieu. Mais ils arriveront forcément d'un jour à l'autre. En attendant, la réserve du hangar s'épuise.

— On va ramasser du bois dans le petit bosquet en contrebas, propose Christophe. J'ai vu plusieurs sapins renversés par le vent. Il y a une scie dans le hangar et des haches. On peut faire des bûches. Avec sa résine, le bois de sapin brûle très bien, même s'il n'est pas sec.

— Reste la question de la nourriture ! réplique Matthieu. On a encore trois ou quatre jours de haricots.

Joachim retient un haut-le-cœur.

— Ça veut dire qu'il faut trouver le moyen de foutre le camp, rétorque Christophe.

Personne ne lui répond. Ils sortent, conscients de se trouver au pied d'un mur infranchissable. Pour se donner une raison d'espérer, ils occupent leur après-midi à transporter des branches de bois mort qu'ils trouvent sous les sapins. Deux arbres secs sont tombés. Matthieu et Christophe rivalisent de force pour couper les branches et les troncs avec une vieille scie édentée. C'est en montant une brassée que Christophe s'étonne de la présence de l'âne.

— Je me demande où il passe la nuit pour échapper aux loups...

— Bah ! fait Matthieu, il se cache !

— Justement ! Je pense aussi aux deux chèvres. On les voit tous les jours descendre vers les taillis. Donc, il doit y avoir une autre grotte.

Cela fait plusieurs jours qu'il y songe. Son grand-père lui a assez parlé des contrebandiers alpins qui passaient de l'Italie en France et en Suisse. C'étaient des hommes prévoyants qui connaissaient la montagne et ses pièges. Ceux qui traversent les Pyrénées sont tout aussi malins et disposent sûrement de provisions à différents endroits.

Le temps est gris. La neige reflète une lueur blafarde sous un ciel de plomb. Les flocons ont cessé de tomber mais la brume recouvre tout. Christophe, qui veut comprendre, a laissé les autres pour observer les animaux, l'âne et les deux chèvres aperçues en début d'après-midi. Très vite, il les perd de vue. Il suit méticuleusement leurs traces, certain qu'elles le conduiront à une nouvelle grotte, une autre cachette plus importante, celle où les contrebandiers gardent des provisions pour le cas où la tempête les bloquerait pendant plusieurs jours.

Il peine à avancer dans une couche de neige molle. Un petit vent court au ras du sol, soulevant de légers tourbillons de poussière blanche.

— Il me faudrait des raquettes !

Il progresse jusqu'à un empilement de rochers. Les pas de l'âne s'arrêtent là. En se glissant entre les blocs serrés, il découvre une entrée de grotte tellement bien dissimulée qu'elle est invisible pour qui ne la connaît pas. Il s'y faufile. Une autre ouverture sur le haut laisse filtrer un peu de lumière. Un bruit le surprend. Couchée sur une corniche, la chèvre blanche s'échappe par le fond.

— Il y a donc une sortie de ce côté, se dit-il.

Il poursuit son exploration. La grotte n'est pas une galerie creusée dans la montagne par le travail des eaux, mais un espace libre entre d'énormes blocs de pierre empilés. Il en fait le tour et revient à l'entrée principale.

— C'est quand même bizarre !

Le jeune homme rebrousse chemin, explore une nouvelle fois les moindres recoins : la deuxième sortie reste introuvable. Il renonce momentanément à ses recherches, certain d'avoir fait une découverte importante pour la survie du groupe. Il rejoint les autres. Fatigués par la corvée de bois, ils se rassemblent devant le feu et tendent leurs membres douloureux aux flammes.

— Monsieur l'explorateur a-t-il trouvé quelque chose ? demande Matthieu qui en veut à Christophe de ne pas avoir participé au travail.

— Oui, une deuxième grotte, là-haut. Et cette fois, je suis certain que c'est une grosse découverte !

— Ah bon ? s'étonne Matthieu. Qu'est-ce que ça nous apporte ?

— C'est là que Marteau et les chèvres passent la nuit. Ils entrent par ce côté et je n'ai pas pu trouver par où ils sortent. Mais je le trouverai et je suis sûr qu'il y a des provisions bien cachées, beaucoup de provisions.

— Qu'est-ce que t'en sais ? maugrée Matthieu, assis près de Marie-Hélène.

— Les gens de la montagne ne mettent jamais toutes leurs réserves au même endroit.

Christophe se frotte les yeux. Depuis quelque temps, la cheminée naturelle ne remplit plus correctement son rôle et le feu brûle moins bien. La fumée stagne dans la grotte et dessèche les gorges.

— Vous feriez bien de chercher pourquoi on s'enfume, s'écrie Marie-Hélène. Si ça continue, on ne pourra plus faire de feu sans risque de s'asphyxier.

— Moi, je le sais ! dit Joachim. Regardez, la fumée n'est plus aspirée par le conduit. C'est donc qu'il est bouché par la neige. Il faut vite grimper sur les rochers et l'enlever.

Ils sortent. Christophe, qui n'a pas attendu Matthieu, escalade les rochers glissants jusqu'à une sorte de terrasse faite de blocs empilés que la neige dissimule. Le jeune homme qui avance avec précaution trouve facilement l'endroit en creux où sort la fumée. Joachim avait raison : l'orifice est quasiment bouché par une épaisse couche de neige. Avec précaution, il le dégage et les flammes retrouvent de la vigueur.

Matthieu a attendu ce moment, comme s'il voulait qu'on le voie, pour prendre la main de Marie-Hélène et entraîner la jeune fille à l'écart.

Christophe les regarde courir jusqu'au bosquet. Une douleur insidieuse serpente en lui, vrille sa poitrine, oppresse sa respiration. Il se sent tout à coup perdu, terriblement seul, exclu du jeu entre garçons et filles. Est-il laid au point de repousser les autres ? C'est vrai, il est trop grand, trop maigre, son visage reste désespérément enfantin et, pourtant, il a des désirs d'homme; des envies brûlantes le poussent vers les filles, mais il ne sait pas leur parler. Pour cacher sa timidité, il joue les fier-à-bras, fait le pitre et parle grossièrement, mais, seul en face d'une jeune fille, il redevient lui-même : ses envies, ses désirs d'étreinte, d'amour sans bornes lui semblent déplacés, honteux, sales et répugnants.

— Ça te fait mal, n'est-ce pas ?

Il se tourne vivement. Jeanne le regarde de ses yeux noirs pleins de la lumière du soir. La jeune fille s'est approchée sans bruit. Elle a la discrétion du chat et se trouve toujours là où on ne l'attend pas. Un peu de vent glisse sur son visage et fait voler de courtes mèches de cheveux sur son front.

— Tu n'avais donc rien vu ? Ça fait deux jours qu'ils se cherchent, qu'ils se donnent la main. Franchement, comment as-tu pu ne pas le voir ?

Alors Christophe baisse les yeux et murmure :

— Si tu savais comme je m'en fous !

— Tu as raison, poursuit Jeanne. Il y a plus important ! Bientôt, nous n'aurons plus rien à manger.

— Qu'est-ce qu'on peut faire ?

— Se bouger ! s'emporte Jeanne en se plaçant devant Christophe. Tu penses bien que les secours ne viendront pas. Il faut donc partir d'ici, et trouver ce fameux passage. Je suis presque certaine qu'il est moins dangereux qu'on le dit. C'est notre seule chance.

Christophe inspire. Ce que dit Jeanne est vrai, pourtant, il en mesure les périls parce que son grand-père lui a souvent parlé de la montagne et de ses caprices.

— C'est très dangereux de se hasarder ainsi dans la neige. Les loups ne feront qu'une bouchée de nous.

Ils se sont éloignés du bosquet et reviennent à pas lents vers la grotte. Ils entendent les notes d'une musique légère : Joachim profite d'être seul pour jouer du violon.

— Il n'est pas question de partir tous. On n'arriverait pas à s'entendre. Toi et Matthieu, vous passez votre temps à vous disputer. Donc, on va partir tous les deux.

— Et les autres, tu veux les abandonner ?

— Non, quand on sera arrivés en bas, on leur enverra des secours.

— Faut réfléchir avant de faire n'importe quoi.

— Écoute, on se retrouve dans le hangar, cette nuit, quand tout le monde dormira. Je te montrerai quelque chose. Ça suffira à te décider, mais tu dois n'en parler à personne.

Jeanne s'éloigne de son pas régulier. Christophe part cacher son malaise dans la grotte du haut, où s'abritent les animaux. Marie-Hélène et Matthieu reviennent en se donnant la main. La jeune fille a les joues rouges. La nuit tombe. Le ciel clair, le vent qui s'est levé indiquent que le grand hiver ne va pas tarder. Christophe sait que le vent va apporter du gel, et, quand il se calmera, la neige tombera pendant des jours.

La cheminée aspire de nouveau la fumée, le feu flambe en répandant une agréable chaleur. Christophe s'est assis en retrait. Matthieu et Marie-Hélène bavardent l'un près de l'autre. Joachim lit un livre qu'il a sorti de sa boîte à violon.

Ils avalent avec dégoût la bouillie de haricots. Pour cacher ses hauts-le-cœur, Joachim se plonge dans la lecture de son livre. Ce soir, il est de corvée de feu et n'a pas le droit de dormir avant de réveiller Jeanne qui le remplacera. Ces gardes de nuit sont lourdes à supporter, pourtant personne ne pense à se défiler : leur survie en dépend.

Le souvenir de Séverine flotte en eux. Ils y pensent tous, même s'ils évitent d'en parler. Marie-Hélène a lavé les vêtements qui servaient de couche à la malade et les a mis à sécher sur une ficelle trouvée dans le hangar au fond de la grotte. Tous les regards se tournent vers les pulls, les pantalons et les chemises qui rappellent le supplice de leur petite camarade.

Après avoir mangé, Matthieu et Marie-Hélène se retirent au fond de la grotte. Jeanne se lève, se penche vers Christophe.

— J'y vais. Tu me rejoins dans quelques minutes.

La jeune fille sort dans la nuit. Quelques instants plus tard qui paraissent une éternité, Christophe se dirige à son tour vers la sortie. Joachim tourne vers lui son regard de myope mais ne lui pose aucune question. Le vent soulève des nuages de neige qui gèlent le visage. Christophe marche très vite jusqu'au hangar. Là, une lumière électrique le surprend.

— C'est une petite lampe que j'ai trouvée, dit Jeanne. Mais ce n'est pas tout, viens voir.

Elle conduit le garçon jusqu'à une trappe de cave qu'elle a dégagée des bûches qui la masquaient. Ce que découvre Christophe le laisse sans voix : un fusil à lunette et deux boîtes de cartouches.

— Voilà ! dit Jeanne avec un sourire qui transforme son visage. Avec ça, es-tu décidé à partir ?

— Tu l'as trouvé comment ?

— Je cherchais dans le fond au milieu de ce fouillis de caisses et de boîtes de conserve vides, histoire de voir s'il n'y avait pas un autre sac de pommes de terre planqué sous ces déchets.

— Franchement…, fait Christophe qui inspecte l'arme en connaisseur.

— Et puis, là, j'ai vu ces planches et j'ai pensé qu'il y avait une niche en dessous.

Christophe fait jouer la mécanique, lève le fusil à la hauteur de son visage.

— C'est notre seule chance de survie, insiste Jeanne. Avec ce fusil et toi qui es un bon tireur, on ne risque rien.

— Si j'ai bien compris, tu m'emmènes pour te protéger.

Elle sourit.

— Tu vas aller dormir un peu avec les autres pour n'éveiller aucun soupçon. Je suis de corvée de feu, je te secouerai. On partira avant le jour.

Quatorzième jour

Malgré ses longues jambes, Christophe peine dans la neige où il s'enfonce jusqu'aux genoux. Silencieuse, Jeanne marche dans son sillage. Ils ont quitté l'Oustal bien avant que le soleil levant ne dessine d'un liseré d'or les crêtes qui se dressent devant eux, comme un mur sur lequel ils vont buter. Christophe, qui redoute les loups, tient son fusil en bandoulière, prêt à le pointer devant lui.

Ils marchent ainsi longtemps sans échanger un mot. Ils suivent la pente jusqu'au canyon qu'il suffit de longer pour atteindre les sources du torrent et le fameux passage. Maintenant, la fatigue commence à se faire sentir. Leurs pas sont moins assurés.

— Les autres vont nous prendre pour des salauds, marmonne Christophe.

— Ils ne risquent rien. On a mis beaucoup de bois et le feu ne s'éteindra pas. On va leur envoyer des secours. C'est leur seule chance.

— C'est vrai que je commençais à en avoir marre de tourner en rond !

Le soleil monte dans un ciel très clair. Après le froid du matin, il fait bon, presque doux. Ils longent un petit bosquet de sapins rabougris, écrasés par d'épaisses plaques de neige. Jeanne regarde devant elle l'immensité immobile de la montagne. Elle avait espéré que le passage se trouvait seulement à quelques heures de marche, mais le canyon se poursuit jusqu'à l'horizon, toujours plus profond et infranchissable. L'épreuve sera plus longue qu'elle ne le pensait.

— On s'est un peu précipités ! dit-elle. On n'a rien à manger et même pas de quoi faire du feu pour passer la nuit.

Christophe se tourne. Le soleil l'éblouit et cela lui fait du bien. Cette lumière irradie son corps, le réchauffe, lui redonne confiance.

— T'en fais pas, la rassure-t-il en montrant son arme. Avec ça, on trouvera à manger.

— D'accord, répond la jeune fille, mais tu vas tuer du gibier qu'on mangera cru ? C'est pas très bon.

Christophe sourit, fouille dans la poche de son anorak et sort le briquet jaune de Marcello.

— Nous voilà bien avancés ! se moque Jeanne d'une voix sèche. Il ne fonctionne pas.

Sans un mot, Christophe enlève le capuchon et frotte la molette. Une flamme jaillit sur la mèche noire.

— Il était mouillé, c'est pour ça qu'il n'a pas marché quand Matthieu l'a pris dans la poche de Marcello. Depuis, il a séché et voilà.

— J'avais bien compris que tu étais le plus dégourdi ! Il faut prévoir qu'on va passer la nuit quelque part ici, ajoute Jeanne. Il faut trouver un abri, faire du feu avec du bois mort.

Le soleil descend déjà sur les sommets de l'ouest. Un petit vent très froid vient de se lever. Jeanne frissonne. Elle n'arrive plus à mettre un pied devant l'autre, mais ne veut pas montrer sa fatigue. Ils longent une paroi nue. La roche crevassée forme des anfractuosités, des petites grottes abritées. Jeanne en choisit une et s'assoit sur un rocher.

— On ne doit plus être très loin !

— Attends-moi ici ! Je reviens avec de quoi manger ! dit Christophe en armant son fusil.

— Laisse-moi le briquet, je vais faire du feu.

Malgré les douleurs aiguës qu'elle ressent dans ses articulations, Jeanne descend jusqu'au bosquet, rassemble un fagot de branches sèches et de brindilles qu'elle apporte dans la grotte. Elle les dispose sur des pierres, allume le briquet. Le feu se propage aux branches sèches qui crépitent. Jeanne tend les mains. La chaleur caresse sa peau. Elle se sent tout à coup très lasse.

La lumière décline. La montagne se mure dans un silence sans vie. Dans le bosquet, la neige s'est amoncelée en congères où le jeune homme s'enfonce jusqu'à la taille. Le bruit qu'il fait pour se libérer signale sa présence au moindre animal qui s'enfuit. Il patrouille longtemps entre les petits sapins. La nuit tombe. Gelé, le jeune homme rentre.

— Les bêtes se cachent ! dit-il. Il faut attendre demain matin au lever du soleil.

Jeanne est tellement fatiguée qu'elle ne ressent plus la faim. Il s'assoit à côté de la jeune fille. Le feu flambe et brûle son visage, c'est agréable. Ils restent ainsi très longtemps, silencieux, l'esprit dans le vague, incapables de fixer leurs pensées. C'est Jeanne qui parle la première, qui éprouve à cette heure l'envie de se confier.

— Mon père et ma mère sont professeurs à la faculté de Poitiers. Mon père enseigne la philosophie et ma mère, les lettres. Ils vivent dans leurs livres, avec leurs élèves, et parfois je me demande pourquoi je suis née... Un accident sûrement !

— Ma sœur qui est morte avait à peu près l'âge de Séverine, enchaîne Christophe. Une voiture l'a renversée. Quand les gendarmes sont venus annoncer la nouvelle, ma mère s'est évanouie. Elle en fait toujours trop. Mon père, en rentrant de l'imprimerie, a vu le petit corps étendu sur le lit. Des sœurs du couvent voisin faisaient sa toilette et cachaient les blessures. Elles se sont mises à prier et mon père, qui n'aime pas ces simagrées, s'est agenouillé avec elles. Puis il est resté assis à table à sa place habituelle, et n'en a pas bougé de toute la nuit. Le visage blanc, sans larmes dans les yeux.

— Et toi ?

— J'ai pas bien compris sur le coup ou, en tout cas, je refusais de comprendre. Je me disputais beaucoup avec ma sœur. En m'occupant de Séverine, j'avais l'impression de me rattraper. Quand la guerre sera finie, je reviendrai la chercher pour l'enterrer avec sa grand-mère.

— Moi, poursuit Jeanne, je n'existe pas pour mes parents. J'ai grandi à côté d'eux sans qu'ils prennent le temps de m'écouter. Ils vivent dans les livres et ne se préoccupent pas de ce qui se passe autour d'eux. Ils auraient dû fuir quand la traque des Juifs a commencé. Ils ont refusé. Ils se sont laissé arrêter en pensant que leur bon droit finirait toujours par s'imposer.

— C'est pour ça que tu es si forte ! Tu as dû te débrouiller seule.

— J'avais ma grand-mère, heureusement. Mais c'est pas pour ça. Quand mes parents se sont fait arrêter, j'étais cachée dans un placard. Les gens de la Gestapo m'ont cherchée, mais la chance a voulu qu'ils ne me trouvent pas. Je suis restée quatre jours enfermée.

— Et qui t'a trouvée ? Ta grand-mère ?

Christophe voit le visage de la jeune fille éclairé par les flammes se contracter.

— J'ai pas envie d'en parler.

Christophe n'insiste pas. Un élan naturel le pousse vers la jeune fille. Il pense à Matthieu et à Marie-Hélène. Maladroitement, il passe son bras sur l'épaule de Jeanne qu'il sent frissonner.

— Laisse-moi ! murmure-t-elle.

— Il faut qu'on se tienne chaud.

— Je n'aime pas qu'on me touche, répète-t-elle en s'écartant. Essaie de dormir ! Demain, on trouvera le passage.

à l'Oustal

Dans la grotte à l'Oustal, une impression de froid réveille Matthieu en sursaut. Il se lève, court vers le feu mourant.

— Qu'est-ce qui se passe ? crie-t-il. Jeanne, tu es où ?

Il ajoute du bois sur les braises qui palpitent entre les cendres. Le silence de la grotte lui semble profond, lourd, un silence où personne ne vit.

Matthieu ajoute des bûches, souffle sur les braises. Une flamme jaillit sur les tisons.

— On a eu de la chance, dit Marie-Hélène qui s'est approchée. Sans le feu, on ne tiendrait pas deux jours !

— Mais enfin, s'emporte Matthieu en consultant la feuille à l'entrée de la grotte, c'est bien Jeanne qui devait s'occuper du feu ! Où est-elle ?

— Et Christophe ? demande Marie-Hélène, brusquement prise d'un pressentiment.

Joachim ajuste ses lunettes et regarde autour de lui. À son tour, il constate l'absence des deux adolescents.

— Je ne sais pas ! grogne-t-il. Ils ont dû sortir.

Dehors, Matthieu remarque les traces fraîches qui s'éloignent de la grotte. Il les suit jusqu'au bosquet, puis comprend que Christophe et Jeanne ont décidé d'aller chercher l'hypothétique passage aux sources du torrent.

— Ils sont complètement fous ! murmure-t-il en faisant demi-tour.

En entrant dans la grotte, l'horrible odeur de la bouillie de haricots que Marie-Hélène fait cuire lui arrache une grimace.

— Si les secours ne viennent pas très vite et si on ne trouve rien à manger…

Marie-Hélène ne termine pas sa phrase. Elle tourne la bouillie dans la casserole offerte aux flammes. Ses cheveux qu'elle n'entretient plus tombent sur ses épaules en grosses boucles grasses.

— Ils ont peut-être eu raison de partir finalement, continue-t-elle.

— Non, ils n'ont pas eu raison, tranche Matthieu. La vérité, c'est qu'ils nous ont abandonnés et ça ne m'étonne pas.

Joachim s'approche du feu, ouvre sa boîte, inspecte son violon.

— Il a froid ! dit-il en le présentant aux flammes.

Enfin, il range l'instrument dans son écrin de velours grenat et sort son petit livre d'une poche de la boîte.

— C'est quoi ce bouquin que tu ne cesses de feuilleter ? demande Marie-Hélène.

— C'est ma bible. Quelques extraits, vraiment essentiels pour les moments difficiles. Mon père veut que je la garde toujours avec moi.

— Drôle d'idée.

Matthieu s'est approché.

— La Bible est le livre le plus important pour l'humanité, professe Joachim qui a recouvré son aplomb. Dieu s'exprime dans ces pages. Nous sommes dans une situation difficile, mais la Bible nous enseigne qu'aucune situation n'est désespérée. Tu l'ouvres au hasard et Dieu te donne un conseil.

— Qu'est-ce que tu veux dire ?

Joachim ferme son livre en le faisant claquer, puis l'ouvre et lit :

— *Maintenant, mon enfant, je t'informe que j'ai déposé dix talents d'argent chez Gabaël, fils de Gabri, à Rhagès de Médie. N'aie pas peur, mon enfant, si nous sommes devenus pauvres...*

Il lève sur les autres un visage ravi. Ses yeux sourient à travers ses lunettes.

— Quand je vous disais... Dieu nous dit de ne pas avoir peur, que nous ne sommes pauvres qu'en apparence : de l'argent est caché ici quelque part. Cet argent, c'est bien sûr les provisions dont nous avons besoin.

— Ouais, fait Matthieu. Ça peut se comprendre comme ça ! Mais franchement, je suis pas convaincu.

— Ah bon ? répond Joachim, sûr de lui. Eh bien, j'ouvre à une autre page et cette fois, tu vas voir que Dieu nous donne une autre indication pour trouver ce qu'on cherche.

Il fait claquer le livre, l'ouvre sans regarder, pose son doigt sur une ligne et lit :

— *Ils montèrent donc à la ville. Comme ils entraient dans la porte, Samuel sortait à leur rencontre pour monter en haut lieu !*

Joachim lève sur les autres un regard radieux.

— Moi, j'y comprends rien ! persiste Matthieu.

— Facile ! s'exclame triomphalement Joachim. Nous devons monter dans la grotte où les animaux passent la nuit. C'est là que nous allons trouver à manger. Christophe nous le disait, il avait raison. Dieu s'exprime parfois par ceux qui le renient.

— Si tu veux, mais je ne comprends toujours pas !

Matthieu n'a pas grandi dans une pratique religieuse stricte. Son père, Isaac, ne se laissait pas conduire par les dogmes. La fortune des Leiman s'est bâtie en deux générations, l'entreprise familiale était sa seule préoccupation.

— Bon, et que dit encore la Bible ? questionne le jeune homme impatient.

Joachim, qui se prend au jeu, ouvre son livre :

— *Ner engendra Qish, Qish engendra Saül, Saül engendra Jonathan, Malki-Shua, Abanadab et Eshball...*

Matthieu et Marie-Hélène se regardent avec l'envie de rire. Joachim a pourtant le dernier mot :

— Parfois, Dieu s'exprime d'une manière que nous ne comprenons pas !

— Alors pourquoi il s'exprime ? demande Matthieu.

— Nous devons monter dans la grotte du haut ! insiste Joachim en rangeant son livre. C'est là que se trouve la solution.

— Tu sais où elle est ?

— Oui, j'ai vu Christophe en sortir. L'entrée est cachée par la neige, il suffit de la dégager.

Ils sortent. Le vent a tourné au nord. De gros nuages annoncent une tempête.

— Il ne manquait plus que ça ! dit Matthieu en frissonnant.

Il trouve facilement l'entrée, d'où il enlève la neige avec la pelle qui a servi à creuser les tombes. Ce n'est qu'un mince passage, une crevasse dans le rocher qui donne accès à un espace nu. Une forte odeur de suint les surprend.

— On ne voit rien ! s'exclame Marie-Hélène qui en a profité pour prendre la main de Matthieu.

— Je reviens, fait le jeune homme.

Quelques instants plus tard, il arrive, portant un tison incandescent qui révèle un sol de terre couvert de crottin de chèvre. Les parois sont constituées d'empilements rocheux aux arêtes vives. Joachim soulève son tison, qui s'éteint en dégageant une épaisse fumée âcre.

Ils s'habituent pourtant très vite à la semi-obscurité et constatent que, comme dans la grotte du bas, les rochers émettent une fluorescence qui leur permet d'explorer ce labyrinthe tout en longueur. Joachim s'y aventure, poussé par la pensée que la Bible ne l'a pas conduit ici pour rien. Tout à coup, il pousse un cri. Matthieu se précipite.

— Joachim, qu'est-ce qui t'arrive ?

— Je ne sais pas, je suis tombé dans un trou.

— Je viens te chercher. Continue de parler pour que je sache où tu es.

— Il nous faudrait une lampe, chuchote Marie-Hélène, très proche de Matthieu.

— Il y a un passage ici, murmure le jeune homme à genoux. Je comprends que Christophe ne l'ait pas trouvé, regarde, il est dissimulé par cette crête. Je me demande comment Joachim a fait pour y tomber.

Marie-Hélène sourit.

— Il est tellement myope qu'il n'a pas vu où il allait.

Il avance en tâtonnant dans un boyau en pente où il peut facilement passer accroupi.

— Il y a la lampe qu'on a trouvée dans le sac à provisions, se souvient Marie-Hélène.

— Je vais la chercher, mais je ne sais pas si elle marche encore ! dit Matthieu en sortant.

Il court jusqu'à la grotte du bas. Le froid est intense. Les nuages noient les cimes et pèsent sur les pentes. La nuit tombe. Au hangar, Matthieu constate que la lampe n'est plus à sa place. Il a un mouvement de mauvaise humeur avant de s'éloigner. L'air s'épaissit d'une poussière gelée.

De retour à la grotte, il se glisse quand même sous les rochers.

— Ils ont emporté la lampe. Faut qu'on se débrouille comme ça !

— Sois prudent, murmure Marie-Hélène, debout devant le passage étroit.

Encore une fois, l'obscurité n'est pas totale. Matthieu voit suffisamment pour distinguer la silhouette de Joachim assis par terre.

— Qu'est-ce qui t'a pris ?

— J'ai senti comme une main qui me poussait vers la fissure.

— Très bien, dit Matthieu. Maintenant, il va falloir sortir de là.

Il se trouve à l'entrée d'un nouvel espace, plus grand que le premier. Un léger courant d'air frais le conduit à une ouverture qui donne sur des rochers à pic au-dessus du vide.

— La neige est piétinée, preuve que les chèvres et l'âne entrent et sortent par cet endroit.

— Sur ces rochers glissants, au-dessus du vide ? s'étonne Joachim.

— Christophe dit que les bêtes avec des sabots passent là où les loups ne peuvent pas les suivre.

Dans un coin, ils découvrent une large armoire en fer. La faible lueur montre l'ouverture et le cadenas qui la condamne.

— Je pense que tu as eu un gros coup de pot, dit Matthieu. Dans cette armoire, il y a peut-être de quoi manger, mais il faut l'ouvrir.

Il ramasse une grosse pierre et tape sur la serrure. Les coups sourds se répercutent dans le dédale de rochers. Au bout d'un moment, Matthieu s'arrête, découragé.

— Cette serrure est sacrément solide !

— Marcello avait certainement la clef dans sa poche. Mais les loups l'ont emporté, réplique Joachim.

— Les loups n'ont sûrement pas mangé ses vêtements..., grogne Matthieu.

Quinzième jour

Les signes annonciateurs de la tempête n'échappent pas à Christophe. Sous les nuages qui noient les cimes, le roulement du vent s'amplifie. La montagne ouvre ses crevasses bien dissimulées sous la neige molle, prépare ses avalanches. Les animaux le savent et se terrent au fond de leurs abris. Le chasseur ne s'étonne pas de ne rien surprendre, pas le moindre renard, pas même des corbeaux pourtant si abondants ; les loups se taisent.

— Ça va mal ! dit le jeune homme entre ses dents.

— Le passage ne doit pas être très loin, répond Jeanne. Regarde : le canyon se rétrécit.

Ils marchent de longues heures d'un pas de plus en plus lourd, s'obstinent dans cette neige molle qui les freine. Le vent les pousse de sa main gelée. Christophe serre les dents et fait face.

Ils arrivent dans un espace plus régulier, en pente presque douce vers le précipice qui semble moins profond. Jeanne est certaine que le passage se trouve devant eux. Christophe ne la contrarie pas.

— Il faut chercher un endroit pour s'abriter. On va attendre que la tempête se calme ! Par contre, il ne faut pas penser à faire du feu.

Il découvre sous un rocher une sorte d'abri naturel. Jeanne s'y glisse et demande à Christophe de la rejoindre.

— Il n'y a pas beaucoup de place, mais on ne peut pas faire autrement, dit-elle, résignée.

Le jeune homme hésite, scrute les alentours. Il doute que le passage se trouve dans les parages : l'endroit est trop dégagé.

— Alors, tu viens ?

Son regard se porte tout à coup sur une traînée grise qui s'en va en travers de la pente. Les tourbillons de vent passent au-dessus de l'endroit abrité, laissant intact ce signe, cette marque de vie imprimée dans la poudreuse. Ils ne sont pas seuls !

— Qu'est-ce que tu attends ?

— Cette fois...

— Arrive, je te dis.

Jeanne sort de l'abri et rejoint Christophe, la main devant les yeux pour se protéger de la poussière de neige. Ce qu'elle voit la laisse perplexe.

— Des contrebandiers viennent de passer par là, annonce Christophe triomphant. Ils vont nous conduire au passage, on est sauvés !

— Ce sont nos propres pas, rétorque Jeanne. Regarde, on est sûrement passés là ce matin.

— Impossible ! Je compte quatre traces différentes et nous ne sommes que deux !

Le vent hurle au-dessus d'eux. Les nuages crèvent en gros flocons serrés.

— Il ne faut pas perdre de temps. Dans une heure, on ne verra plus rien.

Ils suivent la piste dans le sens indiqué, grimpent une petite butte où le vent a effacé les sillons sombres.

Devant eux s'étend l'uniformité blanche de la pente qui se mélange aux flocons et au ciel.

— Qu'est-ce qu'on fait ? demande Jeanne.

— On continue tout droit !

La jeune fille n'est pas de cet avis.

— Nous connaissons la direction, mais la nuit arrive et bientôt on sera au milieu de nulle part, sans abri. Il faut retourner là où on était et, demain, quand le temps se sera calmé, on repartira dans le sens des traces. Les gens qui sont passés là cet après-midi ne se sont pas arrêtés et on ne les trouvera pas.

Face à la violence des bourrasques, Christophe se rend aux raisons de la jeune fille. Il redoute que la tempête ne transforme l'endroit au point de ne plus rien reconnaître et prend des repères avec les sommets de l'horizon. En passant près d'un taillis, ils remarquent des branches qui dépassent de la neige, probablement entassées là par une récente avalanche.

La nuit tombe. Ils voient alors, posé sur les branchages, un curieux oiseau qui braque sur eux ses grands yeux pleins de lumière.

— Une chouette ! dit Christophe en épaulant son fusil. C'est la tempête qui l'a plaquée au sol.

Le coup domine le roulement du vent et se répercute très loin, annonçant la présence des égarés. La chouette est foudroyée. Christophe fanfaronne.

— J'étais le meilleur de la section de tir. Mon entraîneur m'a toujours dit que j'avais le niveau pour être champion de France.

Il ramasse la chouette et constate qu'elle n'est pas lourde et que la balle a broyé une partie du corps minuscule sous une bonne épaisseur de plumes chaudes.

— Va falloir plumer ce sale bestiau ! dit Jeanne avec dégoût.

Mais elle a faim et ne rechignera pas.

— On va la préparer tout de suite, dit Christophe.

— Ouais, mais sans feu, comment on va faire ? demande Jeanne avec une grimace écœurée.

La neige les cingle de ses lanières gelées. Ils errent un moment, arrivent à des rochers où ils trouvent un minuscule abri.

— Pas question de faire du feu ici ! déclare Christophe.

Il abandonne le cadavre de la chouette que le vent emporte comme une feuille morte.

— Viens, fait Jeanne. La tempête va t'emporter toi aussi.

Il s'accroupit près de la jeune fille qui se serre contre lui en redressant le col de son manteau.

— J'ai pris des repères. Les pas vont tout droit vers la petite vallée entre les deux rochers. Au bout, c'est sûrement le passage. Tu n'as pas faim ?

Il éprouve le besoin de parler pour ne pas penser qu'ils sont seuls au milieu de la bourrasque et que les pas aperçus ne les conduiront nulle part.

— Dors. Demain sera un autre jour, tranche Jeanne.

Christophe se tait. Il se sent mou comme un champignon pourri. Lui qui aime tant se montrer, jouer aux plus forts et surtout commander se découvre faible devant une Jeanne qui le domine. Pourtant, son cœur bat très vite ; la respiration saccadée, il se dit que l'occasion est unique. S'il ne tente rien, Jeanne se dira qu'il est un incapable. Son copain Franck, qui se vante d'avoir eu plusieurs filles, ne lui a-t-il pas dit : « Les femmes, tu ne leur demandes pas leur avis. Tu prends. Elles aiment les hommes téméraires ! »

Il ose alors poser la main sur l'épaule de la jeune fille, son index touche la peau chaude et douce du cou. Jeanne recule vivement.

— Qu'est-ce que tu fais ?

— Toi aussi, tu me détestes ?

— Mais non.

Christophe retire sa main. Il s'attendait à cette réaction : ce que les autres obtiennent lui est interdit.

— C'est normal ! murmure-t-il. Personne ne m'aime.

Il ne sait pas comment lui dire son désarroi, son besoin de contact, d'amour. Il sent l'épaule de la jeune fille contre lui, sa cuisse collée à la sienne. Alors, il pense qu'il s'y est mal pris, que Jeanne n'est pas comme les amies de Franck, qu'il faut lui parler, être sincère.

— Tu sais, j'ai tout de suite compris qu'on était faits pour s'entendre ! murmure-t-il.

— Tu crois ?

Elle ne le rabroue pas. Il s'enhardit à aller plus loin, ce qu'il fait en approchant ses lèvres de la petite oreille de Jeanne.

— Je suis amoureux de toi !

— Qu'est-ce que tu racontes ? C'est nouveau ça, tu ne m'as jamais regardée.

— Parce que je n'ose pas !

— Dors, tu as assez dit de bêtises.

Il se renfrogne.

— Décidément, dit-il entre ses dents, je ne comprendrai jamais rien aux filles !

— Rassure-toi, il n'y a rien à comprendre !

— Vous faites les coquettes, vous attirez les garçons par vos mimiques et quand c'est le moment, vous vous débinez.

— Le moment de quoi ? demande Jeanne.

— Je sais pas, moi, répond Christophe, embarrassé. Le moment de faire ce qu'un homme et une femme...

— Je ne te croyais pas si nul !

Jeanne se replie, s'enferme dans un silence que Christophe n'ose pas briser.

Elle ne peut rien dire. Avant, elle était comme toutes les adolescentes de son âge. À treize ans, elle était amoureuse d'un voisin, le fils d'un agrégé de maths qui ressemblait un peu à Christophe par sa taille et ses yeux bleus. Ils se retrouvaient tous les jours. Mais cette Jeanne pleine d'envies est bien morte. Celle qui l'a remplacée ne peut pas frôler un homme sans ressentir une telle répulsion qu'elle a envie de vomir.

— Je sais pourquoi tu me rejettes, dit tout à coup Christophe. Tu es amoureuse de quelqu'un d'autre. De Matthieu : il est juif, comme toi !

— Ça ne vaut même pas la peine que je réponde à une telle ânerie.

Les heures passent. Dans la nuit, très sombre, une neige lourde les recouvre. Ils n'échangent plus un mot jusqu'au matin.

à l'Oustal

Matthieu et Marie-Hélène décident de passer la journée dans la grotte du haut pour tenter d'en découvrir les secrets. L'odeur des animaux les rassure. Il y fait plus chaud qu'en bas. Joachim a apporté son violon, car il considère que la température naturelle est plus favorable que la chaleur du brasier. Il l'a délicatement posé sur une roche et inspecte le plafond.

— On ne peut pas faire du feu, constate-t-il. Il n'y a pas d'ouverture pour la fumée.

Matthieu s'acharne sur le cadenas qu'il frappe avec un gros caillou, mais la serrure ne veut pas lâcher. Marie-Hélène se tient près de lui et l'observe. Elle mesure sa maladresse de petit bourgeois qui n'a jamais eu la moindre activité manuelle. Elle l'interroge, un petit sourire aux lèvres :

— Est-ce que tu as déjà enfoncé un clou avec un marteau ?

Il la regarde, décontenancé par cette question qui l'exclut du monde simple de la jeune fille.

— Ma mère avait peur que je me tape sur les doigts ! répond-il en souriant à son tour.

— Moi, je faisais de la couture, mais j'aurais aimé apprendre la broderie. Plus tard, peut-être…

— Moi, j'aimerais surtout partir d'ici ! répond Matthieu en frappant de nouveau sur le cadenas qui, bien que rouillé, est beaucoup plus solide qu'il ne le pensait.

Le silence retombe entre eux, ponctué par les coups qui font vibrer la tôle de l'armoire.

— Dis-moi..., dit tout à coup Marie-Hélène. Quand tu étais à Paris, tu avais un flirt ?

— Qu'est-ce que ça peut faire ?

— Rien, bien sûr. Moi, j'ai déjà été amoureuse.

Matthieu sursaute, se tourne vivement, le gros caillou à la main. Il se découvre terriblement jaloux du passé de la jeune fille, persuadé qu'ailleurs que dans ce désert elle ne l'aurait pas regardé.

— C'était un livreur qui venait chercher les vêtements qu'on cousait. Il était très beau, poursuit-elle naïvement.

Matthieu frappe très fort sur le cadenas, le caillou glisse, lui écrase un doigt. Il pousse un cri. Joachim dit de sa voix monocorde, sans lever les yeux de sa bible :

— Les mauvais sentiments sont toujours punis de cette manière !

Matthieu lui jette un regard assassin. Avec le manche de pioche, il cherche à faire levier et à arracher les vis qui bloquent la fermeture. Il pèse de tout son poids, le manche se casse.

Marie-Hélène ne peut détacher ses pensées de sa première aventure. Paul Lebrun était beaucoup plus âgé qu'elle. Marié et père d'une petite fille. Il n'avait pas très bonne réputation auprès des autres ouvrières. Elle n'avait que quinze ans, mais paraissait plus que son âge et le regard des hommes s'attardait sur elle. Cela ne lui déplaisait pas et elle passait de plus en plus de temps devant sa glace, le matin, préférant sacrifier un peu de sommeil à sa coiffure et à ses vêtements. Dans l'atelier de couture, elle récupérait les chutes de tissu et passait de longues heures, le dimanche, à se confectionner des robes et des chemisiers. Son père, toujours aussi abrupt, lui avait dit : « Tu finiras à Pigalle ! » Sa mère la mettait en garde : « On attire les hommes et après on s'étonne de leur audace ! » En pensant à cela, Marie-Hélène a l'impression que Matthieu est encore très jeune, presque un enfant qui ne sait rien de la vie. Elle s'amuse beaucoup à le voir frapper maladroitement la serrure avec un caillou. À côté, Joachim reste imperturbable, absent, comme pris dans une profonde méditation.

Malgré les efforts de Matthieu, la fermeture ne veut pas céder. Excédé, le jeune homme pousse un juron, jette le caillou, s'assoit par terre puis, sans se tourner vers la jeune fille, avoue :

— Moi aussi, j'ai connu une femme !

Marie-Hélène sursaute à son tour. Est-ce possible ? Matthieu lui ment pour lui donner le change. Montrer la moindre curiosité serait avouer une jalousie dont le jeune homme pourrait profiter. Elle choisit de se taire. Joachim lève enfin les yeux de son livre et dit :

— C'est bientôt fini, cet étalage de bêtises ?

Ils se taisent. Les questions restent en eux, brûlantes. Ils doutent soudain l'un de l'autre, conscients de n'avoir échangé que des banalités, d'être de véritables étrangers. La sincérité leur fait peur, pourtant, ils n'imaginent pas l'escamoter.

Matthieu sort. Marie-Hélène le suit des yeux. Cette femme, comment l'a-t-il connue ? Était-ce une servante dont il a abusé à cause de sa position ou bien une fille de son âge, de son milieu, une fille contre laquelle Marie-Hélène ne pourra jamais lutter ?

La neige s'est mise à tomber en de larges flocons qui écrasent la montagne. Les loups hurlent dans le bosquet à moins de deux cents mètres de l'Oustal. Matthieu fait quelques pas vers la grotte du bas. Son estomac gargouille, mais la seule pensée de la bouillie de haricots rances le rebute. Des douleurs parcourent son corps. L'aveu de Marie-Hélène le taraude au point qu'il a envie de partir lui aussi, de se lancer sur les traces de Christophe et de Jeanne, d'abandonner la jeune fille et cet illuminé de Joachim. Que fait ici l'héritier des magasins Leiman ?

Il attise le feu en se disant que, dès demain, il devra aller chercher du bois. Il passe dans le hangar, farfouille dans les outils à la recherche d'un manche plus solide que le précédent, puis remonte à la grotte où Marie-Hélène écoute Joachim lire un passage de la Bible.

Il reprend son travail quand des hurlements l'arrêtent. Il tourne un regard interrogateur vers Marie-Hélène et Joachim. Les hurlements se répètent et semblent plus proches.

— C'est quoi ? demande Matthieu, toujours debout à côté de l'armoire.

— Les loups…, répond Joachim d'une voix tremblante, puis il ajoute pour se rassurer : Christophe a dit qu'avec la guerre ils sont revenus dans les montagnes parce qu'il n'y a plus de chasseurs, mais je ne le crois pas.

— C'est qui alors qui a emporté le corps de Marcello ?

— Je sais pas, peut-être des renards ou des ours.

— En hiver, les ours dorment, tranche Matthieu.

Inquiet des bruits de plus en plus proches, le jeune homme, armé du manche de pioche, remonte par le boyau jusqu'à l'ouverture entre les rochers. Il voit de vagues formes sombres passer devant lui puis disparaître dans l'épaisseur des flocons. Des loups ! Il écarquille les yeux, le souffle court, le cœur battant. Christophe avait donc raison : après avoir dévoré Marcello, les fauves ont pris goût à la chair humaine !

Marie-Hélène et Joachim le rejoignent. Des grognements les avertissent que les animaux se sont rapprochés, qu'ils passent et repassent devant l'entrée. Matthieu, prêt à se défendre, serre son manche. Tremblants, Marie-Hélène et Joachim se pressent derrière lui.

— J'ai peur ! dit le jeune garçon en claquant des dents.

Le myope étreint sa boîte à violon. Matthieu agite son gourdin, mais les animaux n'y prêtent pas attention. Ils s'approchent, flairent la neige, se glissent entre les rochers. Matthieu se trouve tout à coup en face d'une énorme gueule aux babines retroussées. Il crie, bat en retraite en poussant devant lui Marie-Hélène et Joachim, qui s'engagent dans le passage bas et se retranchent dans la salle à l'armoire ouverte sur le précipice. Les fauves les poursuivent. Matthieu entend le raclement de leurs griffes sur les rochers. Tout à coup, il voit les yeux jaunes l'observer et la tête du fauve aux oreilles pointues se rapprocher. Il pose le manche de pioche trop court, s'empare d'une pierre qui touche l'animal au museau, l'arrête, mais ne lui fait pas rebrousser chemin.

Joachim murmure une prière en hébreu que reprend Matthieu, toujours debout en face du loup, prêt à se défendre à main nue s'il le faut. À son tour, Marie-Hélène ramasse des cailloux et les lance de toutes ses forces sur la gueule dont les crocs brillent dans la pénombre.

La bête reçoit les projectiles sans broncher. Un deuxième animal vient se placer à côté du grand mâle. Le restant de la meute se tasse derrière, attendant le signal de la curée. Matthieu, qui a de nouveau empoigné son gourdin, fait face, devant Marie-Hélène.

— Mon Dieu, sauvez-nous ! murmure la jeune fille.

Dans un geste désespéré, Joachim ouvre sa bible mais ne réussit pas à lire la ligne sur laquelle il a posé son index au hasard. Alors, une pensée s'impose à son esprit, issue d'une lecture :

— Quand le *Titanic* a sombré dans les eaux gelées, l'orchestre a joué sur le pont jusqu'à ce que les flots l'engloutissent.

La serrure de la boîte à violon claque en s'ouvrant.

— C'est parce que j'ai peur que je dois rester debout ! ajoute le garçon.

Quelques notes isolées font dresser les oreilles des loups. Elles s'étalent, hésitent, l'une poussant l'autre, prennent de l'assurance, se regroupent en une musique grave. Effaré, Matthieu voit alors le musicien avancer vers les fauves. Il a du cran, pense le jeune homme, ce cinglé de Joachim dont on se demande s'il comprend tout ce qu'il a lu. Oui, il a du courage à sa manière, et son arme bien plus futile qu'une pierre est aussi plus déroutante.

Matthieu et Marie-Hélène entendent une sorte de bruit sourd. Les deux loups rentrent la tête, reculent dans le passage, hésitent un court instant puis s'enfuient. C'est si inattendu que Matthieu reste immobile, le manche dressé au-dessus de sa tête. Marie-Hélène arrête sa prière sur un mot.

La meute s'est éloignée pour de bon. L'archet arrête son va-et-vient, le bras qui le tenait retombe le long du corps, le violon se sépare de celui qui lui donnait vie, redevient un objet de bois verni, précieux dans ses formes rondes et pointues.

— Qu'est-ce qui s'est passé ? articule Matthieu. C'est ce bruit qui les a effrayés ?

— Quel bruit ? demande Joachim. Je n'ai rien entendu.

— Si, il y a eu un bruit dehors, confirme Marie-Hélène. Comme une explosion.

Ils reprennent courage et remontent prudemment dans la salle du haut. Matthieu ose s'aventurer vers la sortie.

— On dirait qu'ils sont partis, dit-il en revenant sur ses pas.

Joachim pose le violon sur sa boîte et grogne :

— Il n'y a pas eu de miracle. Les loups n'ont eu peur que d'une explosion.

— Qu'est-ce que ça peut faire ? s'emporte Matthieu.

— Ça peut faire que je suis un mauvais musicien.

— Mais non, réplique Marie-Hélène, agacée. Tu es au contraire un très bon musicien.

Ils se tiennent à l'entrée, en face de la nuit dressée comme une barrière infranchissable où les loups sont peut-être toujours en embuscade.

— Bon, il faut descendre ! dit Matthieu. Le feu va s'éteindre.

Ils redoutent ces deux cents mètres dans la nuit sombre. Joachim se décide :

— J'y vais ! Laisse-moi y aller, j'en ai besoin.

Il n'attend pas de réponse et s'éloigne dans la nuit. Quelques instants plus tard, il revient, tenant une bûche enflammée.

— S'ils reviennent, ils trouveront à qui parler, fanfaronne le myope, fier de sa victoire sur sa propre peur.

Ils regagnent ensemble la grotte du bas. Joachim attise le feu. Marie-Hélène met à cuire des haricots dans la vieille casserole. Une forte odeur de moisissure leur arrache une grimace. Ils sont pourtant rassurés : les loups ne peuvent pas entrer et ils dormiront en sécurité. C'est déjà beaucoup.

— J'en ai marre, dit Joachim sans détourner les yeux de sa contemplation des flammes, après un long silence. Je vais jeter mon violon au feu.

— Qu'est-ce que tu racontes ? s'étonne Marie-Hélène avec son bon sens habituel. Tu ne vas quand même pas te débarrasser d'un si bel instrument !

— Si. Ma mère m'a toujours poussé à étudier la musique, mais ce n'était pas mon envie. Moi, je voudrais être écrivain. Raconter des histoires, vivre d'autres vies...

— Tais-toi, tu ne sais plus ce que tu dis, grogne Matthieu qui a, lui aussi, l'impression d'avoir été façonné d'une manière qu'il n'a pas choisie.

— Et ton père laisse faire ? s'étonne Marie-Hélène.

Le garçon se renfrogne. Après un silence plein de sous-entendus, il précise :

— Mon père ? Les voisins disent que c'est un brave homme !...

Les haricots sont cuits. Marie-Hélène distribue la part de chacun dans des bols ébréchés.

— C'est quand même curieux, cette explosion, reprend Joachim. Je me demande si ce n'est pas la dynamite que Jeanne a emportée dans le ruisseau.

— Moi, il me semble que le bruit venait de plus loin, de l'autre côté de la colline, suggère pacifiquement Marie-Hélène.

— On ira voir demain, conclut Matthieu.

Ils avalent quelques gorgées de bouillie qui leur soulève l'estomac, puis tentent de dormir. Matthieu et Marie-Hélène se pressent l'un contre l'autre. Joachim s'assoit en face, près de sa boîte à violon.

— Moi, je ne serai jamais amoureux ! dit-il tout à coup, rompant un silence qui lui pèse.

Matthieu s'étonne :

— Qu'est-ce que t'en sais ? Tu es trop jeune pour ça !

— Non, les filles de mon collège disent que je ne suis pas beau, que je fais trop sérieux et que je ne sais pas les faire rire !

— Il y a des filles ailleurs que dans ton collège. Un jour, tu en trouveras une...

Joachim secoue la tête.

— Je n'aime pas les filles.

— Tu parles comme ça, répond Marie-Hélène en souriant, mais tu changeras bien vite d'avis.

— Sûrement pas. Je ne veux pas devenir musicien comme le souhaite ma mère. Je voudrais être écrivain, mais je ne pourrai jamais.

— Pourquoi pas ?

— Parce que je suis trop bête ! Je suis un handicapé condamné à un petit boulot, un gratte-papier avec la tête pleine d'envies, et, si ma vue continue à se déglinguer, je deviendrai un aveugle qui joue sur le trottoir et mendie pour manger.

— Qu'est-ce que tu racontes ? La vie te réserve bien des surprises !

— Non, répond Joachim d'une voix monocorde. C'est la faute à ma mère. Je peux le dire maintenant. Depuis que je suis ici, je ne pense plus comme avant. À Amiens, mon père est garagiste. Ma mère vient d'une famille bourgeoise. On se demande pourquoi elle a épousé un mécano plein de cambouis. C'est elle qui veut que je sois un bon musicien pour se faire plaisir, pour se donner de l'importance auprès des autres.

— On ne sait pas tout de nos parents, rétorque Marie-Hélène. Plus tard, tu comprendras.

— Je ne crois pas. Il paraît que quand je suis né, ma mère me trouvait si laid qu'elle voulait me faire noyer, comme un chiot.

— Qu'est-ce que tu racontes ? C'est monstrueux !

— C'est la vérité. C'est ma grand-mère qui m'a élevé. Et puis mon père s'est occupé de mon éducation. Mais maintenant qu'ils ont été arrêtés, je me dis qu'il est temps de penser autrement, de recommencer en suivant un autre chemin.

Joachim ferme les yeux et se laisse aller sur cet autre chemin. Marie-Hélène pose sa tête sur l'épaule de Matthieu et ils s'endorment à leur tour.

Tout à coup, Joachim sursaute : le feu s'éteint. Il ajoute des bûches et souffle sur les braises qui palpitent entre les cendres et les morceaux de charbon. Quand les flammes crépitent de nouveau, Matthieu et Marie-Hélène sont réveillés.

— Ce soir, je me dis qu'ils ont eu raison ! dit le jeune garçon.

— Qui ? demande Matthieu sur un ton agacé.

— Christophe et Jeanne ! Quelque chose me dit qu'ils vont trouver le passage.

— Il faudrait un miracle, grommelle Matthieu.

— Et alors ? poursuit le garçon myope. Quand les loups étaient dans la grotte, il y a eu une explosion, est-ce que tu t'es posé la question de savoir pourquoi cette explosion avait eu lieu ?

— Non, dit Matthieu, mais je veux savoir d'où elle vient.

— Oui, mais la question, c'est de savoir pourquoi elle s'est produite au bon moment pour nous sauver plutôt qu'une heure plus tard ou demain, insiste Joachim en regardant tour à tour Matthieu et Marie-Hélène.

— Tu n'as vraiment rien d'autre à penser ? répond Marie-Hélène, agacée.

— Ce que je veux dire, insiste Joachim, c'est que ce bruit nous a sauvé la vie. Il n'y a pas de coïncidences !

— Qu'est-ce que t'en sais ?

— J'en sais que je remercierai Dieu d'avoir permis ce miracle.

Joachim revoit son père dans son garage, les mains noires de cambouis. Sa mère passait parfois en coup de vent et se pinçait le nez à cause de l'odeur de ferraille froide, sa mère trop élégante pour une femme de mécanicien, un détail qui prend désormais toute son importance.

— Je me pose des questions, reprend-il, évasif.

— Tu ferais bien de dormir parce que…

Un hurlement l'arrête. Ils tendent l'oreille, en échangeant un regard terrorisé. Les loups sont toujours dans les parages. Matthieu s'arme d'une bûche et s'approche de la sortie. Marie-Hélène le rejoint, pose sa main gelée sur celle du jeune homme. Ils écoutent la nuit silencieuse et impénétrable. Les loups se taisent, mais ils sentent leur présence palpable, comme s'ils étaient à deux pas d'eux, prêts à leur sauter à la gorge.

Joachim les rejoint.

— Les loups ne peuvent pas grimper comme les chats ou les tigres.

— Qu'est-ce que tu racontes ? se moque Matthieu.

— Je veux dire qu'on peut grimper sur les rochers du fond et quand on sera tout en haut, on ne risquera plus rien !

Matthieu le regarde, étonné que ce garçon plutôt lourdaud ait parfois des idées judicieuses auxquelles personne n'a pensé. Au fond de la grotte, il a remarqué une corniche en hauteur où ils pourraient se réfugier.

— On va mettre un peu plus de bois dans le feu. Tout le monde sait que les animaux ont peur du feu !

Seizième jour

Perchés sur le rebord rocheux qu'ils ont eu tant de mal à atteindre, serrés comme des oisillons dans leur nid, ils restent attentifs aux bruits de la nuit. Les loups ne reviennent pas. Joachim s'assoupit au lever du jour. Matthieu, qui a dû descendre plusieurs fois pour alimenter le feu, dit à Marie-Hélène :

— Dans la journée, on ne risque rien, mais ils reviendront ce soir. Il faudra trouver le moyen de fermer l'entrée de la grotte. On ne peut pas rester ici, c'est vraiment trop petit.

— Les planches qui restent du toit du refuge devraient convenir, propose la jeune fille. Tu n'as pas voulu qu'on les fasse brûler et tu as eu raison.

Ils sortent. La neige qui est tombée une partie de la nuit transforme encore le paysage. Les traces des loups ont disparu, l'endroit a recouvré l'aspect minéral d'un hiver sans fin. Marie-Hélène va chercher une pelle dans le hangar pour dégager les restes du refuge. Matthieu trie plusieurs planches seulement consumées aux extrémités.

— Avec ça, on va construire une barrière. Il nous faudrait des clous, mais on va s'arranger avec des pierres.

Ce travail les occupe une partie de la matinée. Joachim apporte les pierres qu'il trouve dans l'éboulis au fond de la grotte. Matthieu dispose les planches, Marie-Hélène les cale.

— C'est assez haut, décide Matthieu en enjambant la balustrade de fortune. Il faut qu'on puisse entrer et sortir. Ce soir, on ajoutera des planches et les loups ne pourront pas passer.

Rassuré et assez content de lui, Matthieu propose :

— Si on allait voir ce qui a causé le bruit hier soir ?

— Qu'est-ce que tu crois trouver? poursuit Joachim, toujours pessimiste. C'est probablement un rocher détaché par le gel qui a roulé dans la pente.

— Non, répond Matthieu, sûr de lui, c'était comme une explosion.

Ils partent en travers de la pente, Matthieu en tête.

— Il me semble que l'explosion venait de là-bas.

— On ne sait pas, remarque Joachim. La grotte a pu déformer le bruit...

— Allons voir quand même.

Ils progressent difficilement dans la neige molle. Matthieu ouvre le chemin, suivi de Marie-Hélène, puis de Joachim, obnubilé par l'idée qu'une braise pourrait tomber sur la boîte de son violon restée près du feu. Cette nuit, il voulait jeter son instrument aux flammes, mais ce matin, il se dit que sans lui, il serait complètement perdu.

Le vent vient de se lever, un léger souffle gelé qui chasse la brume en gros blocs gris. Les flocons remontent vers les nuages, aspirés en tourbillons. Après une côte difficile à escalader, les trois adolescents glissent dans une pente où le vent a amoncelé de profondes congères. Tout à coup, ils s'arrêtent.

— Qu'est-ce que c'est ?

Joachim met la main au-dessus de ses yeux. L'intense lumière l'empêche de voir nettement ce que Matthieu désigne : une masse sombre qui dépasse de la blancheur infinie.

— On dirait un avion... remarque Marie-Hélène.

En effet, ils distinguent nettement les deux ailes couvertes de neige, l'empennage et l'avant qui a heurté un rocher.

— Oui, c'est un avion, affirme Joachim, et un avion anglais.

— Qu'est-ce qu'il fait ici ?

— Je ne sais pas, mais c'est le drapeau anglais.

— Et le pilote, il est où ?

— Il a sûrement eu le temps de sauter en parachute.

Matthieu s'approche de la verrière cassée. L'habitacle est plein de neige qu'il déblaie avec les mains, découvrant le siège, les ceintures détachées, le manche à balai.

— C'est bien ce que je disais, constate Joachim. La ceinture a été détachée, le pilote a sauté en parachute.

Matthieu s'enhardit, grimpe dans l'épave et s'imagine un instant en train de la piloter. Enfin, il découvre, derrière le siège, une étrange machine.

— Qu'est-ce que c'est que ça ? demande l'adolescent en déposant à côté de l'avion la machine composée d'un cadre de vélo monté sur deux trépieds avec une selle, une sorte de guidon fixe, un pédalier qui actionne une roue dentée au bout d'un objet semblable à une grosse bouteille de métal gris.

Joachim remonte ses lunettes.

— C'est une gégène !

— Une quoi ?

— Une gégène. Il y en a dans l'atelier de mon père. Tu tournes le pédalier, et derrière, c'est une dynamo qui produit de l'électricité !

— Et tu sais la faire marcher ? demande Matthieu, étonné par un Joachim qu'il croyait seulement capable de parler de sa bible et de jouer du violon.

— Bien sûr, il y a ici deux tiges. Tu relies deux fils à une ampoule et ça fait de la lumière !

— Mais qu'est-ce qu'elle foutait dans cet avion ?

— Je sais pas !

Cette découverte dont ils ne savent pas que faire les incite à fouiller plus minutieusement l'intérieur de l'appareil. Matthieu sort de la soute une grosse caisse en métal munie de poignées.

— Une caisse à outils ! s'extasie-t-il en inspectant l'intérieur. Il y a des tournevis, des pinces, un marteau. Avec ça, je vais pouvoir ouvrir l'armoire de la grotte.

— Et ici, une corde ! Elle fait bien vingt mètres de long. Regarde, dit Marie-Hélène. Ça peut servir.

Joachim inspecte le poste de pilotage. Sa main s'arrête sur une boîte fixée par deux écrous. Il en tourne les boutons.

— C'est la radio, explique-t-il. Mais la batterie doit être à plat, elle ne marche pas. Par contre, on pourra essayer avec la gégène !

— Mais tu sais faire ? demande Matthieu.

— En cherchant, on y arrivera !

Joachim dévisse les deux boulons qui retiennent l'appareil avec une dextérité qui étonne encore Matthieu.

— Tu t'y connais en mécanique ?

— J'aidais mon père, mais seulement pour les petits travaux pour ne pas abîmer mes doigts à cause du violon.

— Tu n'as jamais pensé que ton violon était comme quelque chose qui t'empêchait de faire ce que tu veux ? demande Marie-Hélène en tournant un curieux regard vers le jeune garçon.

— Non, ce qui m'empêche, ce sont mes yeux. La musique m'emmène là où je ne peux pas aller…

— Franchement, tu n'es pas comme tout le monde.

— On va emporter tout ça à la grotte, décide Matthieu. On ne peut pas laisser le feu trop longtemps. On verra bien ce qu'on peut en faire.

La gégène est lourde. Matthieu et Joachim la prennent chacun par un bout et la tirent sur la neige. Marie-Hélène porte difficilement la caisse à outils et le poste de radio.

— On va revenir ! dit Matthieu. Il y a peut-être des provisions.

Il pense aussi à une arme qui permettrait de chasser les mouflons et les bouquetins qu'il aperçoit parfois à l'orée du bosquet de sapins.

Dans la grotte, ils installent la gégène sur ses trépieds. Matthieu monte dessus et se met debout sur les pédales, qui tournent lentement.

— Qu'est-ce que c'est dur !

La dynamo se lance avec un bruit aigu et le jeune homme peut pédaler plus facilement.

Joachim observe la radio à la lumière des flammes. Il la tourne dans tous les sens et annonce :

— Elle est en état, il n'y a pas de raison qu'elle ne marche pas !

— Dans ce cas, réplique Matthieu, on est sauvés. On va appeler les secours !

La certitude que le cauchemar touche à sa fin lui donne envie de chanter, de gesticuler. Il prend Marie-Hélène dans ses bras.

— Cette fois, c'est gagné. Quand je disais qu'il fallait attendre !

— On va retourner à l'avion ! décide Matthieu. J'ai vu deux autres caisses dans la soute.

Ils repartent. La tempête se prépare. Le ciel se couvre de gros nuages sombres. Le vent glacial du nord se renforce.

La première caisse contient du matériel électrique, des ampoules, des piles pour lampes-torches, poisseuses d'humidité. La seconde renferme des boîtes de sardines, une miche de pain, des paquets de cigarettes, deux bouteilles de vin et un petit sac de farine.

— On va même pouvoir faire du pain ! s'exclame Marie-Hélène.

Matthieu et Joachim sont tellement heureux qu'ils se laissent tomber dans la neige et roulent dans la pente. Marie-Hélène les regarde en souriant. Cette fois c'est certain, leur calvaire est bien fini !

Ils rapportent les deux caisses à la grotte. Le vent hurle sur les sommets. Matthieu sent ses forces décuplées par tant de bonnes nouvelles.

— Je préfère être à ma place qu'à celle de Jeanne et Christophe, jubile-t-il.

— On va faire un festin ! Mais avant, il faut aller chercher du bois tant qu'on y voit un peu.

Ils se hâtent. Matthieu coupe en rondins le tronc d'un sapin mort. Joachim et Marie-Hélène les emportent à la grotte. La nuit arrive. Le jeune homme éreinté pose sa scie, s'essuie le front et décide :

— On fera avec ça !

Ils rentrent à la grotte, disposent la barrière de planches tenues par de grosses pierres. Ils peuvent enfin se laisser aller au plaisir de manger autre chose que des haricots rances. Marie-Hélène coupe d'épaisses tranches de pain. Matthieu doit se servir d'une pince coupante trouvée dans la caisse à outils pour ouvrir une boîte de sardines et débouche une bouteille de vin avec un tournevis.

— Si les autres nous voyaient..., dit Joachim en souriant.

— Je crois que Christophe n'est pas un mauvais garçon, ajoute Marie-Hélène. En revanche, Jeanne est une fille bizarre. Quand elle parle, ses mots coupent comme une lame de rasoir et puis...

Ses paroles se perdent dans le hurlement du vent. Matthieu se dit qu'il ne pourra jamais s'entendre avec Christophe. Sa présence le gêne. Le fils de l'ouvrier imprimeur devenu patron a un langage direct qui lui fait perdre tout sens de l'à-propos.

Ils mangent avec gourmandise, sans parler, sans se regarder, tout au plaisir de la saveur des sardines et de l'huile qui imprègne le pain. Ils boivent le vin qui leur pique la gorge. Les pommettes de Marie-Hélène rougissent, Joachim fait claquer sa langue en posant sa tasse ébréchée. C'est le plus beau jour de sa vie.

Matthieu se tourne vers Marie-Hélène.

— Ton amoureux, il était vraiment très beau ? demande le jeune homme à qui le vin donne de l'audace.

Marie-Hélène a un petit rire que Joachim ne lui connaissait pas.

— Ma mère ne voulait pas que je fréquente Paul parce qu'il avait dix ans de plus que moi et qu'il était marié. Je mentais pour le rejoindre. Et puis la guerre l'a emporté !

Les sourcils de Matthieu s'abaissent.

— C'est bien fait ! J'espère qu'il ne reviendra jamais, marmonne-t-il.

Ce bel aveu amuse Marie-Hélène. Matthieu ouvre un paquet de cigarettes qu'il tend à Joachim. La tête lui tourne, mais il ne viendrait pas à l'idée du jeune myope de refuser.

— Et toi, reprend Marie-Hélène en s'adressant à Matthieu, tu m'as dit que tu avais connu une femme ?

Il répond avec la ferme intention de lui donner le change :

— Oui. J'ai passé deux jours avec elle dans une chambre, rue de Vaugirard.

Joachim jette son mégot dans les braises. Il tente de se mettre sur ses jambes et titube jusqu'à sa boîte à violon qu'il peine à ouvrir. Enfin, il saisit l'instrument, le cale sous son menton, tend la mèche de l'archet et veut jouer, mais il ne réussit qu'à tirer des sons aigres et criards. Alors, d'un geste brusque, il lève son violon à bout de bras, comme s'il voulait le jeter au feu.

— Des fois, je me dis que je vais le casser !

— Voilà que tu recommences, s'insurge Marie-Hélène. C'est pas la faute au violon si tu as trop bu !

Joachim range l'instrument dans la boîte, se tourne vers le feu et s'effondre en sanglotant.

— Eh bien oui, mon violon est beau, mais moi, je suis laid, je suis un rabat-joie.

Marie-Hélène veut le consoler. Matthieu l'arrête :

— Laisse-le, il est complètement soûl. Demain, il ne se souviendra de rien.

Ce soir, les deux jeunes gens ne dorment pas l'un près de l'autre, séparés par ce qu'ils se sont dit. Matthieu est jaloux de ce Paul, si beau que Marie-Hélène mentait pour le rejoindre. La jeune fille en veut à Matthieu d'avoir passé deux jours dans une chambre avec une jeune femme. Quand ils vont sortir d'ici, sa première préoccupation ne sera-t-elle pas d'aller la retrouver ? L'ouvrière en couture sait bien qu'elle n'a aucune chance de le garder.

dans la montagne

Leur refuge de fortune est assez bien protégé des assauts du vent. Exténués, Jeanne et Christophe réussissent à s'assoupir pendant quelques heures. Quand ils se réveillent, la tempête s'est calmée, le jour se lève.

— Il faut repartir, dit Jeanne. Le passage est devant nous, à moins d'une heure. Ce soir, nous serons à Vicdessos.

Le soleil illumine les pentes d'une lumière rasante, incendie la cime des crêtes. Ils ont faim. Le froid se glisse sous leurs habits trop légers, leurs gants de toile. Ils marchent péniblement dans une couche de neige légère et molle, s'arrêtent à l'endroit où ils ont repéré les traces de pas.

— Il faut aller dans ce sens, fait Christophe. Vers cette petite vallée devant nous.

Ils marchent pendant une heure ou deux sur une pente. Christophe ouvre le chemin, Jeanne met ses pas dans les siens. Ainsi, ils progressent lentement, sans s'apercevoir que le ciel se charge de nouveau, que le vent s'est encore levé sur les sommets.

La neige se met à tomber, drue, épaisse, lourde, aveuglante. Au tout début de l'averse, ils aperçoivent encore le soleil blanc à travers les flocons, puis le mur s'épaissit. Aveuglés, ils avancent au hasard, perdus.

— On aurait dû attendre dans notre abri ! dit Christophe.

— Serre les dents et continue !

Tout à coup, le sol se dérobe sous leurs pieds. Ils poussent un même cri, roulent dans une coulée qui emporte tout sur son passage. Puis ils s'arrêtent, écrasés par des blocs de neige. Christophe se débat, réussit à sortir la tête, respire longuement.

— Jeanne ? Où tu es ?

Une main s'agite au-dessus d'un monticule. Christophe se libère des blocs gelés, saisit la main et hisse la jeune fille hors de sa prison.

— On l'a échappé belle ! fait-elle en secouant son anorak.

Ils sont tombés dans une crevasse. Christophe jauge la hauteur des parois.

— Cette fois, c'est foutu, dit-il. Jamais nous ne sortirons d'ici !

— On ne va quand même pas mourir dans ce trou à rats, s'insurge Jeanne.

Christophe inspecte méthodiquement les murs de glace, cherche les moindres aspérités qui lui permettraient de grimper.

— On va essayer de tailler un escalier, décide-t-il.

Ils déchantent vite. La neige est friable comme du sable, l'escalier s'écroule à mesure qu'ils tentent de le consolider. Le froid les mord, s'acharne sur eux comme une bête malfaisante qui dévore ses proies vivantes. Après un très long effort, Christophe abandonne, découragé.

— C'est foutu ! J'ai les pieds et les mains gelés.

Jeanne s'est recroquevillée dans un coin et semble s'abandonner. Tout à coup, elle se ressaisit.

— Les gens dont on a vu les pas ont été arrêtés par la tempête, comme nous.

— Qu'est-ce que tu veux dire ?

— Qu'ils sont peut-être dans les parages et qu'on doit leur signaler notre présence...

Elle saisit l'arme posée à côté de Christophe, lève le canon et tire. Le recul la projette en arrière. L'énorme bruit déclenche la chute de lourdes plaques gelées.

— Tu veux nous ensevelir ! hurle Christophe.

Un deuxième coup de fusil ébranle de nouveau le silence minéral.

— Arrête !

Ils écoutent la détonation mourir au loin.

— Je jure devant Dieu que si je sors vivante d'ici, je consacrerai ma vie aux enfants que la guerre a privés de leurs parents ! dit Jeanne d'une voix pleine d'émotion.

— C'est facile de jurer quand on est coincé, répond Christophe, plus difficile de tenir sa promesse une fois qu'on est tiré d'affaire...

— Tais-toi, imbécile !

— Il n'y a que des Juifs pour parler ainsi...

— Juif ou pas, on meurt tous de la même manière et ce n'est pas beau !

— Au fond, tu as raison de parler de l'avenir. Moi, si je sors d'ici, je veux reprendre l'imprimerie de mon père.

Ils se taisent. Leurs pensées d'avenir butent sur le mur de neige et le silence de la montagne.

— Je crois que j'ai entendu parler ! dit Christophe en tendant l'oreille.

— C'est une avalanche qui roule vers la vallée.

Mais non. Ce sont bien des hommes. Deux silhouettes gesticulent au bord de la crevasse.

— Qu'est-ce que vous faites là ? demande une voix rauque.

— On est tombés dans ce trou ! répond Christophe. Aidez-nous !

Quelques instants plus tard, l'un des hommes lance une corde. Jeanne s'y agrippe et grimpe jusqu'en haut, puis Christophe qui remercie ses sauveteurs.

L'un, petit, trapu, très sombre, porte une casquette qui descend sur les oreilles et masque son visage anguleux. Ses mains énormes que Jeanne ne lâche pas des yeux tiennent une carabine. L'autre est plutôt grand, la tête couverte d'un passe-montagne en peau de loup.

— Qu'est-ce que vous foutez ici ? demande le petit d'une voix éraillée d'ivrogne.

— On est perdus.

— Perdus ? Mais comment ça ?

Christophe sait bien qu'il n'a pas le choix et décide de dire la vérité, considérant que ces contrebandiers, qui sont du pays, ne peuvent être que de leur côté.

— On veut redescendre. On a faim et on a froid.

— Mais comment vous êtes venus ?

— On était avec Marcello !

Les deux hommes échangent un regard entendu.

— Tu as bien dit Marcello ? demande le petit à casquette.

— Pourquoi ? Vous le connaissez ?

Il allume une cigarette.

— Oui, et il est où ?

— Les Allemands l'ont tué ! Les loups ont emporté son corps.

L'homme à la casquette éclate d'un rire grossier.

— Il y a une justice sur cette Terre.

Christophe marche d'un pas résolu près des deux hommes. Jeanne reste un peu en retrait, sur la défensive.

— Moi, c'est Clovis; lui, c'est Arthur. C'est moi le guide. Arthur n'est pas d'ici. On peut vous emmener.

Il se tourne vers Jeanne.

— Et toi, la fille, comment tu t'appelles ?

Jeanne, la tête baissée, ne répond pas.

— Alors, tu parles ? insiste Clovis. J'aime pas qu'on joue les cachottières.

Elle ne répond pas. Le grand Arthur jette un regard sombre à Clovis. Christophe, sentant soudain qu'ils étaient probablement plus en sécurité au fond de la crevasse, se tourne vers Jeanne qui regarde ses chaussures. Comment lui faire comprendre qu'à la première occasion ils devront fausser compagnie à leurs sauveteurs ?

Ils reprennent leur marche jusqu'à un abri de berger qui disparaît presque entièrement sous la neige. L'entrée a été dégagée, la cheminée de pierres sèches fume. Clovis pousse la porte du pied. La pièce unique est beaucoup plus grande que ne le laissait présager l'apparence extérieure. Dans un coin, assis, les poignets ligotés, deux enfants tournent vers les hommes des yeux pleins d'effroi. Une petite fille aux boucles blondes qui rappelle étrangement Séverine et un garçon brun aux grandes oreilles.

Clovis ferme la porte et, d'un geste brusque, s'empare vivement de l'arme de Christophe.

— Qu'est-ce qui vous prend ?

— C'est pas un jouet pour des enfants. Ici, c'est moi qui dis ce qu'on fait. Vous voulez descendre dans la vallée, c'est bien ça ?

— Oui.

— Alors, je vais vous emmener. Arthur, attache-moi ce beau monde pour que personne ne soit tenté de faire des bêtises.

Christophe se met dos au mur et dresse les poings. Clovis éclate de rire.

— Tu vas rester sage, oui !

L'adolescent ne peut pas se défendre. Il est ligoté en même temps que Jeanne. Clovis remarque la poitrine de la jeune fille et s'exclame :

— Mais c'est que t'es plus une gamine, toi ! Quel âge t'as ?

Jeanne ne répond toujours pas. L'homme promène ses grosses mains sous l'anorak de Jeanne, tâte ses seins.

— Je m'occuperai de toi, ce soir.

— Vous ne me toucherez pas ! rétorque Jeanne en le regardant droit dans les yeux.

— C'est ce qu'on verra, ma belle. Et même que t'auras du plaisir. Je suis un spécialiste.

En parlant, il s'est approché très près de la jeune fille, qui lui crache au visage. Une gifle claque.

— Dis donc, t'as de drôles de manières ! Si tu continues à faire la mauvaise tête, ton compte sera vite réglé !

Sans ménagement, il pousse Jeanne et Christophe dans le coin, près des deux enfants.

— Bon, continue Clovis, on ne peut pas partir aujourd'hui. Une nouvelle tempête se prépare. On lèvera le camp dès qu'elle sera passée. Alors, prenez votre mal en patience.

Arthur n'a pas desserré les dents. Il semble sur la défensive, comme s'il se méfiait de son camarade. La tension entre les deux hommes est palpable. Clovis attise le feu et s'assoit sur un tabouret.

— Tu ne dois pas toucher cette fille, dit alors Arthur. Tu ne sais pas qui c'est. Ça pourrait nous retomber sur le nez.

— Elle est montée avec Marcello. On sait ce que ça veut dire. Nous, on travaille à la régulière, avec les autorités légales, pas avec les résistants !

— Écoute, insiste Arthur, les Allemands nous paient pour qu'on leur ramène des fugitifs en bon état. Tu ne sais pas qui est cette fille. Avec l'argent qu'elle vaut, tu pourras te payer une vraie femme ! Je te dis qu'il faut faire attention !

Christophe se tourne vers le petit garçon assis à sa droite. La fillette pleure sans bruit. La morve coule de son nez qu'elle essuie de temps en temps avec son bras. Ses cheveux libres roulent devant sa figure.

— Comment tu t'appelles ? demande Christophe au garçon.

Le gamin jette un regard furtif aux contrebandiers qui s'activent près du feu, puis se penche vers Christophe.

— David, et elle, c'est Judith. On était en Espagne, ils nous ont enlevés pour nous ramener aux Allemands qui nous cherchent !

Tout en écoutant le gamin, Christophe fait jouer ses poignets : la corde est mal serrée…

Arthur et Clovis, assis sur des tabourets près du feu, mangent du pain et du saucisson. Clovis boit de longues rasades de gnole à sa gourde en peau de chèvre. Et, à mesure qu'il s'enivre, sa voix prend de l'ampleur.

Jeanne se tourne furtivement vers Christophe, qui lui fait un petit signe des yeux. Les liens de ses poignets se sont suffisamment distendus pour qu'il puisse se libérer quand il le jugera utile. Pour l'instant, Clovis n'est pas assez soûl; en outre, le jeune homme se méfie d'Arthur, qui ne boit pas.

La nuit est tombée. La tempête gronde. Les coups de boutoir du vent font craquer le refuge. Le feu crépite; de hautes flammes montent dans le conduit de la cheminée. La chaleur n'atteint pas le recoin où les enfants sont attachés. Judith renifle. David serre les dents.

Près du feu, les deux hommes ont fini de manger. Clovis articule de plus en plus difficilement et tète sa gourde d'alcool.

— Bon, dit-il en essayant de se mettre sur ses jambes, maintenant qu'on a bien mangé, on va s'amuser un peu.

Il se tourne vers Jeanne, renverse un tabouret, bute contre les caisses empilées sur le côté de la cheminée. Un courant glacé parcourt la jeune fille livide.

— Alors, la belle, commence Clovis. Je suis sûr que tu attendais ce moment. Eh bien, moi aussi!

Arthur attise le feu, puis prend son compagnon par l'épaule en l'obligeant à s'écarter de la jeune fille.

— Clovis, je t'ai dit qu'il fallait la laisser tranquille. Ceux pour qui on travaille nous le reprocheraient.

— Tu vas arrêter ta morale! s'écrie Clovis en faisant face à son camarade qui le domine d'une tête. On est payés pour les deux petits, ça, c'est vrai, et on les ramènera. Mais ceux-là, personne ne les attend ! Rien ne dit qu'on nous les paiera. Alors, pourquoi se priver ?

— T'es vraiment con ! S'ils étaient avec Marcello, c'est qu'ils passaient en Espagne ! Les Allemands les recherchent et ils valent peut-être très cher ! Alors, tu vas te coucher dans un coin, tu vas cuver ta gnole et demain on descendra. Et puis, c'est une gamine !

— Justement, c'est pour ça qu'elle m'excite. Tu ne peux pas comprendre, toi, monsieur Arthur. Tu es délicat, tu me regardes de haut !

— Cesse de dire des conneries !

— Je ne dis pas des conneries. Laisse-moi tranquille, je fais ce que je veux !

D'un bond, Arthur contourne la table et se plante entre Clovis et Jeanne. Il prend son collègue par le col de son paletot et le secoue.

— Je commence à en avoir marre de toi ! s'écrie Arthur. C'est bien la dernière mission qu'on fait tous les deux ! Tu bois, tu bois encore et après tu ne sais plus ce que tu fais !

— Dis aussi que tu m'as emmené pour me faire plaisir ! T'oublies que sans moi, tu crèverais dans cette montagne, parce que je suis le seul à connaître l'emplacement du passage. Sans moi, t'es prisonnier de la montagne ! Sans moi, tu peux pas ramener ces gamins là où on les attend. Tu as besoin de moi, mais moi, j'ai pas besoin de toi ! Un jour, je te ferai la peau, alors méfie-toi !

— Tais-toi ! Tu ne feras la peau à personne ! Tu es bourré à ne pas pouvoir tenir debout, dors et cuve. Demain, tu auras plus de raison !

— Ah, je suis bourré ? Mais pour qui tu me prends ?

— Pour ce que tu es ! Tu as de la chance de connaître le passage : sans ça personne ne voudrait de toi !

— Eh oui, je connais le passage ! Tiens, je vais te dire le secret... Il y a plusieurs pics en forme de bec de perroquet et le passage se trouve au pied d'un des becs.

— Quand on sera passés une fois, je saurai aussi bien que toi !

— Je parie une barrique de fine que non ! D'ailleurs, je t'en ai trop dit et je ne veux pas que tu ailles raconter ça à quelqu'un d'autre.

Tout en parlant, il a tendu la main vers son arme posée à côté, sur une caisse. Arthur ne s'y attend pas. Clovis pointe le canon sur son compère. La détonation déchire cet espace minuscule encombré de caisses, de tabourets, de sacs. Arthur pousse un cri, lève les bras, puis s'écroule avec fracas. Sa tête heurte le rebord du mur. Judith hurle de terreur en voyant les gros bouillons de sang rouler sur la poitrine de l'homme qui râle. David, tétanisé, ouvre de grands yeux. Jeanne ne bronche pas. Christophe a réussi à libérer ses poignets, mais estime qu'il n'est pas encore temps d'intervenir. Étrangement calme, il reste attentif à chaque geste de Clovis.

Clovis porte la gourde à ses lèvres et boit une longue rasade d'alcool. Il se penche sur son copain. Un horrible rire lui secoue la poitrine.

— Franchement, à vouloir toujours tout commander, tu m'as poussé à bout. Tant pis pour toi ! T'as oublié que c'était la guerre et que personne ne te réclamera.

Il tire le cadavre dehors. Christophe hésite : comment récupérer son fusil sans alerter le contrebandier ? Il décide d'attendre encore quelques rasades de gnole. Clovis rentre et se tourne vers Jeanne en souriant.

— Tu comprends qu'il ne faut pas me chercher des noises ! Arthur me grugeait ! Il empochait l'argent des Allemands et me donnait des clopinettes ! Bon, maintenant on va être tranquilles.

Il pose sa carabine à côté de la porte. Christophe regarde la sienne, abandonnée sur le tas de bûches, à gauche de la cheminée. D'un bond, il pourrait la saisir. Mais devant la table encombrée par la tourte entamée, les verres, la bouteille, deux caisses gêneront sa fuite vers la sortie.

Clovis demande à Jeanne de se mettre debout. La jeune fille ne bronche pas. La tête baissée, elle semble ne pas avoir entendu. Il la soulève par les épaules. Alors, Jeanne le regarde bien en face.

— Je préfère mourir ! dit-elle d'une voix qui ne tremble pas.

Clovis éclate de rire et la pousse entre les caisses, contre le mur, juste à côté de la fenêtre.

— Tu ne peux rien ! Tu as les mains attachées et ça me plaît !

Christophe comprend qu'il doit profiter de cet instant où Clovis a le dos tourné pour agir. Jeanne lui lance un regard désespéré, alors il se tasse comme un chat, bloque ses pensées, se détend. D'un bond, il saisit son arme qu'il pointe sur le contrebandier. Ce n'est plus Christophe l'adolescent incertain sur ses jambes trop longues, ce n'est plus le frondeur à la moquerie facile, c'est quelqu'un d'autre qui vient de naître à l'instant même où il a bondi.

— Lâche-la ! ordonne-t-il en s'approchant de Clovis qui éclate de rire.

— Qu'est-ce que tu crois ? grogne l'ivrogne. Tire ! Sans moi, vous êtes tous condamnés à mourir de froid et de faim. Parce que le passage est quelque part devant nous et, même si vous le trouvez, vous ne passerez pas. Un pas de trop à droite ou à gauche et c'est le plongeon !

Jeanne se réfugie derrière Christophe. Dans leur coin, les deux enfants se recroquevillent.

— Tire donc ! répète Clovis en s'approchant. En me tuant, tu tues les autres et tu te tues aussi !

Christophe hésite. L'autre profite de son avantage.

— Maintenant, tu vas poser ce fusil et m'écouter.

Le jeune homme tient toujours l'arme pointée sur la poitrine de Clovis, son doigt se crispe sur la détente. Clovis veut écarter le canon.

— Ne bougez plus ou je tire !

— Eh bien, tire !

Christophe abaisse le canon sur le pied gauche du contrebandier et appuie sur la détente. Un déclic lui indique que la chambre est vide. Clovis éclate d'un rire gras.

— Tu penses bien que j'avais prévu ça ! Bon, maintenant, on s'est assez amusés, fait Clovis en s'emparant de la carabine posée près de la porte. Celle-là est chargée et c'est moi qui la tiens !

Christophe ne lui laisse pas le temps d'épauler l'arme, il bondit vers la sortie. Un coup de feu tonne, les petits se cachent la figure dans leurs bras. Christophe passe la porte quand un deuxième coup brise une planche. L'adolescent bute contre le cadavre d'Arthur, roule dans la neige. De gros flocons s'écrasent sur sa figure. Le vent le gifle de ses lanières gelées. Son fusil déchargé à la main, il s'arrête, le cœur battant, en pensant à Jeanne entre les mains de l'ivrogne.

— Je vais le tuer, murmure-t-il.

Il retourne vers la masse sombre du refuge. La seule ouverture est une petite fenêtre munie d'un unique carreau blanc de gel.

Un cri vient de l'intérieur. Christophe s'approche du carreau. Clovis, qui a renversé Jeanne sur la table, ouvre l'anorak de la jeune fille, déchire ses vêtements et frotte son visage sur les seins qui pointent sous un tissu léger. Les mains toujours attachées dans le dos, Jeanne se débat. Christophe, le cœur battant, sait ce qui lui reste à faire. Les cartouches qu'il a prises à l'Oustal sont toujours dans sa poche. Il ne peut pas laisser souiller la jeune fille par ce monstre répugnant, c'est lui qui en serait détruit. Il prend une cartouche, la glisse dans la chambre. Le coup claque comme un fouet dans le grondement de la tempête. La vitre vole en éclats. Clovis, touché à la tête, se dresse comme pour riposter, puis tombe à la renverse sur les tabourets et les caisses. Jeanne ramène vivement ses vêtements sur ses seins découverts. Christophe pousse la porte. La jeune fille lui tombe dans les bras, puis sanglote en posant sa tête de petit garçon sur l'épaule de celui qui vient de la sauver.

Mais Christophe ne peut s'empêcher de penser qu'en tuant Clovis il vient de condamner tout le monde, elle, lui et les deux petits effarés qui claquent des dents de peur et de froid.

Les sanglots retenus de la petite Judith percent le silence. Jeanne reprend pied dans la réalité. Elle recule vivement, comme si elle venait de se brûler.

Sans un mot, Christophe remet des bûches dans le foyer, passe devant le cadavre de Clovis en s'étonnant de n'éprouver aucun regret. Est-ce donc si facile de tuer un homme ?

— Je vais vous libérer, dit-il aux enfants.

Il défait les liens qui retenaient les poignets et les chevilles de la fillette, libère le garçon. Tous les deux ont du mal à se tenir debout.

— Ça fait deux jours qu'on est ligotés comme ça ! dit David. Comme des poulets qu'on amène au marché.

Judith tousse, puis recule vers le mur en voyant le corps. David a le courage de s'approcher du feu et tend ses mains aux flammes.

— Bon, dit Christophe en désignant le cadavre, on va le sortir. Ensuite, on pourra parler plus tranquillement.

Il prend Clovis par les pieds et le tire sans ménagement vers la porte que Jeanne ouvre.

— C'est tout ce qu'il mérite ! assure la jeune fille, comme pour justifier son indifférence auprès des petits. Les loups n'en voudront peut-être même pas.

Quand c'est fait, ils ferment la porte et, par prudence, poussent des caisses derrière.

— Maintenant, on est chez nous, dit Christophe, et on va manger.

Les deux petits louchent vers la tourte entamée posée sur la table. Christophe en coupe des morceaux et du saucisson qu'il tend aux enfants.

— On peut pas ! dit David. On est juifs !

— Franchement, c'est pas le moment de faire des manières ! s'exclame Christophe sur un ton de reproche. Tant pis pour vous. Moi, je mange !

Jeanne hésite, puis prend un morceau de saucisson.

— Vous n'avez pas mangé depuis deux jours. Vous pouvez ! dit-elle en mordant dans la nourriture interdite. Ce n'est pas une faute !

Elle mastique cette viande fumée qu'elle ne connaissait pas et en apprécie le goût.

Les petits n'osent pas la contrarier et mangent à leur tour. Judith fuit les regards. David, au contraire, ne baisse pas les yeux en face de Christophe. Il est très maigre, le visage large, les joues creuses. Ses cheveux courts ne cachent pas ses grandes oreilles décollées.

— Où sont vos parents ? demande Jeanne à David.

— On sait pas. Ils ont été arrêtés avec d'autres amis de Nevers. Des voisins nous ont cachés, mais c'était trop dangereux. On nous a emmenés en Espagne. Je suis bien content d'en être parti !

— Ah bon ?

— Ouais, les gens chez qui on était me prenaient pour un tout-petit et me surveillaient comme du lait sur le feu. Si ces deux-là n'étaient pas venus me chercher, je me serais fait la malle, c'est sûr !

— Dis donc, tu as la langue bien pendue, toi ! s'exclame Christophe.

— C'est ce que me dit mon oncle Georges. Il me dit aussi que ça sert pour se défendre.

— Quel âge tu as ? demande Jeanne à la fillette.

— Neuf ans, et David dit qu'il a douze ans, mais c'est pas vrai, il n'a que onze ans !

Maintenant qu'ils ont mangé, la fatigue prend le dessus. Les deux enfants s'endorment devant le feu, assis par terre. Jeanne se couche près de Christophe, qui voudrait la serrer dans ses bras, mais n'ose pas.

Dix-septième jour

Le feu s'éteint. Quand Christophe se réveille, la fumée bleue lui indique cependant que des braises se trouvent encore sous les cendres. Il dispose des brindilles qui s'enflamment.

Jeanne passe une main rapide dans ses cheveux courts.

— J'ai réfléchi, dit-elle. Il vaut mieux rester ici le temps de trouver le passage.

— C'est aussi mon avis, répond Christophe. Le passage est devant nous, ça devrait aller vite !

— Pas sûr. Il est sous des mètres de neige et tu as entendu ce type : il suffit de faire un écart d'un pas pour tomber dans le vide ou au fond d'une crevasse. Il faut être prudents.

— Je sais. Mais, avec un peu de chance, d'autres contrebandiers vont s'arrêter ici. Tous ne sont pas des bandits !

Christophe agace le feu du bout de son bâton. Des gerbes d'étincelles montent dans la cheminée.

— Et les deux petits ? demande Jeanne. Qu'est-ce qu'on en fait ?

Judith et David, qui viennent de se réveiller, jettent des regards inquiets sur les deux adolescents. Judith demande d'une toute petite voix :

— Vous n'allez pas nous abandonner ?

— Mais non ! dit Jeanne.

— Bon, décide Christophe, ici, il y a de quoi faire du feu et manger pour quelques jours. Donc, tout va bien ! On va prendre le temps de réfléchir.

Sans rien ajouter, il attrape son fusil, la paire de gants fourrés de Clovis posée sur une caisse, et sort. Les cadavres sont ensevelis sous la neige et rien ne trahit leur présence. Christophe longe le canyon qui se resserre en une multitude de gros rochers, séparés par des précipices. Le jeune homme mesure les risques de se hasarder dans ce dédale prêt à l'engloutir. Il contourne l'endroit, revient vers le canyon qui se poursuit jusqu'au pied d'un mont extrêmement escarpé. Devant, plusieurs pics larges à la base et crochus au sommet lui rappellent les becs de perroquets évoqués par Clovis. Au-delà, le mur de la montagne exclut tout franchissement à moins de faire de l'escalade. Le passage est donc là, mais où ? S'aventurer au hasard serait du suicide. Dépité, il retourne au refuge.

— Je recommencerai demain, dit-il à Jeanne en s'asseyant près du feu.

à l'Oustal

Joachim, qui a très mal à la tête, sort en espérant que l'air frais lui fera du bien. Matthieu ouvre les yeux ; sa première pensée va au feu qui s'éteint. Hier, ils ont mangé, bu et fumé et se sont endormis sans penser à instituer un tour de garde. Une fois de plus, il parvient à le sauver en posant de la mousse et des morceaux d'écorce sur les dernières braises qui palpitent dans la cendre. La catastrophe est évitée, mais il se dit que désormais, ils devront être stricts.

Marie-Hélène est sombre. Elle met de l'eau à chauffer dans la marmite. La tête lourde, la jeune fille pense à son père qui titubait chaque soir, à ses propos souvent grossiers, à ses gestes déplacés envers sa mère. Aurait-elle hérité de son goût pour l'alcool ?

Joachim revient, les carreaux de ses lunettes pleins de buée. Matthieu fouille dans la boîte à outils.

— Je vais monter ouvrir l'armoire.

— Tu ne vas rien voir ! dit Joachim. Attends que je réussisse à faire marcher la gégène.

— Je vais me débrouiller avec cette lampe. La pile est faible, mais ça suffira.

Dévisser les quatre boulons qui retiennent la fermeture ne prend pas longtemps à Matthieu. La porte tourne en grinçant sur ses gonds rouillés. L'intérieur sans fond donne accès à un souterrain entre les rochers. La lampe braquée devant lui, Matthieu s'y engage. Derrière lui, Joachim peine à se frayer un chemin. La lumière leur révèle des boîtes de biscuits empilées dans un coin, un jambon sec enveloppé dans du tissu, un petit sac qui s'avère plein de lentilles, et, dans le fond, deux fusils à lunette et des boîtes de munitions. Dans un coin sombre, Joachim aperçoit une grosse caisse en bois dont le couvercle est simplement posé dessus. Il en approche la lampe, découvre un filet.

— Ouais ! On va pouvoir pêcher ! constate le garçon. Il y a donc un lac dans les parages ?

— Sûrement, répond Matthieu. Il va falloir le chercher.

Il ouvre une boîte de biscuits. Une odeur de pourriture s'en dégage. Les gâteaux d'une couleur grisâtre se brisent en une poussière nauséabonde. Le garçon constate ensuite que les lentilles ne valent pas mieux que les haricots trouvés dans la remise. Le jambon est rance.

Matthieu s'empare d'un fusil, l'examine, et approche la lunette de son œil droit. Il n'y connaît rien, mais se dit que ce ne doit pas être bien difficile de viser et d'appuyer sur la détente. Il pose l'arme et soulève un pan du filet, léger comme une toile d'araignée.

— C'est quand que tu essaies la radio ? demande-t-il.

— Ce soir, peut-être. Mais il faut quand même penser qu'on risque de rester encore quelques jours. Suppose que le temps se gâte, les secours ne pourront pas monter.

— Tu as raison, il nous reste un peu de bois, mais on va descendre en couper ! ajoute le jeune homme.

La journée se passe ainsi. Joachim bricole la radio qui ne fonctionne pas. Il a réussi à brancher la gégène, qui donne assez de courant pour allumer une lampe, mais il faut actionner le pédalier et cela devient très vite fatigant. Les heures passent à écouter le vent qui hurle au-dehors ; la neige qui ne cesse de tomber depuis le matin les empêche de sortir chercher du bois. Pour s'occuper, Joachim tente de sculpter une bûche, puis finit par jeter son médiocre essai.

— Si j'avais de bons yeux, explique-t-il, je pourrais faire beaucoup de choses. Mais voilà, je suis un infirme.

— On est tous infirmes d'une façon ou d'une autre ! philosophe Matthieu sans lever les yeux de l'arme. Ce qu'il faut, c'est avoir la force de marcher quand même !

Marie-Hélène et Matthieu ne s'adressent la parole que lorsque c'est nécessaire. Matthieu se dit que sous son attitude de sainte-nitouche, la jeune fille cache une véritable femme un peu trop délurée. Marie-Hélène regarde furtivement Matthieu et le trouve vraiment petit, quelconque et sans fantaisie. Comment une jeune fille a-t-elle pu accepter de passer deux jours dans une chambre avec lui ? Joachim fait semblant de ne s'apercevoir de rien. Il a tout oublié de leur soirée, sauf qu'il a bu trop de vin et que son mal de tête vient de là. Et il se sait de trop.

— C'est moi qui vous gêne ? Si vous voulez, je peux aller dans la grotte du haut.

— Qu'est-ce que tu racontes ? grogne Matthieu.

Le soir, la tempête se calme. Les nuages défilent très vite, laissant passer un peu de soleil qui illumine la neige fraîche. Matthieu sort, fait quelques pas, quand son regard est attiré par des bouquetins qui descendent de la montagne. Il se dissimule derrière un rocher et attend. Les animaux courent dans la pente en soulevant un nuage blanc. Ils s'arrêtent à l'orée du bosquet, à moins de cinquante mètres du jeune homme, et se mettent à brouter les feuilles mortes restées accrochées aux branches des jeunes chênes. En prenant d'infinies précautions pour ne pas les effrayer, Matthieu revient à la grotte.

— Les bouquetins sont descendus ! annonce-t-il en s'emparant du fusil et en vérifiant qu'il est chargé.

Marie-Hélène lui demande :

— Tu sais t'en servir ?

— Non, mais ça n'est pas sorcier. Je vise et j'appuie là ! dit-il d'une voix qui se veut convaincante.

Matthieu sort sans rien ajouter, tenant le fusil pointé devant lui. Il réussit à regagner l'abri du rocher sans effrayer les animaux occupés à manger. Le jeune homme attend, le cœur battant, le souffle court. Il se positionne à l'abri des rochers, soulève l'arme à la hauteur de son visage et tire. Un bruit énorme secoue la montagne. Le recul projette violemment Matthieu en arrière. Un animal saute en l'air, fait une curieuse pirouette, reste un instant immobile sur le sol, puis se remet sur ses pattes et s'éloigne lentement dans la direction prise par le troupeau affolé.

— C'est raté ! constate Matthieu. Mais qu'est-ce que je suis maladroit !

Marie-Hélène et Joachim arrivent en courant. Ils trouvent Matthieu assis sur la neige, son arme à côté de lui.

— J'en ai touché un ! dit-il en regardant la jeune fille. Il s'est enfui, mais il n'a pas pu aller bien loin. Je vais aller le chercher, ajoute-t-il, désireux de rattraper son échec.

Il s'éloigne, son fusil à la main. Joachim le rejoint.

— Je viens avec toi.

— Non, reste avec Marie-Hélène. Tu as dit toi-même que tu ne voyais rien, alors on ne sait jamais, il y a des crevasses !

Le jeune homme marche vers l'orée du bosquet où se trouvaient les animaux et découvre des gouttes de sang sur la neige piétinée. Il suit pendant un long moment les traces qui traversent un plateau jusqu'à une vallée peu profonde. Le vent vient de se lever.

« Faut faire vite », pense-t-il.

Les taches rouges le conduisent à une pente jonchée de rochers près d'un bosquet de sapins. Matthieu marche, résolu, certain de retrouver la bête blessée. Il n'a pas conscience du chemin parcouru. Autour de lui, tout est blanc. Seules les gouttes de sang de plus en plus nombreuses retiennent son attention.

Il arrive dans une espèce de cirque où le sol a été piétiné. Une curieuse odeur stagne dans cet endroit abrité. Une odeur qu'il croit reconnaître et qui le fait tressaillir.

Tout à coup, il s'arrête. Dressé devant lui, un morceau de bras nu, la main ouverte, dépasse de la neige. L'avant-bras est déchiqueté, l'os clair se voit entre les chairs mâchées.

— Nom de Dieu !

Le vent hurle en se déchirant sur les arêtes vives des rochers. Matthieu scrute les nuages qui s'envolent des pentes, s'enroulent en volutes blanches, obstruent l'horizon et referment leur cage autour de lui.

Le jeune homme fait demi-tour, mais il n'est plus certain de la direction à prendre : ses traces ont disparu. Il grimpe un raidillon, glisse, roule dans une neige blanche. Un rocher pointu l'arrête. Devant lui, cette fois, c'est une jambe rognée qui se dresse comme un morceau de bois apporté là par la dernière tempête. Tout autour, des lambeaux de vêtements épars, déchiquetés, mâchés, jonchent le sol.

— Saleté !

Un bruit le fait sursauter, comme un animal qui s'ébroue. C'est Marteau, l'âne de Marcello, qui s'est rapproché et tourne vers lui ses grands yeux noirs.

— Marteau ! crie Matthieu comme pour bien s'assurer que ce n'est pas un mirage.

L'âne brait, gratte la neige avec une patte avant. Matthieu s'approche et découvre la tête de Marcello que les fauves ont abandonnée. Des yeux picorés par les corbeaux, il ne reste que des chairs visqueuses dans les orbites. Une partie du cuir chevelu a été arrachée, mettant à nu l'os sanguinolent. Et, toujours intacte, la bouche, les lèvres avec leur rictus, inscrit dans leur forme figée sur un défi, un cri d'orgueil. Matthieu claque des dents.

Il ne sait plus si la neige monte du sol ou tombe du ciel. À la poussière du vent se mêlent de gros flocons qui vont lui rendre la marche plus difficile.

— Il faut rentrer ! murmure Matthieu. Je reviendrai plus tard enterrer ces pauvres restes ! Marteau, tu vas m'aider à retrouver mon chemin.

L'âne le regarde, mais ne bouge pas.

— Viens, je te dis.

Mais Marteau refuse de suivre le garçon qui finalement s'éloigne en serrant les dents, sans voir où il va. Tout à coup, le sol se dérobe sous ses pieds, il pousse un cri et tombe dans une crevasse invisible. Il se débat, réussit à s'agripper et sort du piège. Il reprend sa marche forcée, au hasard, avec l'impression de se trouver hors du monde, dans un espace infini aveuglant, de flotter entre ciel et terre.

Aller contre le vent est trop difficile, alors il biaise, dans ce qui lui semble être une côte. Il arrive enfin à une paroi de la montagne qui se dresse devant lui comme une barrière, et fait office de coupe-vent. Il suit la bordure de la roche dénudée, trouve une anfractuosité sous une pierre plate. La neige s'y est tassée, Matthieu la déblaie à grands coups de bras. Niché sous cet auvent, il décide d'attendre que la bourrasque s'arrête.

Le vent hurle, déplace des paquets de neige qui s'écrasent contre la roche. Les éléments se battent, se mesurent, l'un fluide, nerveux, l'autre immobile, dur, immuable.

— Qu'est-ce que je peux faire ? Je suis là, terré comme un rat sous ce rocher à attendre le bon vouloir de la tempête. Si je crève, mon corps sera mis en lambeaux comme celui de ce pauvre Marcello et les saisons continueront. La montagne se fout de moi, le monde se fout de ma souffrance. Je ne suis rien.

Il a le sentiment d'avoir été trompé.

Dix-huitième jour

Marie-Hélène et Joachim se morfondent. Matthieu a disparu depuis la veille au soir. Ils l'ont cherché avant et après la tempête. Ils l'ont appelé, seul l'écho leur a répondu. Ils ont marché de plus en plus loin, la peur de se perdre leur a fait faire demi-tour, désespérés.

— Il est peut-être enfoui sous plusieurs mètres de neige..., soupire Joachim. Qu'est-ce qu'on peut faire ?

— Tu dis n'importe quoi ! s'insurge Marie-Hélène. La tempête l'a surpris et il s'est abrité sous un rocher. Maintenant qu'elle s'est calmée, il va revenir !

Joachim, assis près du feu, observe la jeune fille qui serre les dents pour retenir ses sanglots.

— Tu l'aimes, n'est-ce pas ?

Elle sursaute, se redresse vivement.

— Qu'est-ce que tu racontes ? C'est un camarade, voilà tout ! On est tous pareils ici. Mais reconnais que ce n'est pas juste qu'il disparaisse alors qu'il allait chercher l'animal blessé pour qu'on mange.

— Peut-être qu'il avait préparé son coup, qu'il est parti rejoindre Christophe et Jeanne et nous a laissés tous les deux ici parce qu'on est des poids morts !

— Je ne te crois pas ! répond Marie-Hélène en secouant la tête, sur un ton qui ne souffre aucune contradiction.

Joachim bricole toujours la radio.

— C'est notre seule chance. Il faut absolument que je réussisse à la faire marcher, dit-il.

— J'ai mal à la tête, se plaint Marie-Hélène.

Joachim lève le nez de l'appareil démonté, tout à coup songeur. Il se souvient d'une de ses anciennes lectures dans laquelle un historien écrivait que les Vikings se soignaient avec des décoctions d'écorce de bouleau.

— Il paraît que ça guérit plein de maladies, précise-t-il. Et des bouleaux, il y en a ici. On les reconnaît à leur tronc blanc.

Il descend jusqu'au bosquet. La nuit tombe. Le ciel très clair annonce beaucoup de froid, à moins que les nuages qui se tassent sur les cimes n'apportent encore de la neige. Le vent est à peine sensible.

Quelques minutes plus tard, il rejoint Marie-Hélène avec une grosse poignée d'écorce qu'il met à infuser dans de l'eau bouillante.

Quand la tisane est prête, il goûte le liquide brunâtre.

— C'est très bon, décrète-t-il, fier de sa découverte.

Marie-Hélène boit à son tour et a bientôt l'impression que son mal de tête s'apaise.

— Tu sais beaucoup de choses, toi, dit-elle en souriant. Tu as passé ta vie dans les livres ?

— Qu'est-ce que tu voulais que je fasse ? Mon père était au garage, ma mère ne s'intéressait pas à moi, alors, je lisais et je jouais du violon.

— Tu n'as pas de frère ou de sœur ?

— Non. C'est déjà un miracle que je sois né. Ma mère était enceinte quand elle a épousé mon père !

— Comment tu peux savoir ça ?

— Mes parents en parlaient assez quand ils se disputaient ! Ce n'était un secret pour personne !

— Ça me rappelle ma tante Léontine, réplique Marie-Hélène. Une superbe femme qui aimait la vie. Elle est tombée enceinte, alors il a fallu la marier pour éviter le déshonneur. Elle a épousé celui qui a bien voulu d'elle, un pauvre garçon pas bien malin qui a accepté de donner son nom à l'enfant.

Joachim tourne vers Marie-Hélène un regard plein d'affliction. Ce que vient de dire la jeune fille lui fait l'effet d'une révélation :

— Tu crois que c'est possible, ça ? Qu'un homme accepte d'épouser une belle femme pour donner son nom à l'enfant qu'elle porte ?

— Ça arrive plus souvent qu'on le pense !

— Ma mère, par exemple ?

Son visage s'est fermé, son menton tremble. Marie-Hélène tente de le réconforter.

— Qu'est-ce que tu vas t'imaginer ? C'est pas pour toi que j'ai dit ça !

Il soupire, retient un sanglot et, sans un mot, ouvre sa boîte à violon. Marie-Hélène se laisse aller à cette musique pleine de tristesse aussi pure que l'eau qui coule du rocher. Tout à coup, Joachim pose son violon et dit :

— Suppose que Matthieu ne soit pas très loin d'ici, qu'il soit sur le point d'arriver, comment veux-tu qu'il retrouve la grotte dans cette nuit sombre ?

La musique l'a momentanément apaisé ; il recouvre son habituel bon sens.

— Tu veux qu'on sorte pour l'appeler ? demande Marie-Hélène.

Joachim range son violon, se met lentement debout et se dirige vers la sortie.

— Qu'est-ce que tu veux l'appeler ! Notre voix ne porte pas plus loin que la grotte du haut. En revanche, cela me fait penser qu'autrefois on allumait des feux sur la côte pour les bateaux qui rentraient. Et puis, on a construit des phares !

— Alors, pourquoi on n'allumerait pas un feu sur la pointe à côté de la grotte ? demande Marie-Hélène en s'animant.

— On n'y arrivera pas sur la neige. Et, si le vent se lève, il aura tôt fait de l'éteindre. Il y a mieux !

— Qu'est-ce que tu veux dire ?

— Qu'on a du fil électrique, des ampoules et une gégène pour produire de l'électricité.

Tout en parlant, Joachim est allé chercher la caisse à outils. Il branche deux fils à la dynamo et les fait courir jusqu'à l'extérieur. Il fixe une ampoule sur une perche.

— Et si le vent la fait tomber, ta perche ? demande Marie-Hélène.

— Que la volonté de Dieu soit faite ! répond Joachim à court d'arguments.

Il demande à Marie-Hélène de pédaler pendant qu'il vérifie que l'ampoule fonctionne. Il revient, un large sourire aux lèvres.

— Ça marche très bien. On va se relayer pour pédaler.

Les heures passent. Ils s'épuisent l'un après l'autre à pédaler. De temps en temps, Joachim sort dans la nuit et tend l'oreille. Le vent qui s'est levé couvre les autres bruits.

quelque part dans la montagne

Matthieu, recroquevillé sous le rocher en surplomb, ne peut arrêter les tremblements qui l'agitent. Le froid gagne ses membres, le paralyse. Depuis combien de temps est-il parti ? Deux heures, un jour, une semaine ? Il n'en sait rien. Son ventre gargouille, chaque inspiration lui déchire la poitrine. Quelle stupide idée a-t-il eue de se lancer à la poursuite du bouquetin blessé ! Il mesure l'importance de chaque décision dans cet univers hostile. Une fois engagé dans un sens, il est impossible de faire demi-tour, de recommencer la partie. La moindre envie, le moindre geste peuvent avoir des conséquences désastreuses.

Il essaie de comprendre. Après avoir fait demi-tour, s'est-il rapproché ou éloigné de l'Oustal ? Il a suivi ses traces qui se devinaient dans la neige, mais très vite le vent a tout effacé. À quel moment a-t-il bifurqué ? Il ne sait plus, ses pensées se brouillent. Une immense fatigue l'écrase.

Tout à coup, un roulement le surprend, un bruit de tonnerre, comme si la montagne s'écroulait. Le sol vibre, les pentes tremblent ; l'égaré retient son souffle, se tasse sous son rocher, conscient d'être le seul être vivant perdu dans une immensité morte.

La nuit l'entoure brusquement, totale et gelée, une nuit de neige tassée. Et puis le silence. Plus menaçant encore que le vacarme qui l'a engendré. Le jeune homme claque des dents. Il a été enfoui sous une avalanche ! La peur coule en lui, épaisse. Il a envie de pleurer.

La place est réduite. Matthieu bouge, conscient que l'air va bientôt manquer. Il pense qu'il va mourir, qu'il est enfoui sous des mètres de neige tassée et que Dieu ne fait pas de miracles pour un jeune Juif dont il ne s'est même pas aperçu de l'existence.

Alors, il se débat, animal pris au piège que l'instinct de survie pousse à lutter jusqu'à ses dernières forces. Il frappe le mur devant lui avec la crosse de son fusil. Le bloc qui l'emprisonne se brise en éclats, laissant apparaître un autre bloc. Mais il ralentit vite la cadence. Exténué, la respiration courte, il laisse tomber le fusil et pousse un gros soupir.

— Je ne peux plus, fait-il, hors d'haleine.

Il pense à Joachim, puis à Marie-Hélène qui a été amoureuse d'un homme marié. Marie-Hélène qui n'a pas attendu Matthieu pour se lancer dans la vie. Il n'est qu'une pièce de rechange, le lot de consolation. Rageur, il serre les dents, frappe de nouveau avec le bout du fusil qui arrache des lambeaux de neige à sa prison.

— Cette fois, je vois la lumière !

Mais il n'en est pas si certain. Cette clarté n'est-elle pas une illusion, le reflet de son désir ? Mobilisant ses dernières forces, il reprend son travail. La crosse en bois détache des blocs gelés que le jeune homme tasse sous lui. De combien s'est-il déplacé ? Un mètre ? Il n'en sait rien, il sait seulement que la couche est beaucoup plus épaisse qu'il ne le croyait. À bout de forces, il sent son souffle rauque s'accélérer, comme à l'arrivée d'une course.

Il s'arrête. Les douleurs de ses membres gagnent sa poitrine, plantent leurs vrilles dans son cœur. Il ferme les yeux en poussant un rugissement rauque, se détend, mû par une force incontrôlable, un ressort qu'il ne soupçonnait pas. Malgré lui, sans vraiment en avoir la volonté, ses mains se referment sur le fusil, et il frappe non pas avec la crosse, mais avec le canon qui s'enfonce dans la paroi friable. Il reprend son élan et frappe encore.

— J'y suis presque !

Il a murmuré entre ses dents serrées. Encore une fois, le canon se heurte à une neige aussi dure que du rocher. Pourquoi cet ultime effort puisqu'il n'a aucune chance de se libérer ? Le renoncement l'envahit. Il ferme les yeux, tout à coup calme, presque serein. Son esprit vogue vers des lumières intenses et magnifiques, puis sur des eaux bleues, dans une douce chaleur d'été, celle du lac de Genève au bord duquel ses parents possèdent une maison. L'été dernier, il a suivi un pêcheur sur son bateau. Le jour se levait ; ils pêchaient le corégone et Matthieu se souvient des coups dans son poignet quand le poisson ferré tentait de se libérer. Il sursaute parce que, dans son demi-sommeil, il était à la place de l'animal captif. Alors, rageur, il reprend son fusil avec une force nouvelle, celle du corégone cherchant à se libérer du fil invisible qui le tire vers la surface.

La neige qu'il n'évacue plus à l'arrière s'entasse sous lui et il se met à plat ventre pour progresser dans le boyau de plus en plus étroit. Il ne pense pas, il n'est plus rien qu'une machine. Il obéit à son instinct de survie et se découvre des forces insoupçonnées.

— Cette fois…

Il voit nettement une clarté à travers les cristaux de neige, mais ne sait toujours pas si cette lumière vient de l'extérieur ou si c'est le fruit de son imagination. En approchant sa main, il discerne nettement la couleur grise de ses gants. Et la crosse du fusil qui se découpe devant lui. Cette fois...

Il n'ose pas frapper dans la lumière de peur qu'elle ne s'en aille; enfin, il lance le poing, qui traverse, va vers l'air libre, vers le jour. Un morceau de ciel bleu que la tempête a déserté se découpe dans la déchirure. Il pousse un cri et se met à jouer des coudes pour sortir le plus vite possible. Il tente de se mettre debout, tourne autour de lui un regard vide.

Il ne reconnaît rien, pas le moindre détail qui lui permettrait de s'orienter. La tempête a créé des bosses là où il y avait des vallées et a façonné un horizon de vagues figées.

Matthieu titube au hasard jusqu'à une petite butte, cherche la corniche en bordure du bosquet. Il y a bien quelques sapins et de hauts rochers contre lesquels l'avalanche s'est arrêtée, mais ce ne sont pas ceux près desquels il a trouvé les restes de Marcello.

— Le petit bois n'était pas autant en pente, se dit-il.

Il part dans une direction au hasard. Son fusil pèse au bout de son bras droit, mais il sait bien que cette arme le maintient à sa place d'homme, que l'odeur de la poudre suffit à éloigner les loups.

Matthieu est comme ivre. Ses articulations craquent à chaque mouvement. Ses pieds lourds fendent une neige tassée.

— Tout ça pour un bouquetin! maugrée-t-il.

La fatigue brise ses membres. Ses jambes avancent machinalement, mais sont de plus en plus lourdes malgré la neige dure qui facilite la marche. Parfois, il se retourne et voit son sillage se perdre dans le miroitement intense. Plusieurs fois, il tombe, se relève en serrant les dents, sourd aux douleurs qui le rongent. Il continue à quatre pattes, puis se remet sur ses jambes. Il pense alors à une lecture imposée par son professeur de français. L'auteur racontait l'épopée des pionniers de l'aviation. La phrase d'Henri Guillaumet réussissant à survivre plus de vingt jours dans la cordillère des Andes résonne dans son esprit : « Ce que j'ai fait, aucun animal n'aurait pu le faire ! » Être un homme, c'est se battre jusqu'à l'extrême limite, c'est supporter la douleur et ne jamais renoncer.

Le vent hurle sur les crêtes. Matthieu sait qu'il n'aura pas la force de se libérer d'une nouvelle avalanche, ni de survivre au froid intense qui s'installe. La pensée du pilote de l'Aéropostale perdu dans l'immensité gelée des montagnes d'Amérique du Sud ne le quitte pas. Guillaumet n'avait comme arme qu'un désir de vivre chevillé au corps, sa jeunesse qui n'abdiquait pas.

Matthieu serre les dents. Survivre ne demande aucune qualité particulière, seulement l'obstination de l'insecte au corps écrasé qui agite encore ses pattes pour échapper à l'outil du jardinier. Il n'y a rien d'autre à faire : marcher jusqu'à l'ultime battement de cœur.

Il tombe encore, se relève en jurant, la bouche pleine de neige gelée, tente de faire le point, cherche dans cette étendue blanche un détail qui lui indiquerait la route à suivre. Mais non, la tempête a donné à la montagne un de ses nombreux masques d'hiver qu'elle ne montre jamais deux fois.

L'esprit bloqué sur une seule pensée, Matthieu dit à haute voix, pour se persuader qu'il avance dans la bonne direction :

— Je suis parti comme ça. Je vais dans l'autre sens depuis ce matin. Je devrais donc être arrivé.

En réalité, il ne sait plus. L'Oustal est peut-être devant lui, invisible, derrière une colline, et il n'y a pas, cette fois, une odeur de brûlé pour le guider.

La nuit tombe. Le froid s'intensifie. Matthieu progresse de plus en plus difficilement. Tant que la lumière était là, il trouvait encore la volonté d'avancer. La douleur de ses jambes est insupportable. Le désespoir le gagne. À quoi bon poursuivre puisqu'il marchera ainsi jusqu'à son dernier souffle ? Il s'affale sur la poudre gelée, se dit que Guillaumet a dû connaître le même désespoir et qu'il a su lui résister.

Alors, il se met de nouveau debout, persuadé que l'Oustal se trouve juste derrière cette colline et que le pire serait de renoncer si près du but. « Ce que j'ai fait, aucun animal n'aurait pu le faire ! » Il grimpe à quatre pattes sur un monticule. La sensation de froid l'a quitté ; une douce chaleur coule dans ses membres, il voudrait dormir. Le prisonnier n'est déjà plus d'ici.

Au sommet de la colline, essoufflé, courbé comme un vieillard, le visage déformé par le froid, Matthieu regarde autour de lui. La nuit s'est épaissie. Le vent soulève des tourbillons de flocons, il ne voit rien. Il a envie de se coucher et d'attendre, de se laisser recouvrir par le linceul blanc, quitte à être emporté, déchiqueté par les loups comme Marcello. Vaguement conscient qu'il accomplit les derniers gestes de sa vie, qu'il va mourir dans un instant, il fait quelques pas au hasard. Tant pis pour le beau courage de Guillaumet, explorateur du monde à bord de son avion, son exemple dépasse Matthieu.

— Tu ne sens pas ?

Il a encore parlé comme si quelqu'un était avec lui. Une odeur de charogne le ramène à sa découverte macabre. Et puis l'odeur disparaît, il le regrette, car elle le raccrochait à quelque chose.

— Regarde !

Il fronce les sourcils, met la main devant les yeux comme pour se protéger d'une lumière absente et constate :

— C'est une étoile ! Qu'est-ce que t'en dis ? Ça ne te semble pas bizarre, cette étoile perdue, tombée du ciel, qui reste là, posée sur l'horizon ?

Il repart, courbé sous les rafales qui l'arrêtent, la tête rentrée dans les épaules. Des paquets de neige le giflent, entrent dans ses narines, sa bouche, bloquent sa respiration, mais il continue vers l'étoile. Il parcourt ainsi quelques mètres, gravit une légère pente avant une nouvelle déclivité d'où s'envolent d'épais nuages clairs qui l'aveuglent.

— Ça peut pas être ceux de l'Oustal...

Il continue, les yeux rivés sur la lumière qui disparaît. Ce n'était qu'un mirage de plus, un feu follet qui n'indiquait aucune direction.

— Parfois, murmure-t-il, la foudre met le feu à un vieux sapin qui brûle pendant des jours...

Il croit voir de nouveau la lumière entre les rafales de neige. Il se frotte les yeux.

— Ça ne peut pas être un feu follet !

Il reprend sa marche, accroché à un espoir insensé, même si le doute persiste. Qui aurait allumé une lampe à cet endroit ?

Pourtant si ! Maintenant, il voit nettement la lampe attachée au bout de la perche que le vent brinquebale. La joie qui l'envahit coule en vagues épaisses, le brûle ; ses dernières forces le quittent. Il roule dans la pente, met de longues minutes avant de pouvoir se relever. Il est sauvé : voici l'entrée de la grotte !

Il entre. Marie-Hélène se redresse et s'immobilise, horrifiée par son allure. Joachim descend de la gégène, inquiet, mais déjà fier de son invention qui vient de sauver Matthieu.

— C'est moi ! dit le revenant en se laissant tomber près du feu.

Vingtième jour

Depuis deux jours, Christophe explore les environs à la recherche du fameux passage. Il ne peut s'aventurer trop près du précipice, la neige que le vent ne cesse de soulever en nuages gelés transforme constamment le paysage, déplace les pièges. Il avait sous-estimé la difficulté, alors que faire ? Attendre d'autres contrebandiers ? L'hiver ne fait que commencer, il peut se passer des mois avant que quelqu'un ne vienne dans les parages.

— Il ne nous reste qu'une solution : se sauver par l'Espagne, dit-il en rentrant, harassé.

Puis, s'adressant à David, il demande :

— Dis donc, tu saurais retrouver la route ?

Le gamin réfléchit un instant. L'envie de se rendre utile, de devenir indispensable le pousse à mentir, pourtant, il comprend le risque de partir à travers la montagne.

— On a marché pendant trois jours. Je peux pas dire.

— Vous dormiez où ?

— Dans des grottes qu'ils connaissaient. Il y avait des réserves de bois et ils allumaient du feu.

— Il faut retourner avec les autres, à l'Oustal, décide Jeanne.

— Mais tu n'y penses pas ! s'emporte Christophe. Pourquoi on aurait fait tout ce chemin ? Pour rien ? Et les autres ? Tu imagines bien que Matthieu va se moquer de nous !

— On s'en fout. On ne peut pas faire autrement. Et puis, on peut leur rapporter des vivres. Ils doivent avoir faim !

— Tu as raison.

Christophe s'en veut de ne pas y avoir pensé. Jeanne inspecte les vêtements accrochés à un clou à l'entrée, plie les couvertures en vrac à même le sol.

— On peut en avoir besoin, explique-t-elle à Christophe.

Elle prend une des armes des contrebandiers posée sur une caisse, à côté de celle de Christophe. Elle trouve une boîte de cartouches dans un sac.

— C'est une carabine à cinq coups ! commente Christophe. Elle est mieux que la nôtre.

Jeanne entasse dans le sac le restant de pain, les saucissons, puis le charge sur son dos. Christophe attache les couvertures et les vêtements chauds sur le sien. Le soleil brille malgré un froid intense. Les cadavres des deux contrebandiers sont enfouis sous la neige. Personne ne s'en préoccupe. Seul Christophe pense qu'il a tué un homme, mais il chasse ses regrets en se répétant que cette vermine ne méritait pas de vivre. Lui qui jouait au dur, mais ne supportait pas de voir égorger un porc, mesure combien la guerre l'a transformé. Il prend la tête de la marche, suivi de Jeanne et des deux petits qui peinent.

— Pourvu qu'il n'y ait pas d'autre tempête, s'inquiète Jeanne. Nous avons bien deux jours de marche.

— Si on ne se perd pas !

Judith et David suivent en silence. Au bout de quelques heures, la fillette, à bout de forces, trébuche, tombe, se relève, tombe de nouveau. David lui prend la main et la tire sans un mot.

— On est presque arrivés à l'endroit où on a passé la première nuit, dit Christophe. C'est facile à reconnaître, voici la falaise, mais où sont les rochers empilés ?

Il a beau scruter la montagne autour de lui, il ne retrouve pas ce détail qui l'avait marqué par son gigantisme. La tempête a tout caché, tout transformé. Jeanne regarde le soleil passer derrière les nuages.

— Il nous faut un abri ! La nuit arrive et on ne peut pas dormir à la belle étoile.

Le ciel clair diffuse une bonne luminosité. Ils continuent de tracer leur sillage dans la poudreuse molle. Le froid est supportable ; le vent qui se renforce laisse présager de nouvelles bourrasques.

Judith, qui n'en peut plus mais n'ose pas se plaindre, pousse de temps à autre de petits cris. Jusqu'à ce qu'elle tombe, incapable de faire un pas de plus.

— Bon, fait Christophe en s'accroupissant devant la fillette, monte sur mes épaules.

Il se dresse avec son fardeau, mal assuré sur ses longues jambes, et repart en titubant. Tout à coup, il s'arrête, tend le bras en direction d'une paroi dressée à quelques mètres d'eux.

— C'est ici, dit-il. Rappelle-toi, on s'est étonnés que la montagne ait cette forme d'œuf.

— L'entrée du creux où on s'est abrités est derrière ce monticule, précise Jeanne. Je me demande si on va pouvoir la dégager.

— Il suffit de creuser un petit passage, rétorque Christophe. La neige fait comme un édredon et garde la chaleur.

Il pose Judith, grimpe difficilement le raidillon.

— Voici les restes de notre feu, remarque Jeanne. Et encore du bois. Heureusement qu'on en avait ramassé beaucoup. Aujourd'hui, on n'arriverait pas à en trouver.

Ils s'installent dans le petit espace libre sous les rochers empilés. Christophe rassemble les tisons et dispose des brindilles pour allumer le feu. Il plonge la main dans la poche droite de son anorak, puis dans la gauche. Ensuite, il explore celles de son pantalon.

— Merde, le briquet !

— Quoi ? demande Jeanne.

Christophe recommence une fouille méthodique de ses poches.

— Merde ! répète-t-il.

Il regarde Jeanne comme pour lui demander ce qui a bien pu se passer.

— Tu l'as perdu ? demande-t-elle. Franchement, tu es trop nul !

Eh bien oui ! Quand il était assis contre le mur à se contorsionner pour libérer ses poignets, le briquet a dû glisser de sa poche et personne n'y a prêté attention.

— Il ne fait pas très froid ! constate Jeanne. On se passera de feu.

Ce n'est pas la chaleur qui leur manquera le plus, mais la lumière vivante des flammes, leur présence qui chasse les loups et les mauvais esprits. La nuit tombe.

— On va se serrer et on se tiendra chaud ! ajoute la jeune fille. Et puis on va manger.

Tout en parlant, elle pose son sac à dos, en sort la demi-tourte de pain. Judith, les mains sur le ventre, se tortille et grimace.

— Qu'est-ce qui te prend ?

— Elle a envie de faire pipi, dit son frère, mais elle a peur.

— Eh bien, accompagne-la.

Les deux gamins se hasardent hors de l'abri, mais ne vont pas loin. La blancheur du sol retient la nuit à hauteur d'homme. Le ciel est piqué d'une infinité d'étoiles. Quand ils reviennent, Jeanne leur tend une tartine de pain et du saucisson.

— Demain soir, on sera avec les autres, dit Christophe. Pourvu que les secours ne soient pas venus les chercher.

— Mais non, tu sais bien que c'est impossible.

— Bien sûr, mais on peut se tromper. On croyait aussi trouver facilement le passage.

Quand ils ont mangé, ils se pressent dans l'angle d'un rocher, remontent le col de leur manteau. Judith et David obéissent sans un mot quand Christophe leur dit de s'asseoir près de la paroi. Jeanne déplie les deux couvertures qu'elle a emportées du refuge et couvre les enfants. Puis elle se pelotonne contre le jeune homme.

Le silence de la nuit remplit l'abri des craquements de la montagne, roulements sourds d'une petite avalanche, hurlements du vent sur une crête. La vie est absente, terrée sous la neige ou au fond des tanières. L'hiver reste le seul maître.

Judith et David se sont endormis. Christophe, enivré par le contact de la tête de Jeanne posée sur son épaule, par le chatouillement des cheveux sur ses joues, n'ose pas bouger pour éviter de provoquer chez la jeune fille un de ses habituels mouvements de rejet. Des mots pleins de chaleur affluent à son esprit. Il voudrait les murmurer, les souffler près de la petite oreille si proche de ses lèvres. Enfin, il ose bouger.

— Pardon, j'ai des fourmis dans le bras.

Jeanne enfonce un peu plus son visage contre le cou du garçon qui s'enhardit :

— Quand la guerre sera finie, ce serait bien si on pouvait rester ensemble tous les deux !

La jeune fille n'a aucune réaction, comme si elle dormait. Pourtant, Christophe est certain qu'elle a entendu. Il insiste :

— C'est la première fois de ma vie que je ressens quelque chose comme ça pour une fille !

Cette fois, elle bouge. La pointe de son nez glacé se plaque contre la peau du garçon qui sent bouger ses lèvres.

— Tais-toi, c'est pas le moment. Les petits entendent.

— Je m'en fous. Je t'aime ! Voilà, il fallait que je te le dise !

Elle ne réagit pas et le silence devient tout à coup très lourd, chargé d'une émotion qui étreint Christophe. Jeanne inspire profondément. Il cherche sa main, la prend. La jeune fille la lui abandonne.

— Il faut que je te dise, ajoute-t-il. Quand les gros doigts du bandit se sont posés sur ta peau, j'ai vu rouge ! Je ne savais pas que j'étais capable de tirer sur un homme.

Jusque-là, il n'avait tiré que sur des cibles en carton. Il a le sentiment d'avoir franchi une redoutable frontière.

— Tu te rends compte de ce que j'ai fait!... souffle-t-il encore, comme s'il en prenait conscience à cet instant.

La main de Jeanne se crispe dans la sienne. Il sent un long frisson parcourir le corps de la jeune fille.

— Essayons de dormir! murmure-t-elle. Demain, nous avons encore beaucoup de chemin à parcourir!

Ils n'échangent plus un mot de la nuit; Jeanne laisse sa main dans celle de Christophe. Ils dorment très peu. Leur esprit est encombré de lourdes pensées contradictoires.

Vingt et unième jour

Ils se lèvent. Les deux petits ouvrent des yeux fatigués. Christophe prend sa carabine et s'éloigne. Le froid est intense. Les étoiles scintillent. Quand il revient dans l'abri, Jeanne distribue du pain et du saucisson. Christophe prend sa part. Le regard de Jeanne s'attarde sur lui, il y sent une complicité nouvelle qui lui fait du bien.

— On repart !

La neige a durci pendant la nuit et ils marchent facilement sur la croûte scintillante. Si tout va bien, ils seront à l'Oustal en milieu de journée.

Ils marchent en file indienne. Le soleil monte dans le ciel clair ; le vent est tombé, la brume se tasse dans la vallée. Christophe croit reconnaître les sommets dentelés proches de l'Oustal. Il tend la main en direction d'une cuvette.

— Un lac ! dit-il. Personne ne nous avait dit qu'il y en avait un dans les parages. Pourvu qu'on ne soit pas perdus !

Personne ne répond. Jeanne, qui a mal aux jambes, s'étonne de la résistance du garçon. Ils contournent le lac dont les eaux encore libres de glace frémissent sous un léger vent. Ils se taisent, espérant être dans la bonne direction.

Ils traversent un cirque où leurs pieds s'enfoncent dans la poudreuse, franchissent une légère déclivité, suivie d'une pente raide et encore d'une bosse.

— On s'éloigne, s'inquiète Christophe au bout d'un moment.

— Non, tranche Jeanne, je reconnais cette montagne.

Tout à coup, elle tend le bras devant elle.

— Regarde.

Elle désigne un bâtiment avec ses murs gris qui dépassent de la neige.

— Le hangar, murmure Jeanne. La grotte est juste à côté.

Quand ils se présentent à l'entrée, Matthieu est encore étendu près du feu. Il dort sans discontinuer depuis son retour. Joachim bricole la radio qui refuse toujours de fonctionner. Marie-Hélène se tient en retrait. C'est elle qui voit en premier Christophe. Elle pousse un petit cri, se redresse, recule d'un pas, incrédule, comme face à une apparition. Joachim se tourne à son tour, fronce les sourcils.

Matthieu émerge des profondeurs de son sommeil. Il secoue la tête, tâte autour de lui le rocher nu et s'étonne de ne pas être enfoui sous l'avalanche. Il regarde tour à tour Marie-Hélène qui lui sourit, puis Joachim, et enfin les arrivants.

— On est où ? demande-t-il.

— À l'Oustal, répond Joachim. La maison du diable !

Sans un mot, Christophe s'assoit devant le feu. Il tient toujours son arme à la main. Jeanne reste debout à l'entrée, avec les deux enfants. Au bout d'un long moment, Christophe dit :

— Voilà, on revient. On a trouvé la zone où est le passage, mais c'est trop dangereux. La seule solution, c'est de continuer vers l'Espagne.

Joachim secoue la tête. Ses cheveux qu'il ne coiffe plus tombent en épis autour de son crâne plat.

— J'y pense depuis des jours, dit-il. C'est impossible.

— Et pourquoi ?

— Parce que c'est trop loin. Marcello parlait de trois jours de marche. On se perdra et on crèvera de froid. Il vaut mieux rester ici.

Matthieu regarde Christophe avec insistance. Le jeune homme a changé. Son visage semble s'être affermi ; sa peau s'est hâlée. Tout son être dégage une impression de force nouvelle.

Judith et David se pressent dans un coin. Tremblants dans leurs vêtements sales qui les protègent mal, ils ont le sentiment d'être de trop et redoutent les regards étonnés qui se posent sur eux.

— Venez vous réchauffer, leur propose Marie-Hélène.

Ils s'approchent, tendent leurs mains aux flammes.

— Bon, on va manger, décide Christophe en se tournant vers Matthieu.

Il ouvre le sac de Jeanne, sort le pain et le saucisson. Marie-Hélène commence la distribution, Matthieu ajoute du bois dans le feu. Christophe remarque ses joues creuses et sa maigreur.

— Mais qu'est-ce que c'est que ce bazar ? demande-t-il en désignant la gégène et la radio posée à côté.

— On a trouvé ça dans l'épave d'un avion qui est tombé pas loin d'ici.

— Quand c'est arrivé, les loups étaient si près de nous qu'on sentait l'odeur de charogne de leur haleine, explique Joachim. On ne pouvait plus que prier...

— On peut toujours faire autre chose que prier, rétorque Christophe.

— Alors, poursuit Marie-Hélène, Joachim a joué du violon.

Christophe éclate d'un rire bruyant. David sourit et dit :

— Chez nous, à Marret, enfin, c'est chez l'oncle Georges et la tante Léa, le père Gentil joue de l'accordéon quand il est soûl et pas n'importe quoi, il joue des cantiques ! Ça embête tout le monde !

— Et puis, il y a eu un grand bruit, reprend Marie-Hélène, les loups ont eu peur. C'était l'avion qui était tombé...

— Et vous ? demande Matthieu en se tournant vers Jeanne, qui n'a pas dit un mot.

— Ça n'a pas été facile non plus...

— On a été capturés par des bandits, interrompt David dont les yeux brillent. Ils nous avaient attachés. Mais Christophe a pu se libérer ! Un des contrebandiers a tué son copain. C'est quand il a voulu faire des choses avec Jeanne que Christophe l'a tué d'un seul coup de fusil.

Matthieu lance un regard étonné à Christophe. Aurait-il eu, lui, en pareilles circonstances, le courage de tuer quelqu'un ? David, qui a réussi à capter l'attention des autres, poursuit :

— Nous, on vient de Nevers. Notre mère à Judith et à moi travaillait dans un magasin de chaussures. C'est des voisins qui nous gardent. Le tonton Georges et la tata Léa.

Matthieu prend le paquet de cigarettes posé sur un rebord du rocher, le tend à Joachim qui en prend une, puis à Christophe qui se sert à son tour. À côté, David ouvre de grands yeux pleins d'envie.

— Moi aussi, je fume, insiste-t-il pour faire l'intéressant. Le tonton Georges posait son paquet sur la table de la cuisine et ne savait pas combien il avait de cigarettes dedans. J'en prenais une et j'allais la fumer près de la rivière.

Christophe lui passe le paquet. Le gamin, fier de jouer les grands, prend un tison qu'il porte à la hauteur de son visage en lâchant de gros panaches bleus. Et pour bien montrer qu'il est un véritable fumeur, il aspire la fumée et la laisse ressortir par les narines avec un air dégagé.

— Et puis, avec le tonton Georges, je fumais quand la tata Léa n'était pas là. On descendait à la cave pour boire de la gnole. Il est chouette, le tonton Georges.

— Peut-être, réplique Matthieu agacé, mais c'est pas lui qui va nous donner à manger.

Il raconte à Christophe sa tentative pour tuer un bouquetin, la poursuite de l'animal blessé, la tempête…

— Moi, je ne l'aurais pas raté… Mais ce n'est pas un reproche, se reprend Christophe. Si les bouquetins redescendent, je vous garantis qu'on aura de la viande.

La nuit est tombée. Marie-Hélène distribue de la décoction d'écorce de bouleau en assurant à Jeanne et à Christophe que cette découverte de Joachim guérit tous les maux. David et Judith boivent en retenant une grimace.

Christophe se redresse, tout à coup sombre.

— Et elle, on l'oublie ? Nous, on est bien ici, près du feu, à manger du pain et du saucisson, mais Séverine, hein, dans la terre gelée, personne n'y pense ?

David et Judith lui lancent un regard apeuré. Jeanne lui prend la main.

— Assieds-toi.

Il obéit puis essuie les larmes qui roulent sur ses joues.

— C'était ma petite sœur, explique Christophe à David. Elle te ressemblait, Judith.

La fillette, qui ne sait pas quelle attitude adopter, se tourne vers son frère. Les autres se taisent : maintenant qu'ils ont mangé, la fatigue prend le dessus. Jeanne décide :

— Je vais garder le feu.

Vingt-troisième jour

— Voilà vingt jours que nous sommes là ! déclare Joachim en comptant les marques claires sur le rocher.

Il recompte, s'arrête sur une marque différente des autres.

— Je me suis trompé de quelques jours. Il se peut que j'en aie oublié ou que j'aie fait deux marques, une le matin et une autre le soir.

— Ce serait mieux si tu pouvais nous dire combien de jours on va encore rester ici ! bougonne Christophe.

Le soleil se lève dans un ciel d'un bleu délavé. Le vent du nord souffle toujours, glacial. Sur les berges du torrent, le courant essaie d'entraîner des langues de glace accrochées à la terre dure. Christophe se souvient de ce que lui disait son grand-père.

— Dans les Alpes, on pourrait dire que le temps se gâte.

— Il faut trouver de quoi manger, mais comment ? se demande Matthieu, songeur.

Christophe passe des heures à l'affût derrière le rocher en face du bosquet, mais les bouquetins ne descendent plus des hauteurs.

— On pourrait tenter notre chance avec le filet dans le lac, poursuit Matthieu.

— Tu as raison, précise Christophe. Quand on y est passés, l'eau n'était pas gelée et, depuis, il n'a pas fait très froid.

— Ça c'est une bonne idée! s'exclame David. Avec l'oncle Georges, j'allais poser des araignées dans la Loire. On prenait des barbeaux grands comme ça !

Ils partent vers le lac. Matthieu et Christophe ouvrent la marche. David et Joachim portent le filet. Les filles sont restées à l'Oustal pour aller rassembler les branches de bois mort dans le bosquet. Marie-Hélène a décidé :

— Avec la farine, je vais essayer de faire du pain. Pour ça, il faut beaucoup de bois !

— Et comment tu vas faire ? demande Jeanne.

— Ça fait longtemps que j'y pense. C'est pour ça que j'avais caché le sac de farine, pour qu'on ne le gaspille pas en faisant n'importe quoi.

Elle soulève le couvercle de la marmite placée près du feu.

— Une des femmes de l'atelier où je travaillais m'a raconté qu'elle faisait son pain. Elle m'avait expliqué, mais je n'arrivais pas à me rappeler comment elle faisait lever la pâte. Et ce matin, ça m'est revenu. C'était trop simple pour que j'y pense en premier. Voilà, j'ai fait la pâte et je l'ai mise près du feu. Il suffit d'attendre, c'est tout. Bien sûr, on n'a pas de sel, ça sera moins bon.

— Et tu crois que ça va marcher ? Moi, je sais qu'on met de la levure dans la pâte. Chez moi, on faisait comme ça.

Marie-Hélène a un instant de doute. Puis elle constate :

— La levure, c'est pour aller plus vite. Mais ça marche aussi sans rien, regarde comme elle a gonflé, ma pâte !

— Mais on n'a pas de four, s'inquiète Jeanne.

— C'est à ça aussi que je pense depuis plusieurs jours, avoue Marie-Hélène. On va mettre des pierres plates dans le feu et, quand elles seront très chaudes, on posera la pâte dessus. Ça devrait faire comme un four.

— Franchement, j'aurais pas pensé à ça ! réplique Jeanne, admirative.

Christophe affiche son optimisme :

— Ce lac n'a probablement pas vu un pêcheur depuis des années !

Ils marchent pendant une bonne heure, puis Christophe s'arrête net :

— J'avais mes repères. Je me souviens que lorsque le lac était devant moi, je voyais ce sommet sur ma droite. C'est bien le cas et pourtant...

— Réfléchis. L'Oustal est dans cette direction, indique Matthieu.

Christophe se détache du groupe, regarde le sommet à deux pics qu'il avait remarqué, puis la pente qui conduit à l'Oustal.

— Il faut aller dans ce sens. On est encore loin.

Ils marchent une heure de plus. La matinée s'avance. Joachim renâcle, fatigué de chercher vainement un lac qui n'existe peut-être pas. S'il n'était pas myope, s'il était capable de retrouver seul son chemin, il rentrerait à la grotte.

Tout à coup, un cri retentit :

— Venez voir !

C'est David. Il s'était éloigné du groupe et revient en courant.

— Il est là, votre lac, juste derrière !

Ils y arrivent par un sentier qui domine l'étendue d'eau. Presque circulaire, elle est beaucoup plus grande que ce dont se souvenait Christophe. La neige encombre les berges invisibles jusqu'à l'eau libre.

— On doit être très prudents ! conseille Christophe. La glace du bord semble épaisse, mais elle peut lâcher sous nos pieds d'un seul coup.

Joachim et David déroulent le filet sur la berge. Il n'a pas souffert de l'humidité : les plombs sont solidement attachés d'un côté et, de l'autre, les bouchons de liège sont neufs.

— Heureusement que j'ai pensé à apporter la corde qu'on a trouvée dans la caisse à outils, dit Matthieu, plein de fierté.

Il attache le cordage à une extrémité, le filet glisse dans l'eau sous les applaudissements. Cette fois, c'est certain, ils vont manger à leur faim.

— Pourvu qu'il y ait quelque chose dans ce lac ! espère Christophe.

Ils rentrent à l'Oustal presque joyeux. Joachim reprend son bricolage de la radio. Marie-Hélène a fait chauffer de l'eau dans la marmite et se prépare à laver les vêtements de la petite Judith, assise près du feu, une couverture sur les épaules. David, à qui rien n'échappe, remarque que la jeune fille met plusieurs poignées de cendres dans l'eau.

— Ça fait comme du savon, lui explique-t-elle.

Matthieu et Jeanne descendent chercher du bois; Christophe part avec la carabine espérant encore trouver un bouquetin isolé.

— Qu'est-ce qui t'arrive ? demande Jeanne. Tu es brouillé avec Marie-Hélène ?

— Non, pourquoi ? grommelle Matthieu en chargeant un fagot sur ses épaules.

— Je croyais que vous étiez bien tous les deux ! Enfin, je peux pas savoir : Marie-Hélène et moi, on se dit deux ou trois mots par-ci par-là, mais on se parle pas vraiment.

Matthieu lui renvoie la balle :

— Toi et Christophe, ça s'est bien passé, je suppose ?

— Bof ! répond Jeanne en faisant une grimace. Je n'aime pas les garçons.

Il pose sa hache et s'approche de la jeune fille qui lui fait face et le regarde dans le fond des yeux.

— Qu'est-ce que ça veut dire ?

— Rien de plus.

Matthieu coupe le bois, Jeanne le rassemble en tas. Tout à coup, la jeune fille lève la tête.

— Christophe a été très courageux, tu sais !

Matthieu hésite, la hache levée au-dessus d'une branche de sapin. Il éprouve tout à coup le besoin de livrer le fond de sa pensée et se demande s'il peut le faire.

— Il a le regard mauvais et les lèvres pleines de dédain, déclare-t-il en abattant le tranchant de son outil sur le bois.

— Pourquoi tu parles comme ça ? Moi, je le trouve gentil, au contraire. S'il te donne cette impression, c'est qu'il se débrouille mieux que toi !

Matthieu ne s'attendait pas à cette rebuffade. Il en profite pour exprimer sa rancœur :

— Je ne comprends pas que vous soyez partis avec la seule arme disponible. On pouvait se faire bouffer par les loups. Vous n'avez pensé qu'à vous !

— Les loups ? On n'en a pas vu avant qu'on parte et regarde, on n'en voit toujours pas ! Franchement, vous n'avez pas eu de pot !

— Il n'empêche que vous n'aviez pas à partir sans nous en parler.

— Ah bon ! s'emporte Jeanne, et qu'est-ce qu'on aurait fait ? Avec Joachim qui ne voit pas à deux pas, Marie-Hélène qui est une délicate, toi et Christophe qui n'auriez pas manqué une occasion de vous disputer... Non, ce n'était pas possible, et si les secours étaient venus ici, qu'ils n'aient trouvé personne, hein ?

Ils remontent chargés de fagots de bois. Quand ils entrent dans la grotte, Christophe est de retour, bredouille. Dans son coin, les cheveux en broussaille, Joachim fixe deux câbles à la gégène puis demande :

— Quelqu'un pour pédaler ?

— David, ça te fera du bien ! ordonne Matthieu qui attise le feu.

Le jeune garçon s'assoit sur la selle. Il est fatigué, il a mal aux jambes, son estomac vide le tiraille, pourtant, il ne donnerait sa place pour rien au monde. Il commence à pédaler lentement, puis de plus en plus vite. En tournant, la dynamo émet un petit ronflement régulier.

Joachim tripote les boutons, tapote sur les haut-parleurs. Des craquements suivis de chuintements attirent l'attention des autres, qui s'approchent.

— J'y suis presque, dit-il. David, n'arrête surtout pas de pédaler !

Le gamin, le visage rouge, continue de se démener sur le vélo sans roues. Tout à coup, une voix grave, métallique, retentit : « Louis, dis à Gaston que j'ai préparé les bonbons ! »

Ils se regardent, sidérés. Joachim pousse un cri de victoire. Puis les autres lui font une ovation. Enfin, quand le calme est revenu, Matthieu explique en riant :

— C'est un langage codé. On ne peut pas comprendre. Mais c'est bien. La radio marche, on va pouvoir appeler les secours.

L'appareil émet des bruits aigus qui arrachent les oreilles sur un lointain roulement de houle marine. Joachim sourit et exhibe ses dents mal plantées. Ses yeux de myope derrière ses carreaux s'allongent en se fermant légèrement et brillent d'un éclat heureux qui le rajeunit.

— Alors, pour émettre, explique-t-il en reprenant un ton sérieux, il suffit d'inverser les choses en déplaçant cette manette, et la lumière, ici, s'allume.

— Bon, dit David, essoufflé, fais vite…

Joachim tripote encore les boutons, parle près de la machine dont le micro intégré est signalé par une petite grille ronde. La lumière ne s'allume pas.

— Allô, ici l'Oustal, répondez si vous m'entendez…

Il inverse la manette en position écoute et capte une autre voix : « Ici Gaston, j'arrive pour manger les bonbons. »

— Mais ils vont la fermer, ceux-là, avec leurs bonbons ! hurle Christophe.

— Je recommence, s'obstine Joachim.

David n'en peut plus de pédaler et s'effondre hors d'haleine.

— Pousse-toi, je vais te remplacer! propose Christophe.

Les crissements de la radio reprennent. Joachim lance de nouveau son appel d'une voix grave, mais personne ne lui répond.

— Bon, conclut-il. Quelque chose ne marche pas, mais ce n'est sûrement pas grave.

L'après-midi s'avance; le soleil descend déjà sur l'horizon.

— La nuit ne va pas tarder et, si on veut aller chercher le filet, il est temps de partir, suggère Christophe.

Il fait presque doux, un temps favorable à la pêche selon Christophe. Ils se rendent au lac en bavardant. David évoque ses souvenirs dans la Nièvre :

— Avec le tonton Georges, on posait des filets dans la Loire. Les poissons qu'on prenait, le tonton ne les ramenait pas à la tata Léa, mais à la fille de Martin, celle qui avait le bistrot à côté du pont. On buvait un verre de vin, mais Georges, c'était pas ça qu'il attendait.

— Ah bon ? Et qu'est-ce qu'il attendait ? demande naïvement Joachim.

— Il demandait ce que je pense. Il s'enfermait dans la chambre pendant une heure ou plus avec la fille de Martin.

— Et toi, qu'est-ce que tu faisais ?

— Ben, je regardais par le trou de la serrure, pardi! Un jour, le tonton m'a surpris. Qu'est-ce que j'ai ramassé!

Ils arrivent enfin au lac, pleins d'impatience. David récupère la corde. Matthieu et Christophe retiennent le filet sur l'autre berge.

— On va le ramener en formant une nasse. Les poissons qui se trouvent de ce côté seront pris.

La glace qui s'est formée près des berges est peu épaisse et se brise. Ils tirent sur la corde en s'encourageant de la voix. Beaucoup de branches mortes se sont accrochées aux mailles. David pousse un cri en montrant du doigt un éclair brillant. Le filet sort de l'eau, glisse sur la berge. De nombreux poissons sont pris, ligotés. Certains ne bougent plus, d'autres se contorsionnent pour se libérer. Un hurlement de joie éclate dans la solitude de la montagne. Ils ont envie de danser, de se lancer des boules de neige, mais la nuit qui arrive les rappelle à l'ordre.

— Il nous faut un bon moment pour emporter tout ça à l'Oustal, constate avec bonheur Matthieu en se mettant au travail.

Ils détachent délicatement les captures. David veut montrer qu'il s'y connaît et s'active plus que les autres. Le sac est presque plein. En le soulevant, Matthieu ressent les soubresauts dans ses mains.

Ils arrivent dans la grotte. Matthieu vide le sac sur le sol et se met à compter les prises.

— C'est quoi comme espèce ? demande Matthieu qui ignore tout des habitants des lacs pyrénéens.

— C'est des carpes ! s'exclame David. Je le sais, parce que les carpes sont de gros poissons d'étang...

— Ce sont des truites ! rectifie Christophe. Dans les lacs froids de montagne, il n'y a que des truites.

— Ah bon !

— C'est bien beau, tout ça, mais il faut les préparer !

— On va les faire griller ! décide Matthieu. C'est le plus simple et c'est très bon.

— Ah bon ? Et comment ?

— Simple ! On pique le poisson avec une tige en bois et on le fait cuire au-dessus des braises.

Marie-Hélène découvre la marmite. La pâte a tellement gonflé qu'elle remplit le récipient. Les autres s'étonnent de ce prodige.

— C'est la fermentation, explique doctement Joachim. Les levures de la fermentation sont partout dans l'air. Elles se posent sur la pâte et la font gonfler.

— Il faut du bois pour faire un grand feu, dit Marie-Hélène avec enthousiasme. On va disposer ces pierres plates que j'ai trouvées au fond de la grotte sur les flammes pour faire cuire le pain.

— Il faut aussi des baguettes pour griller les poissons, enchaîne Christophe.

— À ce propos, réplique Marie-Hélène, nous en avons beaucoup. On devrait les garder pour les jours prochains.

— C'est pas la peine, proteste Joachim. Il y en a plein dans le lac !

Ils se mettent au travail avec cœur. Ils vont pouvoir manger à satiété ; demain la radio sera réparée, l'épreuve touche à sa fin. La vie est belle !

Marie-Hélène place des boules de pâte sur les pierres chaudes. Aussitôt, une bonne odeur de pain remplit la grotte. Judith sourit. Christophe et Jeanne nettoient les poissons et les plantent sur des baguettes de noisetier qu'ils disposent au-dessus des flammes.

— Attention ! s'emporte Marie-Hélène. Il ne faut pas que le jus des poissons tombe sur mon pain !

Joachim, qui a enfin abandonné la radio, est allé fouiller dans les caisses de l'avion où se trouve la seconde bouteille de vin.

— On va la boire. Ce n'est pas la peine de la laisser ici pour les ours, dit-il en riant.

— Fais bien attention, lui conseille Matthieu. Tu te souviens que l'autre jour, tu as été malade !

Marie-Hélène sert le premier poisson cuit à Judith. Christophe montre à la fillette comment détacher la chair blanche des arêtes. Matthieu prépare d'autres truites glissantes. Ils veulent manger à en avoir l'estomac distendu.

Marie-Hélène, en se servant d'un bâton, fait rouler les boules de pain hors du foyer.

— Attention, c'est très chaud ! dit-elle.

— Elles sont cramées d'un côté, s'exclame David, qui ne rate pas une occasion de se faire remarquer.

Puis, devant le regard plein de reproches que Matthieu lui lance, il ajoute :

— C'est très bon, le pain un peu brûlé.

— Faut l'apporter dehors, ajoute Joachim. Il refroidira plus vite.

Marie-Hélène dispose les trois boules sur une planchette et s'arrête près de la sortie.

— Faudrait pas qu'une bête vienne le voler !

— Je vais le surveiller, dit Christophe en prenant sa carabine. Il sera froid dans cinq minutes.

La fête dure tard. Joachim joue du violon. David, décidément jamais en reste, se met à gesticuler une danse improvisée. Enfin à court de répertoire, Joachim range son violon et va chercher un paquet de cigarettes qu'il fait circuler. Christophe s'est assis près de Jeanne, qui ne le rejette pas. Après avoir bu du vin, Matthieu ose de nouveau regarder Marie-Hélène. Cette fois, elle ne détourne pas les yeux. David, qui ne perd rien de la scène, souffle à Joachim :

— Ça commence !

Matthieu murmure à l'oreille de Marie-Hélène :

— On fait la paix ?

La jeune fille lui sourit. Un bon repas et quelques gorgées de vin ont suffi pour oublier leurs différends. Ils s'isolent au fond de la grotte, sous le regard espiègle de David.

— Viens, dit-il à Joachim. On va se rincer l'œil.

Joachim ne comprend pas ce qu'insinue le jeune garçon, mais il l'accompagne tout de même jusqu'à la barrière rocheuse qui protège le couple.

— Ils se faisaient la tête depuis l'autre jour où on avait bu du vin, dit le myope. Et les voilà réconciliés aujourd'hui qu'ils en reboivent ! Je ne comprends pas !

— Bah ! répond David, les garçons et les filles, c'est comme ça, un jour blanc, un jour noir ! On va se mettre là. On va tout voir par cette fente entre les rochers. Je suis sûr que ça va être gratiné.

Ils écarquillent les yeux et tendent l'oreille. Marie-Hélène est assise sur un promontoire. Matthieu se tient devant elle.

— Pourquoi tu me fuis ? Je suis malheureux, dit le garçon.

— Je ne te fuis pas, rétorque la jeune fille.

— Au début, on était si bien ensemble !

David souffle à l'oreille de Joachim :

— Franchement, il s'y prend très mal. Avec les filles, faut pas trop parler, sinon, t'as pas le dernier mot ! Il aurait dû l'embrasser tout de suite. Elle se serait un peu débattue au début pour la forme, mais elle aurait fini par y prendre goût !

Matthieu insiste :

— C'est parce que je t'ai dit que j'avais passé deux jours avec une fille ? Franchement, ça ne compte plus. D'ailleurs, ça n'a jamais compté. Et puis, toi, tu as bien été amoureuse d'un homme marié...

Marie-Hélène sourit en secouant la tête. Ses boucles volent autour d'elle.

— Non, c'est pas pour ça, répond-elle. On en reparlera. Pour l'instant, on a plus urgent à faire, en particulier trouver le moyen de partir d'ici.

— C'est vrai, mais ça n'empêche que je suis bien près de toi. Depuis que je t'ai vue la première fois, je ne peux m'empêcher de penser qu'on est faits l'un pour l'autre, continue Matthieu.

— C'est mieux, commente David, mais il parle toujours trop.

Après un silence, Matthieu tend les bras vers Marie-Hélène. Les deux jeunes gens s'étreignent, échangent un long baiser.

— Bravo ! fait David en secouant Joachim. Cette fois, s'il s'y prend bien, il peut la niquer.

— Qu'est-ce que tu dis ?

— Je te dis que s'il se dégonfle pas, il peut la niquer. Elle n'attend que ça !

— C'est quoi, la niquer ?

— Regarde et tu sauras.

Tout à coup, Marie-Hélène se détache vivement du jeune homme, recule jusqu'au rocher.

— Je ne veux pas !

— C'est normal, elles disent toutes ça, mais c'est le bon moment.

Joachim écarquille les yeux. Ce qu'il voit et surtout les commentaires de David lui ouvrent un monde insoupçonné.

— Mais où as-tu appris tout ça, toi ?

— Mes copains sont plus âgés que moi et ils me racontent tout. Et puis, quand l'oncle Georges est avec la belle du pont, je m'arrange pour voir.

Marie-Hélène est de nouveau assise sur le rebord rocheux. Matthieu se tient devant, les bras ballants.

— Je te jure que si on sort d'ici, je t'épouserai !

— Le con, murmure David, voilà qu'il se remet à parler, c'est foutu pour ce soir. Viens, on va dormir.

Joachim tourne un regard interrogateur vers son camarade qui croit bon d'expliquer :

— Il fallait qu'il revienne à la charge, tout de suite, sans un mot, en se servant des mains et en lui faisant sentir qu'il n'est pas manchot. Je te dis, c'est un mauvais !

— Toi, alors, dit Joachim admiratif en retournant près du feu, tu m'épates !

Vingt-quatrième jour

La toux de Joachim réveille tout le monde. Le vent refoule la fumée dans le conduit ; l'air pique les yeux. Christophe, le premier, sort et constate que la neige est dure sous ses pas. Il remonte le col de son anorak et frissonne. Du ciel limpide tombe un froid intense. Le jeune homme rentre en se frappant les mains.

— Ça caille ! lance-t-il à la cantonade.

Les autres sont assis près du feu, silencieux comme chaque matin. Ils émergent du sommeil pour retrouver leur isolement, leur peur. Près de la grille, la marmite pleine des arêtes et des têtes de poisson rappelle leur orgie. La bouteille de vin gît à côté des branches de sapin remontées la veille. Ce matin encore, il faudra aller à la corvée de bois.

— On ne fait que ça ! râle Matthieu de fort méchante humeur. On passe notre temps à couper du bois et à le monter ici !

Christophe lui lance un regard froid.

— Quand tu étais riche, c'était plus facile. Les autres ramassaient le bois pour toi et tu n'avais qu'à tendre tes mains au feu. Ici, on est tous pareils.

Matthieu ne répond pas, mais son visage fermé ne laisse rien ignorer de ce qu'il pense. Marie-Hélène a mis de la tisane d'écorce de bouleau à chauffer et commence la distribution dans les bols et les tasses. Quand elle s'approche de Christophe, le jeune homme lui dit assez fort pour que tout le monde l'entende :

— Toi, au moins, tu sais t'occuper des autres. Tu gardes le sens de ce qu'il faut faire !

La jeune fille sourit, ce qui déplaît fortement à Matthieu. David assiste à la scène, les yeux brillants. À côté de lui, sa sœur tente de démêler ses cheveux. Jeanne prend le peigne des mains de la fillette.

— Je vais t'aider.

— On va poser le filet dans l'eau, ensuite, on s'occupera du bois ! propose Christophe.

Ils sortent. Le froid les arrête, un mur de froid qui rend bien légers leurs vêtements de plaine.

Christophe se souvient que son grand-père se méfiait toujours d'un ciel trop bleu.

— Ce n'est qu'un début, explique-t-il. Avec ce ciel, il faut s'attendre à du froid, du vrai.

Matthieu n'a pratiquement pas dormi de la nuit. La rebuffade de Marie-Hélène le meurtrit, pèse en une douleur diffuse, un malaise qui le gêne dans ses gestes les plus simples. Il joue pourtant l'indifférent et va se placer à côté de Jeanne.

— Ça, c'est le bouquet, souffle David à Joachim. On va bien rigoler !

Marie-Hélène marche derrière en donnant la main à Judith, que le froid paralyse, et semble ne pas prêter attention à la manœuvre de Matthieu.

— À quoi tu penses, Jeanne ? demande le jeune homme sur un ton un peu forcé.

Jeanne éprouve la dureté de la neige sous ses pieds. Le visage mordu par les aiguilles du froid, elle grelotte.

— Je pense que ça ne peut pas durer. Le froid ne fait que commencer et on n'a pas de vêtements assez épais. Et puis, on va finir par se disputer.

— Qu'est-ce que tu veux dire ?

— On est tous sur les nerfs et on perd le contrôle, répond la jeune fille. Toi et Christophe, ça va finir par péter !

Matthieu approuve en silence.

— C'est bien lui qui me cherche !

— Toi aussi, tu le cherches. On est tous trop différents. Regarde, Marie-Hélène et moi, c'est un peu la même chose. Il faut qu'on parte le plus vite possible. Espérons que la radio va bientôt fonctionner.

— Espérons.

Ils arrivent au lac. Mais une mauvaise surprise les attend : la surface est entièrement recouverte de glace. Ils échangent un regard désespéré et retournent à la grotte sans un mot; seule Judith pleurniche. Joachim pense à sa radio. Avec le froid intense qui s'installe, la survie du groupe dépend de plus en plus de son habileté à faire fonctionner cet appareil mis à mal par le crash de l'avion.

De retour à la grotte, Matthieu donne les dernières branches aux flammes et, sans rien dire à personne, prend la hache posée près de l'entrée. Christophe le rejoint dans le bosquet avec la scie.

— On peut couper des arbres verts, précise-t-il. Le sapin n'a pas besoin d'être sec pour brûler. La résine, c'est comme de l'essence.

Ensemble, ils dégagent un tronc de la neige. Matthieu coupe les branches avec sa hache au fil émoussé, Christophe scie le tronc; le bruit de la lame dentée remplit l'air froid, aussi fragile que du verre.

Marie-Hélène, Jeanne et Judith arrivent pour porter les fagots dans la grotte. Joachim a préféré rester pour bricoler la radio, confiant à David la mission d'actionner la gégène.

Enfin, les bras chargés de bûches, le groupe remonte vers la grotte.

— On reçoit très bien maintenant avec cette radio, mais pas moyen d'émettre, annonce piteusement Joachim.

Sans un mot, Matthieu s'installe près du feu et pose sa tête sur ses genoux. Il a mal partout. L'intense fatigue amassée lors de son périple endolorit encore ses membres. De son côté, Christophe inspecte les boîtes de cartouches : deux d'entre elles sont vides.

— On va devoir les économiser, constate-t-il en faisant le décompte.

— Non, répond Matthieu. Il y en a un stock dans la grotte du haut.

— C'est toujours ça, grogne Christophe. Hélas ! les bouquetins ne descendent plus.

— Et pourquoi attendre les bouquetins ? s'étonne Jeanne. Pour manger, il y a les chèvres !

Les deux bêtes ne s'éloignent pas beaucoup. Les enfants les aperçoivent souvent près du bosquet où elles broutent les tiges qui dépassent de la neige. Chaque soir, elles s'abritent dans la grotte du haut.

Marie-Hélène la regarde, surprise. C'est vrai qu'ils peuvent tuer une des deux chèvres, mais ils se sont habitués à ces animaux et à l'âne Marteau. Une compagnie précieuse dont ils n'envisagent pas de se passer.

— Eh bien quoi ? reprend Jeanne devant leur mutisme. Vous préférez avoir faim ?

— Moi, je veux bien, dit finalement Christophe en s'emparant du fusil à lunette.

— Pas besoin de fusil, s'exclame David, fier de capter l'attention des grands. Chez l'oncle Georges, on a des chèvres tout aussi sauvages que ces deux-là ! On arrive facilement à les attraper, et sans courir.

— Ah ? Et comment ? le défie Christophe.

— Avec du tabac !

— Du tabac ?

— Oui, les chèvres adorent le tabac. Tu leur fais sentir l'odeur et tu les emmènes où tu veux.

Tout en parlant, le gamin est allé chercher un paquet de cigarettes.

— Bon, poursuit David qui se souvient des nombreuses fois où il a assisté à la mise à mort du cochon chez l'oncle Georges, il faudra lui attacher les pattes.

Le gamin court chercher la corde dans le hangar. Il en défait les nœuds et la dispose sur le sol.

— Maintenant, il n'y a plus qu'à attendre qu'elles remontent !

Elles ne tardent pas. Dès que la lumière du jour commence à baisser, les deux animaux se rapprochent de la grotte et cherchent la compagnie des enfants.

David effrite un peu de tabac dans sa main en leur assurant que lorsqu'une des chèvres aura goûté, elle le suivra pour avoir une nouvelle ration.

— Sois prudent ! lance Marie-Hélène.

David s'approche de l'animal marron, le plus gros, le moins farouche. Mais, surtout, il n'imagine pas tuer l'autre, d'un blanc immaculé. Il tend le tabac à la bête, qui le hume puis le prend délicatement entre ses lèvres roses. Elle le mâche et s'approche pour en avoir un peu plus. David en met une nouvelle pincée dans sa main ; pendant ce temps, les autres l'encerclent.

Matthieu le premier saisit fermement la chèvre par le cou. La bête se débat, pousse des bêlements qui font reculer Judith. Pendant ce temps, Christophe, David et Joachim lui attachent les pattes et la portent à l'intérieur de la grotte.

— La pauvre ! dit Judith en sanglotant.

Le groupe prend conscience de ce qu'il est en train de faire. Joachim hésite ; David, qui ferait n'importe quoi pour attirer l'attention, regarde le couteau posé à côté, sans oser le saisir.

— Bon, dit Matthieu, c'est le moment. À qui l'honneur de la servir ?

— La servir ? s'écrie Joachim. Tu en as des mots, toi !

— C'est ce qu'on dit en chasse à courre.

— La pauvre ! sanglote encore Judith en se cachant le visage dans sa jupe.

— Viens, dit Marie-Hélène en l'éloignant.

Matthieu hésite à prendre le couteau. Christophe le défie. Jeanne s'approche.

— Poussez-vous !

Elle saisit le couteau, se place près du cou de la chèvre, lui presse la tête contre le rocher et tranche la gorge d'un mouvement rapide et sûr. Le sang gicle, éclabousse Matthieu et Christophe qui ne relâchent pas leur étreinte. Tous les regards se fixent sur cette agonie. Chaque battement de cœur projette une giclée de sang. Christophe, impassible, pèse sur le corps agité.

— Bon, c'est qu'une chèvre ! fait-il avec son bon sens de montagnard. Les loups doivent tuer pour ne pas mourir de faim.

C'est ce que formule Joachim dans son langage dogmatique qui, pour une fois, réconforte ses compagnons :

— Abraham a égorgé un mouton pour l'offrir à Dieu. C'est dans l'ordre des choses : les animaux ont été créés pour nourrir les hommes.

La chèvre pousse des gémissements de petite fille. Elle agite les pattes comme si elle courait encore dans la bruyère et la lavande. Que voit-elle ? Quel univers s'ouvre à ce pauvre corps que la vie est en train de quitter ? Une flaque de sang coagule à leurs pieds. Joachim recule avec un air de dégoût.

Jeanne tient toujours le couteau sanglant qui a tranché le cuir et l'artère de l'animal. Le sang ne coule plus. Le corps est parcouru de tremblements, de soubresauts ; des inspirations profondes soulèvent les touffes de poils marron.

— C'est fini ! dit-elle en posant le couteau.

Elle s'éloigne de la chèvre qui gît sur le promontoire de pierre et se dirige vers le feu. Un curieux éclat brille dans les yeux noirs de la jeune fille.

— Il faut la dépecer tant que la chair est chaude ! reprend-elle. Dans une heure ou deux, on ne pourra plus détacher la peau.

— Comment tu sais ça ? demande Christophe.

— À Poitiers, il n'y avait rien à manger. Mon voisin allait chercher des moutons dans une ferme. Il les tuait dans la cour intérieure. C'est moi qui l'aidais parce que mes parents lui achetaient de la viande.

Le plus dur est fait. Joachim et David vont chercher les récipients dans la remise et les disposent autour du cadavre qu'ils vont devoir débiter en petits morceaux. Matthieu hésite encore un moment avant de couper la tête. Les yeux mi-clos semblent lui reprocher une souffrance qui n'était pas méritée. Il prend enfin le couteau, mais le cuir roule sous la lame avant d'être tranché.

— Ce n'est plus que de la viande ! se rassure-t-il. Il faut la dépecer. J'ai déjà vu faire les chasseurs de cerfs. On fend la peau tout du long et on l'enlève. Ensuite, ce sera facile de faire des morceaux.

Il entreprend de tailler le cuir en actionnant la lame mal aiguisée comme une scie. Christophe l'aide en tirant sur un côté. Les entrailles fumantes se répandent sur le sol dans une odeur de pourriture chaude.

Matthieu les prend à pleines mains et les entasse, gluantes, dans un cageot.

— Emporte ça dehors, ordonne-t-il à Joachim. Les loups s'en régaleront.

La bête dépecée, nettoyée de ses viscères et de son sang, est enfin devenue de la nourriture. Maintenant, ils peuvent manger.

Matthieu et Christophe découpent des morceaux de viande qu'ils disposent sur un plat ébréché. Les autres plaisantent, fiers d'avoir surmonté l'épreuve de la mise à mort. David danse en chantonnant. La perspective d'un bon repas le remplit d'allégresse. Il s'approche de Joachim qui lorgne sa boîte à violon, lui souffle à l'oreille :

— Tiens-toi prêt ! Ce soir, il va y avoir du mouvement. Quand ils auront mangé, ils ne pourront pas se retenir ! On va bien rigoler !

— Qu'est-ce que tu veux dire ?

— Franchement, tu n'es qu'un gland !

Matthieu, debout devant le feu, demande l'attention de chacun :

— On ne va pas faire comme avec les poissons qu'on a gaspillés. La viande peut se conserver dans la neige. Donc, on va la partager en rations pour chaque jour.

Ils approuvent et Matthieu lance un rapide regard de vainqueur à Christophe, qui s'est assis à côté de Jeanne. Une bonne odeur de grillade remplit la grotte. Matthieu pense à la chèvre blanche qui s'est enfuie. Ils auraient dû l'attacher : les loups finiront par la dévorer et priver le groupe de plusieurs jours de survie.

Enfin, ils se servent. David, qui n'a pas de couteau, mord dans son morceau, se brûle et maugrée :

— Qu'est-ce que c'est dur !

— Si t'es pas content, personne ne t'oblige à manger ! grogne Christophe.

— La viande est trop fraîche ! explique Jeanne. Quand on tuait un mouton, chez nous, on le laissait reposer deux jours avant de le faire cuire !

Christophe pense à la pauvre Séverine dans sa tombe froide. Un frisson gelé venu des tréfonds de lui-même le parcourt. Il se penche vers Jeanne.

— Il faut que je te parle.

— Eh bien, parle. Mais il n'y a rien à dire.

— Si. C'est la première fois que...

— Tais-toi, tu n'es qu'un enfant.

— Cesse donc de jouer à la grande dame qui a tout vu, tout compris. Tu es comme les autres. Devant Clovis, tu ne faisais pas autant la fière et, sans moi, tu sais ce qui te serait arrivé ! La vérité, c'est que tu me détestes !

— Non, ce n'est pas vrai.

Christophe se renfrogne, vexé. Alors, Jeanne ajoute :

— Tu n'y es pour rien.

Christophe veut s'éloigner, mais elle le retient :

— Reste, je sais que tu as bon cœur. Mais l'important, pour l'instant, c'est de trouver le moyen de se tirer de là !

— Je sais. Ce passage qui était devant moi et que je n'ai pas réussi à trouver m'obsède. Si j'avais eu une corde, je me serais attaché à un rocher pour le cas où je serais tombé dans le vide !

— Cesse d'y penser. On doit trouver autre chose.

— Quoi ?

Le silence retombe entre eux sur cette question sans réponse.

Trentième jour

Ce soir, ils mangent les derniers morceaux de viande. Marie-Hélène désamorce une bagarre entre Christophe et Matthieu. Le premier accuse le second d'avoir gardé pour lui un morceau du filet alors qu'il n'a eu qu'une part dure et nerveuse de l'épaule.

Les réserves les ont nourris pendant une semaine qu'ils ont passée sans grands soucis. Les caisses de cartouches trouvées dans la grotte du haut leur ont permis de s'entraîner au tir. La cible était un morceau de bois placé bien en évidence sur un rocher. Matthieu avait beau viser longtemps, il n'y arrivait pas. Christophe, lui, ne ratait jamais et en profitait pour se moquer du maladroit, qui laissait faire sachant combien cette habileté pouvait être utile, mais la rancœur s'amassait en lui.

Quand ils ne tiraient pas, les deux garçons parcouraient la montagne à la recherche de traces de chamois ou de bouquetins. Ce soir, encore bredouilles, ils savent que les véritables difficultés vont commencer.

— Si on avait pensé à attacher la chèvre blanche ! s'emporte Matthieu. On aurait six jours de viande devant nous. Maintenant, va savoir où elle est !

— Il reste un demi-sac de lentilles, remarque Marie-Hélène, mais c'est vrai qu'elles ne sont pas très bonnes.

— Elles sont dégueulasses, tu veux dire, rectifie Christophe.

— Il reste aussi assez de farine pour faire une fournée de pain.

La neige s'est remise à tomber, de gros flocons silencieux. Le froid s'est accentué, la corvée de bois est de plus en plus pénible.

— C'est le grand hiver ! déclare Christophe. Désormais, il sera difficile de s'aventurer dans la montagne. Les avalanches peuvent se produire à tout moment, sans prévenir.

Joachim compte les traits qu'il a gravés sur la roche, mais il ne sait plus où il en est. Les entailles naturelles se confondent avec les siennes et, à chaque décompte, il ne trouve jamais le même chiffre.

— J'y arrive pas et puis ça m'agace ! Que ce soient vingt ou quarante jours, ça ne change pas grand-chose, dit-il, résigné.

Ils se sont rassemblés autour du feu. Ils avalent leur dernier morceau de viande. La peur du lendemain les étreint. David suggère :

— Puisqu'on ne peut pas tuer les gros animaux, pourquoi qu'on n'en tuerait pas des petits, comme les lièvres, les lapins, les perdrix ?

Christophe tourne un regard incrédule vers le gamin.

— Eh bien, le tonton Georges, qui ne pouvait pas travailler parce qu'il était malade, poursuit avec délectation David, se débrouillait pour prendre des lièvres qu'il vendait...

— Et comment qu'il faisait, ton tonton Georges ?

— Il posait des collets. Il attrapait aussi les perdrix au fil et les pigeons au piège.

— Et tu sais faire ?

— Bien sûr, répond le gamin, rose de plaisir devant l'attention des grands. Je le suivais tout le temps et il disait que j'avais des mains de braconnier. Il m'a appris à marcher sans bruit dans les bois, mais je sais pas faire sur la neige.

— Au début, quand il n'y avait presque pas de neige, j'ai essayé, avoue Christophe, et je n'ai jamais rien pris.

— Tu ne sais pas y faire, répond doctement le gamin. Pour le lièvre, c'est facile. Il faut une baguette de noisetier que tu fends au bout avec la lame de ton couteau pour tenir le collet à la bonne hauteur. Et tu mesures trois doigts du tonton Georges, quatre des miens. Ensuite, il faut pas le mettre n'importe où. Le tonton disait que le lièvre est le plus con des animaux ! Dans un champ, un pré, n'importe où pourvu que ce soit en terrain découvert, tu places une grosse pierre au milieu. Tu poses ton collet à une main de la pierre et à quatre doigts du sol. Alors, le lièvre, qui est le plus con des animaux, vient pisser près de la pierre, mais avant il en fait le tour, histoire de trouver le meilleur endroit. Et il se prend dans le collet !

— Qu'est-ce qu'il nous raconte avec ses quatre doigts et sa main ? se moque Christophe. Franchement, tu crois que le lièvre a besoin d'une pierre pour pisser ?

— Je jure que je dis la vérité. Laissez-moi faire et vous verrez.

Tous veulent participer à l'opération, mais David s'y oppose :

— Le lièvre est peut-être le plus con des animaux, mais il est quand même méfiant. La neige piétinée lui coupera l'envie de pisser.

David va chercher le rouleau de fil de fer rouillé trouvé dans le hangar. « Quel âge peut-il avoir ? » s'interroge Christophe. Onze ans ? Assez grand, très maigre, la poitrine rentrée, la tête plate avec un nez retroussé, les cheveux presque roux en broussaille sur des oreilles en feuille de chou, il montre sa véritable nature : un gamin de la campagne qui sait beaucoup de choses et n'a pas la langue dans sa poche.

— J'ai le temps d'aller en poser quelques-uns avant la nuit. Vous en faites pas, s'il y a un lièvre dans le coin, il est pour moi et, demain, on mangera de la viande !

— Chez le tonton Georges et la tata Léa, tu ne te faisais pas gronder ? lui demande Marie-Hélène.

— Je leur disais pas tout ce que je faisais ! répond le gamin avec un sourire malin.

— Et ta sœur ne le répétait pas ?

— Ma sœur ? Tu penses bien que je lui montais le coup !

Il sort. Dans son coin, Joachim se désintéresse de la conversation et continue inlassablement de bricoler la radio. Malgré tous ses efforts, il ne parvient qu'à capter des messages codés.

— Impossible d'appeler quelqu'un, dit le myope en approchant son visage à toucher le métal. Il y a un faux contact quelque part. Tu vois, cette lampe devrait s'allumer. Et puis, si j'avais quelqu'un pour faire marcher la gégène, ce serait plus simple !

— Ta lampe est peut-être cramée, suggère Christophe.

— Dis, c'est que t'es plus malin que tu ne parais, répond Joachim plein d'espoir.

Moins d'une heure plus tard, David revient de sa tournée de pièges. Christophe s'étonne :

— Tu n'as pas mis bien longtemps !

David, plus confiant que jamais, fanfaronne :

— C'est pas la peine d'aller bien loin. J'ai posé douze collets dans le taillis à côté des sapins. Je suis sûr de mon coup !

L'optimisme du gamin n'est pas contagieux. Les autres restent sceptiques. Ils n'ont pas envie de parler. Jusque-là, ils ont échappé à la famine, mais, ce soir, ils pressentent que la chance n'est plus de leur côté.

Trente et unième jour

Le lendemain matin, réveillé avant les autres, David s'empresse d'aller voir ses pièges. Il sort dans le froid intense ; le jour se lève. Le gamin marche vite sur la neige gelée et, grâce à son extraordinaire sens de l'orientation, va droit aux premiers collets. Aucun animal ne s'est laissé prendre.

« Je me demande pourquoi ! pense-t-il en se frictionnant les mains. Avec le tonton Georges, ça marchait à tous les coups. »

Les autres pièges sont tout aussi vides. L'enthousiasme du petit braconnier cède la place au découragement.

— C'est la neige ! tente-t-il de se justifier en rentrant à la grotte. Et puis les lièvres sont peut-être cachés parce qu'il fait froid !

Le groupe doit se contenter d'un bol de lentilles rances. Le souvenir de la bonne viande de chèvre accentue leur écœurement.

— Si encore on avait du sel, se plaint Christophe.

Joachim se tient en retrait. Il goûte ses lentilles du bout des lèvres. Tout à coup, son visage se contracte en une grimace qui plisse ses joues. Il pousse un cri rauque et jette le bol dans le feu.

— J'en ai marre ! crie-t-il à la grande surprise des autres.

Excédé par des journées de bricolage d'une radio récalcitrante, il craque.

— Vous pouvez me regarder, je m'en fous ! hurle-t-il en frappant la gégène à grands coups de pied. On va tous crever !

— Joachim, qu'est-ce qui t'arrive ? demande Matthieu en se précipitant sur le garçon qu'il tente de maîtriser. Tu n'as plus confiance en Dieu ?

— Dieu se moque de nous ! Voilà ce que je pense. Peut-être qu'il n'existe pas du tout, que les hommes courent après un rêve vide !

— Arrête !

Maintenant, il pleure, gémissant d'une voix rauque.

— Tout ça, c'est ma faute ! Si j'avais été capable de réparer la radio, on serait bien au chaud en Espagne !

— Mais non, tente de le réconforter Christophe. Tu as fait tout ce que tu as pu !

Joachim tourne vers eux son regard incertain.

— Et puis, il faut que je vous dise... C'est comme si j'avais une pierre dans la poitrine. Voilà, j'ai fait quelque chose de très mal.

Les autres le regardent avec étonnement. Qu'est-ce que ce garçon peut bien avoir fait de mal ?

— Oui, poursuit-il en baissant la tête. La tartine de Séverine, c'est moi qui l'ai volée ! Ah ! si j'avais su...

Marie-Hélène et Matthieu échangent un regard étonné. Ils se souviennent tous de cette tartine mise de côté pour la malade et qui avait disparu. Jeanne s'approche de Joachim qui baisse toujours la tête, coupable.

— Et j'ai eu le culot de dire que c'était un renard !

— Ça n'a plus d'importance, dit-elle en posant une main sur l'épaule du garçon.

— Mes lunettes ! J'ai perdu mes lunettes ! crie-t-il en écartant les bras.

— C'est pas le moment de s'énerver, ajoute Jeanne en ramassant les lunettes. On doit garder nos forces.

— Il n'y a aucune raison que la radio ne marche pas. J'ai cru que la lampe était cramée, comme l'a dit Christophe, eh bien non, elle marche très bien, alors ça vient d'où ?

Ils reprennent tous leur place près du feu en avalant leur bouillie, bien conscients que le pire des dangers vient du fond d'eux-mêmes et qu'ils n'ont pas d'arme pour le combattre. Marie-Hélène prépare de la tisane d'écorce de bouleau. Cette décoction a la vertu de les apaiser momentanément, de calmer leurs douleurs, ils en font une grande consommation.

Cette journée qui commence les renferme un peu plus sur eux-mêmes. Dans son coin, Joachim se penche sur sa boîte à violon ouverte devant lui. Il ne voit plus l'utilité de consulter sa bible puisque Dieu les a abandonnés. Du bout des doigts, il caresse son instrument, un magnifique Vuillaume dont il aime tirer la joie ou la mélancolie, des mélodies qui, ici, sonnent faux.

Christophe décide de partir une nouvelle fois à la recherche d'une proie, si modeste soit-elle, mais même les corbeaux, d'ordinaire si nombreux, ont déserté. Sans un mot, Matthieu lui emboîte le pas. Les jours précédents, ils partaient chacun de leur côté pour augmenter leurs chances, mais ce matin, ils restent côte à côte. Pourtant, la présence de Matthieu gêne Christophe : pour chasser, il faut être attentif à tout, au bruit du vent, au moindre craquement de taillis.

Ils marchent longtemps sans un mot. Christophe pense à Clovis qu'il a tué à bout portant. Cet acte lui pèse, même s'il n'en parle pas. Le remords le ronge.

— Je me suis emporté, dit-il tout à coup.

Matthieu lui lance un regard curieux.

— Qu'est-ce que tu veux dire ?

— Le contrebandier, quand il était après Jeanne, j'aurais dû le menacer et l'obliger à me conduire au passage.

— Ça l'aurait bien fait rigoler. Non, tu as eu raison, tranche Matthieu d'un ton assuré.

Ils arrivent au lac. La neige immaculée crisse sous leurs pas. Le soleil les éblouit. La montagne est vide.

— Je ne sais pas si j'aurais eu ton courage, avoue Matthieu.

Cette remarque les rapproche. Ils rentrent assez tôt pour aller couper du bois. Le vent des cimes s'est levé et pique le visage. Matthieu manie la scie, Christophe fend les rondins avec la hache. Joachim et les filles emportent des brassées de bûches dans la grotte.

À la tombée de la nuit, ils se rassemblent près du feu. Marie-Hélène joint les mains et, les yeux baissés, murmure une prière. Joachim, qui regrette son esclandre du matin, s'est remis à bricoler la radio. Christophe, le premier, tend l'oreille.

— Vous n'entendez rien ?

Matthieu court vers la sortie. Les lointains hurlements ne lui laissent aucun doute.

— Les loups ! dit-il d'une voix blanche.

Il se met à disposer les planches pour boucher l'ouverture. Christophe s'est approché de lui et tient la carabine.

— T'en fais pas, dit-il, sûr de lui. Je les attends.

— Ils sont du côté du lac, remarque Matthieu.

Christophe sort devant la grotte, la carabine armée.

— J'ai bien envie de m'en faire un, ajoute-t-il sur un ton qui déplaît à Matthieu. Mon grand-père m'a souvent raconté que lorsqu'il était jeune, tous les hivers, les loups poussaient les mouflons dans les pentes où la neige était très profonde. Là, les mouflons s'enfonçaient à cause de leurs sabots. Et les loups, qui, eux, n'avaient pas ce problème, n'avaient qu'à les cueillir.

Christophe écoute un moment les hurlements des fauves qui lui rappellent ceux d'une meute de chiens.

— On y va ?

Ils partent. La lune s'est levée et ils voient comme en plein jour. À mesure qu'ils avancent en direction du lac, les hurlements s'éloignent.

— On dirait qu'ils sont partis !

— Tu veux parier qu'ils font la même chose que dans les Alpes, qu'ils poussent des bêtes dans un endroit où la neige est très profonde ?

— Et nous, pourquoi on ne ferait pas la même chose ?

— Parce que les loups ne craignent pas le froid et qu'ils savent se protéger des tempêtes et des avalanches. Ils peuvent courir pendant des jours, ils peuvent aller chercher les mouflons là où ils sont, pas nous !

Ils dépassent le lac et traversent un cirque que Christophe croit reconnaître :

— On est passés par là avec Jeanne et les gamins. Derrière cette montée, il y a une pente, c'est sûrement là qu'ils sont !

Ils traversent le cirque. Christophe tient son arme, le doigt sur la détente, prêt à tirer. Matthieu ressent des tremblements dans tout son corps. Ils gravissent la pente assez raide. En haut, ils découvrent une vaste étendue de neige miroitante. Christophe tend le bras devant lui.

— Là-bas, souffle-t-il.

Son excellente vue, qui lui permet des tirs précis à plus de cent mètres, s'est arrêtée sur des formes mouvantes.

— Les loups !

Matthieu aperçoit à son tour la meute qui s'acharne sur une carcasse.

— Je vais m'en faire un ! dit Christophe en posant un genou sur la neige et en positionnant devant lui sa carabine à lunette.

— À cette distance ? s'étonne Matthieu.

— Je vais me gêner !

Il ajuste son tir, puis le coup part avec une puissance inouïe. Un loup mord l'air en poussant un hurlement puissant et tombe à côté de la carcasse. Les autres s'enfuient.

— Tu penses bien qu'on va pas se laisser bousculer par ces animaux, conclut fièrement Christophe.

Ils courent jusqu'au loup mort. Un peu en retrait, ils découvrent la carcasse d'un mouflon presque entière sur la neige tachée de sang. Les fauves ont dévoré les entrailles, laissant la viande intacte. Les deux garçons poussent un cri de joie.

— Il suffira d'écouter les loups. Ils chasseront pour nous ! s'exclame Matthieu.

— Je ne crois pas ! Ils savent que nous sommes là et ne reviendront pas de sitôt. S'ils ont survécu à une chasse intensive pendant des siècles, c'est qu'ils sont plus malins que nous.

Les garçons rentrent à l'Oustal en tirant lentement la carcasse volée. Les autres n'en croient pas leurs yeux. Ils sont tout à coup si heureux que Joachim a envie de jouer du violon. Une certitude s'impose à lui : Dieu, qu'il a renié dans son accès de désespoir, lui indique qu'Il a toujours les yeux braqués sur eux.

Matthieu et Christophe s'associent pour découper la carcasse. David et Judith ne perdent rien de leurs gestes et salivent à l'avance. Matthieu décide une fois de plus :

— On peut faire autant de parts que dans la chèvre. Je sais bien qu'on a faim et qu'on en mangerait beaucoup plus, mais il faut être prévoyants, ajoute-t-il avec cette voix d'adulte sage qui manque à Christophe.

Enfin, ils mangent autre chose que des lentilles infectes. Chacun avale son morceau et, même s'il a encore faim, se laisse aller à un bien-être momentané. Matthieu se rapproche de Marie-Hélène qui ne le repousse pas. Quand il lui prend la main pour l'emmener à l'écart, elle ne réagit pas, docile. David, qui surveille tout le monde, fait un signe à Joachim.

— Cette fois, c'est bon, il va la niquer !

— Mais de quoi tu veux parler ?

— Viens et tu vas voir. Je pense qu'elle est mûre.

Ils retournent à leur observatoire, derrière le rocher, et voient Matthieu s'asseoir à côté de la jeune fille. Ils restent un moment silencieux, puis Matthieu dit :

— On a eu encore beaucoup de chance, dit-il.

— Oui, et je me demande pourquoi…

— Il ne faut pas. Moi, je pense à l'instant, parce que demain sera différent.

— Pas moi. J'éprouve le besoin de prier.

— Quel bavard ! murmure David. C'est une maladie chez lui !

Depuis quelques jours, Matthieu ne cesse de ressasser la même question. D'avoir été prisonnier de l'avalanche lui a ouvert les yeux sur ce que le courage et la ténacité pouvaient lui apporter. Il sait, désormais, que les secours ne viendront pas. Joachim ne réussira pas à réparer la radio ; une seule solution s'impose à son esprit, toujours la même, insistante. Il se tait enfin.

— À quoi tu penses ? demande Marie-Hélène en se plaçant en face du jeune homme songeur.

Il secoue la tête sans répondre.

— Moi, je pense à ma mère, poursuit Marie-Hélène. Elle a donné sa vie pour la liberté. Je voudrais être digne d'elle.

— Tu l'es en t'occupant de nous tous comme tu le fais, la réconforte distraitement Matthieu. Ce soir, il faut que je te dise le fond de ma pensée, parce que c'est très important : je t'aime.

Marie-Hélène baisse les yeux, elle titube, comme touchée au plus sensible de son être. Son cœur s'emballe, elle perd le contrôle de ses pensées ; elle voudrait fuir, mais une force implacable la retient près du jeune homme.

— Ce n'est pas l'endroit pour en parler, murmure-t-elle.

— Si, insiste Matthieu d'une voix ferme. C'est l'endroit parce que j'ai décidé quelque chose de très grave. C'est un miracle si j'ai pu sortir des mètres de neige qui me recouvraient, et ce miracle, il faut qu'il serve à quelque chose.

— Qu'est-ce que tu veux dire ?

Pas de réponse. Il la prend dans ses bras. David ricane, la main devant la bouche. Effaré, Joachim voit Matthieu et Marie-Hélène échanger un long baiser, puis les mains de Matthieu descendre jusqu'à la taille de la jeune fille, caresser ses fesses.

— Cette fois, il s'y prend bien ! commente David comme s'il assistait à un match de foot. Elle va rechigner, mais, s'il sait y faire, c'est gagné.

— Non, dit-elle en se séparant du jeune homme. Je ne veux pas.

Joachim n'en revient pas. Comment David pouvait-il prévoir que Marie-Hélène allait repousser Matthieu ?

Il l'étreint de nouveau. Marie-Hélène se débat un peu, comme un nageur fatigué qui se laisse emporter par le courant.

— Il s'y prend comme un chef ! ajoute David en se tournant vers Joachim. Tu vas voir qu'elle va encore dire « non ».

En effet, Marie-Hélène se débat, murmure un « non » qui fait rire David. Joachim le reprend :

— Ris moins fort, ils vont t'entendre !

— Sûrement pas ! Ils sont trop occupés.

Les deux jeunes gens roulent au sol. Joachim regarde avec stupéfaction les jambes nues de la jeune fille et les fesses de Matthieu qui a baissé son pantalon.

— Cette fois, il se la fait ! Tu vois que c'est facile ! conclut David qui ne perd rien de la scène.

Joachim recule, écœuré. Il savait bien que les hommes et les femmes faisaient l'amour, mais il ne se l'imaginait pas comme ça, avec ces cris, ces râles d'animaux. Il s'éloigne, laissant David seul se régaler du spectacle. Il aimait bien Marie-Hélène, il la trouvait douce et effacée, attentive. Ce soir il la déteste, et il déteste Matthieu.

Trente-deuxième jour

Assise en retrait des autres, Marie-Hélène pleure. Comment a-t-elle pu céder si facilement à Matthieu ? Elle avait eu si peur après sa liaison avec Paul qu'elle s'était juré de ne plus connaître aucun homme jusqu'à son mariage. Et là, à cause de la viande qui lui donnait chaud au corps, à cause de l'aveu de Matthieu qui lui a fait tant de bien, elle s'est donnée. Maintenant, elle appréhende les conséquences de son acte, la punition des filles faciles : le ventre qui s'arrondit.

Matthieu veut la consoler, mais elle le repousse. Elle se surprend à espérer que les secours n'arrivent jamais, qu'ils meurent de froid et de faim, puis elle s'en veut de souhaiter le malheur des autres pour effacer sa faute. Alors, l'envie de partir au hasard, de se coucher dans la neige, la pousse à sortir de la grotte. Matthieu l'arrête.

— Je t'aime ! dit-il. Je sais ce qu'il me reste à faire.

— Tais-toi !

La colère monte en lui, il serre les dents.

— Nous nous marierons ! dit-il. Dès que nous serons en bas !

— Tu sais bien que c'est impossible !

— Si, c'est possible. Je ne pense qu'à ça !

Les sanglots redoublent.

— Pourquoi tu me fais autant de mal ? murmure-t-elle.

David et Judith tendent leurs mains aux flammes.

— Sans moi, il y a belle lurette que le feu serait éteint ! ronchonne Christophe en regardant Matthieu et Marie-Hélène et en leur lançant un regard plein de reproches.

Matthieu sort. Le temps a changé. Le vent s'est levé, vent d'ouest glacé qui apporte de larges pans de brume habités par de minuscules flocons de neige, légers comme des plumes, des petits papillons qui se posent sur la couche dure.

La tête lourde, le jeune homme pense à sa nuit d'amour. Il est prêt à se brouiller avec sa famille, avec toute la communauté juive, prêt à renoncer à ce qu'il croyait. Avec Deborah, la première fille qu'il a connue, ce n'était qu'un jeu, avec Marie-Hélène, c'est toute sa vie qu'il veut engager.

Il fait quelques pas, se dirige vers le bosquet, tête baissée. Une silhouette se détache du taillis.

— Jeanne ? Qu'est-ce que tu fais là ?

— Je guettais. Je me disais que les secours allaient peut-être arriver ce matin.

— Ah bon ? Et pourquoi ?

— Parce que j'ai rêvé qu'ils arrivaient. Ils étaient une dizaine, armés de mitraillettes et ils nous emmenaient parce que la guerre était finie !

— La guerre était finie ? Moi j'y crois pas. Elle durera encore longtemps et beaucoup d'hommes mourront !

Ils marchent ensemble jusqu'au bosquet. La lumière du ciel et celle de la neige se mêlent en une blancheur d'étoupe qui éblouit. Le vent soulève des troupeaux de nuages qui courent sur les pentes.

— J'en peux plus ! dit tout à coup la jeune fille. J'ai envie de crever !

— Qu'est-ce qui t'arrive ?

Elle soupire.

— On ne verra jamais fleurir la neige comme ils disent chez Christophe, en Savoie. Regarde, mes vêtements tombent en lambeaux, je ne peux pas me laver et il fait de plus en plus froid. Je me dis qu'il faut tenter l'impossible.

Matthieu ne répond pas parce qu'il pense à la même chose.

Ils rentrent. Joachim s'est remis à bricoler la radio. Il ne comprend toujours pas pourquoi elle refuse d'émettre. Une pièce manquante ? C'est possible. Au fond de son garage, son père préparait des radios et des téléphones pour les maquis. Parfois, il apportait un appareil récalcitrant dans leur maison et le démontait sur la table de la salle à manger. Joachim ne perdait rien de ses moindres gestes, ni de ses remarques toujours présentes à sa mémoire : « Il n'y a rien de plus capricieux que ces bidules. Une fissure à peine visible sur une soudure, un peu de rouille à un raccord de fils et le courant ne passe pas. » C'est dans ce sens que le garçon oriente ses recherches : si la petite lampe témoin ne s'allume pas, c'est que le circuit électrique est défectueux quelque part.

Matthieu retourne se placer à côté de Marie-Hélène, qui baisse la tête. La jeune fille n'a pas pris la peine de démêler ses abondants cheveux noirs et commence à ressembler à une souillon. Elle pleure en silence. David, le regard plein de malice, un sourire entendu en coin, lui demande si elle est malade. Elle répond vivement d'un : « Mêle-toi de ce qui te regarde ! »

Matthieu, qui ne supporte pas de la voir malheureuse à cause de lui, réclame l'attention de tous et déclare :

— Marie-Hélène et moi, comment dire...

Elle lui envoie un regard courroucé. Christophe pince les lèvres. Joachim a une inspiration :

— Vous allez vous marier !

Christophe fait la grimace. Jeanne ne lève même pas les yeux. Joachim remonte ses lunettes et poursuit :

— Un mariage ! Mais c'est formidable ! Pourquoi qu'on n'y a pas pensé plus tôt ?

— Qu'est-ce que tu veux dire ? demande Matthieu.

— Vous pouvez vous marier ici-même !

— C'est pas possible ! proteste Marie-Hélène.

Joachim prend son violon et improvise un air qu'il voudrait joyeux, mais qui tombe à plat. Christophe serre les poings. Cette idée de mariage lui fait mal. Sa nature bouillonnante le fait foncer droit dans les obstacles, au risque de s'y briser les reins. Il sort. La neige bouche le ciel, occulte la montagne, arrête le monde à l'entrée de la grotte.

— Un mariage ! répète Joachim, les mains jointes, comme si c'était la solution à leur isolement.

— On va faire la fête ! s'écrie David.

La fête ! Le mot est lancé. L'oubli de leur condition pendant un court instant de folie. Ils en ont envie. Eux qui doivent se rationner, penser constamment au lendemain ont un grand besoin d'insouciance.

Joachim, qui ne veut pas renoncer à son idée, est aux commandes. Il imagine une chorégraphie, se positionne à différents endroits de la grotte afin de trouver la meilleure place pour les mariés. Il cherche des pierres assez hautes qui feront office de siège. Tous s'activent avec une gaieté factice. Leur estomac gargouille ; le désespoir qu'ils cherchent à fuir les mord comme un chien enragé.

— Tu sembles triste. Qu'est-ce qui t'arrive ? demande Marie-Hélène à Jeanne.

— Tu voudrais que je saute de joie ? Très peu pour moi !

Marie-Hélène s'en veut de sa faiblesse, mais n'ose rien dire face à l'enthousiasme de Joachim et des petits. Cela ne change rien à sa détermination de ne plus laisser Matthieu s'approcher d'elle.

— C'est pour s'amuser, précise-t-elle, un peu honteuse de se prêter à ce jeu puéril. Pendant ce temps, on pense à autre chose !

— Moi, je ne peux pas.

— Tout le monde sait que tu es forte, Jeanne. À moi, tu peux parler sans retenue. Soyons amies.

— Ce n'est pas possible.

— Mais pourquoi ? demande Marie-Hélène.

— Laisse-moi !

Christophe a assisté à la conversation. Il attend que Marie-Hélène se soit éloignée pour s'insurger :

— Elle est venue te tendre la main. Je ne te comprends pas !

— Marie-Hélène représente tout ce que je déteste au monde ! répond Jeanne. Ce mariage lui donne l'occasion de jouer, sans savoir ce qui se cache derrière les choses. Elle n'a aucune consistance, pas plus d'épaisseur qu'une feuille de papier sur laquelle rien n'est écrit.

— Et toi ? s'emporte Christophe. Tu es aussi vieille qu'aigrie. C'est pas mieux !

— Je vois les choses comme elles sont !

Christophe fait la grimace. Jeanne ne lui laisse aucune prise. Pendant que les autres jouent au mariage, lui se morfond, plein de sentiments contradictoires. Il descend jusqu'au bosquet et s'arrête en face de la pente qui conduit au canyon et au passage secret. « Si on y était allés le premier jour, avant la neige, je l'aurais trouvé et Séverine serait peut-être encore là ! », ressasse-t-il.

La journée passe en préparatifs. La neige qui tombe est si légère qu'elle roule sur les vêtements et ne mouille pas. Ils coupent du bois pour faire un grand feu, seule distraction qui leur reste, car, malgré le mariage, Matthieu est resté strict sur le rationnement. Joachim apporte de l'écorce de bouleau pour la boisson. Soudain, il se retourne d'un air affolé vers Matthieu et demande :

— Et les anneaux ?

Ils ont pensé à tout sauf aux deux bagues qui doivent sceller l'engagement des mariés. Matthieu n'y attache aucune importance.

Jeanne fouille dans son sac et en sort une petite boîte à bijoux.

— Ce sont les alliances de mes grands-parents.

Matthieu refuse. Jeanne insiste :

— Prends-les ! Franchement, c'est de bon cœur. Elles ont appartenu à des gens heureux. Elles ne peuvent que vous porter chance.

— Je ne veux pas ! réplique Marie-Hélène.

— Libre à toi ! dit Jeanne en reprenant la petite boîte. C'était pour rendre service.

Joachim, ses lourdes lunettes sur son nez minuscule, règle les derniers détails. Il dispose son livre sur le rocher plat qui va servir d'autel, déplace légèrement les pierres. Le feu brûle, mais la grille posée à côté leur rappelle qu'ils n'ont qu'un seul morceau de viande. Ils se sentent obligés de plaisanter.

L'heure de la cérémonie arrive enfin. Dehors, la nuit englue la montagne. La terre tout entière est ensevelie, ils sont les seuls survivants sur une arche prête à couler à son tour.

— Et Christophe ?

Ils s'étonnent de l'absence du grand adolescent blond.

— Il est sorti ! dit David. Il n'avait pas l'air bien.

Matthieu constate que Christophe a laissé son arme posée sur le rebord d'un rocher. La neige tombe toujours, si légère que les flocons semblent ne pas toucher le sol. Judith et David appellent le jeune homme de leurs voix pointues qui se perdent dans l'immensité vide.

— Je vais le chercher ! annonce Jeanne.

Les autres la laissent faire. David souffle à Joachim :

— Il voudrait se marier avec Jeanne, mais Jeanne ne veut pas, alors il fait la tête !

Jeanne marche dans la nuit. Les flocons se sont transformés en une poussière gelée qui pique les yeux. Elle sait où Christophe est parti, mû par une association d'idées courante chez lui.

Elle le trouve grelottant ; sa haute silhouette noire se découpe dans la neige. Il baisse la tête, recueilli près d'un monticule blanc. Séverine est toujours présente dans les esprits. Son agonie, son visage figé hantent les nuits de l'Oustal en cauchemars monstrueux.

Jeanne s'approche de l'adolescent et se place à ses côtés. Il tourne légèrement la tête.

— Laisse-moi ! dit-il sur un ton sec.

Elle glisse sa main dans celle du garçon un instant décontenancé, mais qui recouvre vite son animosité.

— Vous m'emmerdez tous ! crie-t-il. Tu crois qu'elle est heureuse, ici, dans le froid et toute seule ? Tu crois que ça l'amuse, elle, le mariage ?

— Viens ! dit Jeanne. Tu vas attraper du mal.

— Qu'est-ce que ça peut te foutre ? hurle-t-il en s'éloignant à grandes enjambées.

— Cesse de faire l'enfant !

Il se retourne.

— Ah ! je fais l'enfant ! Pendant que les autres se marient, moi, je fais l'enfant, mais tu ne comprends pas que j'en crève ! que j'ai rien fait pour l'empêcher de mourir, cette pauvre petite !

— Tu as fait ce que tu as pu !

— Non, et puis...

C'est trop difficile à dire. Lui si téméraire, si fanfaron, qui aime crâner, recule devant les mots qui l'obsèdent et qu'il n'a pas le courage de prononcer. Jeanne s'approche si près qu'il sent son souffle sur son visage. Jamais il ne l'a trouvée aussi désirable avec son petit visage ovale qu'il discerne dans la pénombre, ses cheveux courts qui tombent en mèches sur son front, ses petites oreilles dégagées et ses yeux noirs, si profonds, si pleins de mystère. Il renifle. Les larmes roulent sur ses joues, font une traînée froide comme le tranchant d'une lame.

— C'est ma faute, répète-t-il.

— Cesse de t'apitoyer sur ton sort. Rentrons, il fait froid.

Christophe se laisse emmener. Il a le sentiment de ne rien savoir du monde.

Joachim invite les autres à s'asseoir sur les cailloux disposés en demi-cercle autour de l'autel. Tous seront les témoins de l'engagement de Matthieu et de Marie-Hélène qui s'approchent, main dans la main. Matthieu est sûrement le seul à oublier que ce n'est qu'un jeu. Il le ressent comme un acte d'adulte qui lui donnera la force d'aller au bout de lui-même, de braver les pires dangers.

L'officiant ouvre son livre et lit plusieurs versets consacrés au mariage.

— *Les époux se jurent assistance et fidélité. Ils doivent vivre sous le même toit. Le mari est le chef de famille...*

David et Judith tiennent le bout de la robe trop courte de Marie-Hélène. David prend un air dégagé pour bien montrer que cela ne le touche pas. La timide Judith, rouge de plaisir, baisse les yeux.

Sérieux, Joachim lit plusieurs pages de sa bible. Enfin, quand il a terminé, il se prépare à procéder à l'échange des consentements quand un bruit sourd l'arrête. Les autres se tournent vers la sortie. Un ronflement puissant fait vibrer la grotte.

Christophe et Jeanne courent dehors, abandonnant l'officiant et les deux candidats au mariage. David et sa sœur sortent à leur tour, suivis de Joachim.

Christophe tend le bras vers des étoiles clignotantes qui traversent le ciel.

— Des avions, dit-il. Il y en a au moins dix !

Les avions se dirigent vers l'est. Très haut dans le ciel, des hommes survolent la montagne inhospitalière sans savoir que sept jeunes égarés, tremblants de froid, les regardent. Les feux de position s'éloignent lentement, puis disparaissent derrière les cimes. Longtemps encore, leur bruit retient les enfants le nez en l'air. Christophe, le premier, rentre sans un mot. Les autres le suivent, mais ne reprennent pas leur place sur les pierres disposées pour la cérémonie. Le mariage ne les amuse plus. Christophe ajoute du bois au feu. Marie-Hélène reste en retrait, honteuse de s'être prêtée à ce jeu stupide. Matthieu va chercher une portion de viande cachée dans la neige sous de grosses pierres et la découpe en sept morceaux. Jeanne les dépose sur la grille. La bonne odeur qui s'en dégage ne suffit pas à leur redonner du cœur au ventre : la faim chronique a détraqué leur estomac. Ils mangent sans plaisir, se tassent les uns près des autres comme aux premiers jours et cherchent le refuge du sommeil.

Seul Christophe veille : c'est son tour de garder le feu.

Trente-septième jour

Hier au soir, Matthieu a distribué le dernier morceau de mouflon.

Cette fois, il n'y a pas eu de miracle. Matthieu et Christophe ont inlassablement parcouru la montagne en quête d'une improbable bête blessée oubliée par les loups. À bout, ils ont cherché Marteau, que Christophe pourrait tuer d'une balle, mais l'âne a disparu. Le jeune David multiplie les collets à lièvre dans le bosquet et au bord du lac, sans succès. Les animaux restent cachés au fond de leur terrier. Même les oiseaux ont fui vers la vallée.

Le sac de farine est vide. Marie-Hélène regrette d'avoir fait du pain au moment de l'abondance, lorsqu'ils avaient des poissons ou de la viande. Elle s'isole dans un coin, réprimande vertement David quand le gamin fait une remarque qui ne lui convient pas. Elle s'emporte aussi contre Joachim, à qui elle n'a pas pardonné le simulacre raté de mariage.

— Au lieu de te mêler de ce qui ne te regarde pas, tu ferais mieux de réparer la radio !

Pour manger, il leur reste encore un fond de sac de haricots et de lentilles, de quoi tenir deux jours en faisant de petites parts.

— Tu devrais prier ton Dieu ! lance avec défi Christophe à Joachim. Ce serait le moment de faire un miracle.

Mais Joachim n'a plus le cœur à la prière. Il ressasse en lui les souvenirs de ses anciennes lectures. Et, devant son bol de lentilles fumant, il a une idée :

— On n'est pas obligés de manger de la viande tout le temps. S'il n'y a pas d'animaux à chasser, il y a peut-être des plantes qu'on peut faire cuire.

Matthieu est sceptique. Le citadin, qui n'a jamais eu à se préoccuper de ce qui remplissait son assiette, ne connaît pas les plantes comestibles et doute que la montagne soit très généreuse en légumes sauvages. Il a bien lu *Robinson Crusoé* comme tous les jeunes de son âge, mais l'île de cet Anglais était perdue sous les tropiques et non au milieu du désert gelé des Pyrénées.

— Joachim a raison, estime Christophe. Mon père, qui aimait beaucoup la chasse, disait qu'en hiver les cerfs ou les chevreuils mangent les lichens blancs qui poussent sur les rochers. Il paraît que c'est très nourrissant.

— De quels lichens tu veux parler ? demande Joachim qui a la prétention d'être le plus savant.

— Ces lichens blancs aux feuilles dentelées. Ils sont toujours secs. Si les animaux les mangent, c'est qu'on peut nous aussi. En tout cas, ce n'est pas du poison.

— Et alors ? poursuit Joachim.

— Alors, je crois en avoir vu en bas, avant qu'il ne tombe autant de neige. Je propose qu'on aille voir et, si on en trouve, qu'on les fasse cuire dans de l'eau.

— Pourquoi pas ? dit Matthieu, dubitatif.

Ils se rendent à l'orée du bosquet où les rochers affleurent, les nettoient de la fine couche de neige qui les recouvre et cueillent ces curieuses plantes blanches, fines et dentelées, qui, malgré l'humidité, se brisent en poussière sous les doigts.

— C'est curieux comme salade ! dit David.

Ils nettoient le lichen de sa terre et le mettent à cuire dans la marmite ébréchée. Marie-Hélène active le feu. Une curieuse odeur se répand dans la grotte.

— Ce n'est pas désagréable ! dit la jeune fille qui ne veut rebuter personne.

Pourtant, ce fumet de terre et de purin n'a rien d'appétissant.

— C'est sûrement très nourrissant ! poursuit Joachim en retenant une grimace de dégoût.

Quand elle considère que les lichens sont assez cuits, Marie-Hélène les retire de l'eau.

— C'est gluant, on dirait des champignons en train de pourrir, remarque David.

— C'est tout ? se fâche Matthieu.

— Tout le monde va en manger ! lance la jeune fille en voyant l'air répugné du garçon.

Elle en met un peu dans chaque bol et se force à manger sa part pour donner l'exemple. Matthieu l'imite, suivi de Christophe et de Jeanne. David et Judith font la grimace.

— C'est pas mauvais du tout ! insiste Christophe en jetant un regard plein d'autorité à Judith.

— C'est même bon ! ajoute Jeanne.

— Eh bien, moi, je trouve que c'est dégueulasse ! s'emporte David qui pose son bol et refuse de manger.

Marie-Hélène le menace des pires maladies s'il ne mange pas sa part et il finit par céder en retenant son envie de vomir. Il mastique pendant un long moment une boule de fibres qu'il n'arrive pas à avaler.

— Franchement, il va falloir trouver autre chose ! dit Jeanne à Christophe.

Trente-huitième jour

Ils se réveillent la tête lourde, comme s'ils revenaient d'un long voyage. De nouveau écrasés par le poids de la réalité, ils errent sans but dans la grotte. Le feu est en train de mourir entre les pierres. Christophe ajoute du bois. Il va bientôt falloir retourner en chercher d'autre, mais, ce matin, il ne se sent pas le courage de faire dix pas.

Combien de jours se sont écoulés ? Joachim a cessé de faire une marque chaque matin sur le rocher : il a perdu le compte et s'obstine encore et toujours à réparer sa radio.

Judith somnole. Elle se réfugie dans un demi-sommeil sans pensées pour l'avenir et surtout sans dépenser de forces. Même David, d'ordinaire si vif et toujours prêt à raconter une histoire, se tait, le regard perdu sur les flammes qui ne le réchauffent plus. Christophe s'assoit près de Jeanne ; parfois, la jeune fille pose la tête sur son épaule, alors il se dit qu'il ne doit pas démissionner, qu'il doit se battre jusqu'à son dernier souffle.

Matthieu se recroqueville dans son coin. Marie-Hélène ne veut plus qu'il s'approche d'elle et cela brouille tellement ses pensées qu'il n'espère plus rien. Son corps pétri de douleurs est devenu celui d'un vieux. Ses joues ont fondu, sa peau s'est fripée. Ses cheveux trop longs accentuent l'impression de maigreur de son visage. Des poils hirsutes salissent son menton. Les démangeaisons de son corps l'insupportent.

Marie-Hélène lave le linge, mais la cendre qu'elle utilise à la place du savon ne le décrasse que partiellement et irrite la peau.

Jeanne en souffre plus que ses compagnons d'infortune. Pendant ses règles, elle s'est forcée à se laver avec l'eau de la source, en se cachant au fond de la grotte. La jeune fille se servait d'un cache-nez qu'elle appliquait gelé sur sa peau.

De son côté, Marie-Hélène attribue aux dérangements de son corps une signification bien précise. Depuis sa nuit d'amour, la moindre douleur résonne comme une alerte qui la mortifie.

— Tu n'as pas envie de vomir ? demande-t-elle à Jeanne.

Jeanne comprend ce qui tracasse Marie-Hélène et la dévisage avec curiosité. Toutes les deux ont beaucoup maigri. Jeanne ressemble tout à fait à un petit garçon ridé. Étrangement, on dirait que Marie-Hélène a grandi. Son visage creux, sa peau flétrie la vieillissent.

— Qu'est-ce que tu veux dire ?

— Je ne sais pas, reprend Marie-Hélène, qui éprouve le besoin de se confier, mais les privations, le froid et tout ça m'ont complètement chamboulée. Je ne sais plus où j'en suis.

— Et tu crois que les autres savent où ils en sont ?

— J'ai l'estomac retourné. J'ai envie de vomir.

— Moi aussi, si ça peut te rassurer. Nous avons tous envie de vomir.

Marie-Hélène n'ose pas aller plus loin dans sa confidence. Pour elle, les nausées ont la même cause que l'absence de ses règles : elle est enceinte. La punition ne s'est pas fait attendre ! Le souvenir d'une camarade de travail qui fréquentait un garçon de café la hante. Quand Hortense est tombée enceinte, ses parents l'ont mise à la porte. Elle a cherché à se débarrasser de l'enfant, mais il était bien accroché. Son ami ne voulait plus d'elle. Elle a accouché seule, dans une chambre de bonne... Marie-Hélène avait pourtant juré que pareille aventure ne lui arriverait pas. Pourtant, il y a eu Paul, et maintenant Matthieu...

Trente-neuvième jour

David sort de la grotte en courant. Les lichens cuits lui ont donné la diarrhée ; il descend vers le petit bosquet qui fait office de latrines. Au début, Marie-Hélène a insisté pour réserver à cet usage l'endroit abrité derrière les roches. Ils n'ont jamais pu se plier à cette discipline et chacun va où bon lui semble.

Le jour se lève. En remontant vers la grotte, David parcourt du regard les sommets pleins de lumière, alors que l'Oustal reste dans l'ombre. Il scrute particulièrement une pente où le vent a nettoyé la neige. Et ce qu'il voit entre les rochers abrupts dans leur couleur d'or lui donne la force de courir jusqu'à la grotte.

— Venez vite ! Cette fois...

Ils se réveillent en sursaut. Christophe se redresse le premier. C'est le plus réactif de tous, celui qui, malgré de rares moments de découragement, garde au fond de lui l'envie d'en découdre.

— Qu'est-ce qui se passe ?

— Prends ta carabine. Les bouquetins !

Les bouquetins ! Ce mot suffit pour qu'ils tournent un regard plein d'espoir vers le gamin impatient. Ils courent dehors, insensibles au froid.

— Où ça ? demande Christophe en vérifiant l'armement de sa carabine.

— Là, regarde, sur les rochers pointus.

Christophe voit les animaux perchés à flanc de montagne, sur des rochers escarpés. À l'abri des loups qui ne peuvent les pourchasser sur ces pentes abruptes, ils prennent le soleil. Christophe les observe un moment, puis demande :

— À ton avis, ils sont à combien de nous ?

— Je sais pas, répond Matthieu. Peut-être deux cents mètres. Peut-être plus.

— La carabine porte à plus d'un kilomètre. On a une chance. Surtout, ne faites pas de bruit. Ne bougez pas.

— Tu n'y penses pas ? dit Matthieu. C'est impossible.

Christophe s'allonge sur la neige, prend appui sur son coude et vise. Les autres retiennent leur respiration. Au bout d'un moment, le tireur se retourne.

— Donne-moi un rondin, demande-t-il à Matthieu. La neige est dure en surface, mais pas assez pour amortir le recul. Elle va s'enfoncer et je vais le rater.

Il pose le rondin devant lui, le cale et y appuie le canon. Il vise de nouveau longuement. Judith se bouche les oreilles avec ses index.

Le coup part, toujours aussi retentissant dans le silence. Le troupeau disparaît immédiatement, à part un gros mâle qui roule de son perchoir jusqu'à des rochers plus bas. Les enfants poussent des cris de joie en courant vers le pied du massif dressé comme un mur.

— Eh bien, toi..., dit Matthieu, admiratif.

Christophe tourne vers Jeanne un air entendu et triomphal.

— Maintenant, il va falloir monter le chercher! dit-il.

Quand ils arrivent au pied du mont, David est déjà en train d'escalader les rochers. Le gamin est très agile et, comme les autres le regardent, il prend des risques.

— Fais attention, tu vas te casser la figure!

Il arrive à la paroi luisante de glace, tente de s'y agripper, glisse et tombe. Christophe arrive à sa hauteur. La paroi a près de dix mètres d'à-pic. Le jeune homme cherche le moyen de la contourner, de grimper sur les rochers voisins. Mais la neige n'est pas assez dure et s'effondre sous son poids. Il roule au sol.

— Nom de Dieu! crie-t-il en se dégageant de l'amas de neige.

— On ne peut pas grimper là-haut, réfléchit Joachim, mais on peut peut-être faire glisser la bête avec la corde...

— Comment ça ?

— En y attachant une pierre. On la lance derrière le corps et on tire doucement pour le faire glisser.

— Ça marchera jamais !

Mais Joachim n'attend pas les commentaires. Il court vers la grotte. Les autres restent là, au pied du promontoire inaccessible. Les pattes de l'animal mort dépassent de la corniche.

— C'est pas de chance ! se lamente David. Il est tout au bord, il suffirait d'un rien et il basculerait !

C'est ce que pense Joachim en rapportant la corde. Il cherche une pierre. Pendant ce temps, Matthieu se dit qu'en faisant le tour il est peut-être possible de grimper au-dessus de la corniche. Il s'éloigne et trouve entre les blocs un chemin qui lui permet de se hisser à la hauteur de la bête morte, mais il est encore trop loin pour faire quoi que ce soit. Joachim a attaché une pierre à la corde.

— Et c'est toi qui vas la lancer là-haut ? se moque Christophe.

Après plusieurs essais infructueux, ils doivent admettre que la pierre est trop lourde. Joachim court chercher une branche de sapin et tente de la tailler avec la hache.

— On va faire comme une ancre de bateau ! dit-il. Un grappin qui s'accrochera à la bête et la fera rouler.

L'idée ne paraît pas mauvaise à Christophe, qui aide Joachim à fixer la branche au bout de la corde. Christophe prend son élan, fait tournoyer le lasso. Au bout, le crochet en bois vole dans l'air, mais tombe en dessous de la corniche.

— J'ai pas lancé assez fort, dit le jeune homme en récupérant la corde et en la lovant devant lui.

Il lance de nouveau et, cette fois, le grappin tombe sur la corniche, mais à côté du corps inerte. Il ne perd pas patience et recommence avec obstination. Derrière lui, Jeanne l'observe et l'encourage du regard. Marie-Hélène donne la main à Judith. David est avec Matthieu sur les rochers, tant il veut prendre part à l'action. Christophe s'acharne jusqu'à ce que le découragement le gagne :

— Le bois est trop léger et glisse sur le poil du bouquetin. On n'y arrivera jamais, il faudrait un crochet en fer.

— Il y a peut-être un autre moyen ! dit Matthieu qui descend de son observatoire.

— Lequel ? demande Christophe, assis dans la neige.

— Il suffit de lancer la corde de travers, elle passera derrière le piton et je pourrai attraper le bout de l'endroit où j'étais. Ensuite, on n'aura plus qu'à grimper en s'aidant avec la corde.

Christophe lève les yeux, observe un instant le piton que Matthieu désigne de la main. Il cherche le meilleur endroit pour lancer la corde.

— On y va.

Matthieu remonte sur son promontoire, suivi de près par David qui prend de grands risques pour se trouver le plus près possible du piton derrière lequel Christophe va lancer la corde.

— Vas-y, lance !

Christophe doit s'y reprendre à plusieurs fois. Enfin, la corde passe entre la paroi et le piton. Le bout pend dans le vide, à moins de un mètre de David qui se contorsionne pour l'attraper. Leurs efforts n'ont servi à rien : la corde est trop courte.

Matthieu redescend en manquant se casser la figure. Christophe s'est laissé tomber sur la neige. Judith pleure. Les autres ne quittent pas des yeux les pattes de l'animal mort qui pendent dans le vide.

— Bon, tranche Christophe, on va réfléchir. On trouvera sûrement un moyen de le faire basculer.

En attendant, ils doivent se contenter des lichens au goût infect. À contrecœur, ils descendent en cueillir en bordure du bosquet, là où les rochers affleurent sous la neige. C'est alors que David trouve des glands sur la mousse. Il examine les petits fruits dans leur coquille lustrée en pensant aux écureuils que le tonton Georges chassait sur les chênes. Il en extrait l'amande blanche à la peau rouge.

— Dis donc, demande-t-il à Christophe, toi qui t'y connais, tu sais bien que les écureuils mangent des glands et qu'ils en ramassent tout plein pour l'hiver !

Christophe réfléchit un instant. Ce que vient de dire le gamin est peut-être la solution à leurs problèmes. Les petits chênes sont nombreux entre les sapins. Ils se reconnaissent à leurs feuilles sèches qui restent accrochées aux branches. En dessous, la neige est peu épaisse. Il suffit de la balayer pour trouver un tapis de glands.

— Hé ! fait le jeune homme, venez voir.

Les autres se rassemblent autour de lui. Il leur montre une poignée de glands.

— Il y en a partout. Les écureuils les mangent, les cochons les mangent, alors pourquoi pas nous ?

L'idée est aussitôt adoptée. Pressés d'échapper aux horribles lichens, il ne leur faut pas longtemps pour ramasser un sac de glands. Joachim, qui veut toujours avoir le dernier mot, propose :

— Le gland ne doit pas être très éloigné de la châtaigne. On va les peler et les faire griller sur le couvercle de la lessiveuse. C'est certainement très bon.

Ils remontent à la grotte, certains d'avoir trouvé la solution à leur faim chronique. Matthieu ajoute des bûches et dispose le couvercle sur les flammes. Les glands grillent en dégageant une vague odeur de café. Avec un bâton, Christophe les retourne régulièrement.

Quand ils semblent à point, Matthieu les retire du feu. Il porte une amande à sa bouche, la mâche sous le regard curieux des autres. Le goût amer est assez désagréable, mais il n'en dit rien.

— On s'y habitue, dit Christophe qui goûte à son tour. Et puis, c'est mieux que rien.

Ils mangent. Ce n'est pas bon, mais ça croque sous la dent au lieu de l'infecte mollesse des lichens.

Ce soir, ils s'endorment avec l'impression d'être repus. Au milieu de la nuit, David réveille tout le monde avec ses cris apeurés. De vives douleurs cisaillent ses entrailles. Joachim, lui aussi, se tient le ventre. Judith, pliée en deux, pousse des gémissements d'animal blessé.

Marie-Hélène, sourde aux élancements de son estomac, prépare de l'écorce de bouleau qu'elle plonge dans l'eau bouillante. Elle distribue la tisane qui les calme un peu, mais pas pour longtemps. Jeanne, qui supporte ses douleurs sans la moindre contraction du visage, déclare :

— Les glands sont toxiques. On aurait dû s'en douter.

— Et comment on aurait pu le savoir, puisque les animaux en mangent ?

— Parce que, pendant les grandes famines du Moyen Âge, les gens n'en mangeaient pas ! déclare la jeune fille en grimaçant.

— Je n'ai jamais lu ça nulle part ! s'étonne Joachim, dépassé dans un domaine où il se veut sans concurrents.

Mourir empoisonnés ! Est-ce possible ? Avoir tenu autant de jours pour finir si lamentablement ! Effarés, ils guettent la progression de leurs douleurs et se disent que les végétaux, dans leur diversité, sont beaucoup plus dangereux que la viande.

— J'ai la tête en feu, dit David en tournant un regard terrorisé vers les autres.

— J'ai l'impression d'avoir avalé du fil de fer barbelé, poursuit Christophe.

— Ça commence toujours comme ça, répond Joachim. Le ventre en premier, la tête ensuite et après...

Il inspire bruyamment. C'est lui le plus atteint. Il se voit déjà à l'agonie.

— Et puis après, tu as l'impression qu'on te coupe en morceaux, qu'on t'arrache les boyaux et le cœur ! Et tout ça, c'est ta faute, Christophe : tu as bien dit que les écureuils et les cochons en mangeaient ! hurle-t-il.

Christophe n'a plus la force de se défendre. Il se tortille, court dehors, puis revient en grimaçant.

Quarantième jour

Quand le jour se lève, Joachim s'étonne d'être encore en vie. Christophe va déjà un peu mieux et pense qu'il faut aller couper du bois. Il descend au bosquet et se met lentement au travail. Matthieu le rejoint. L'exercice leur fait du bien.

À la mi-journée, ils sont tous guéris. L'alerte a été de courte durée, mais leur servira de leçon. Ils se remettent lentement de leur horrible indigestion. Encore fébriles, ils ne sortent que pour la corvée de bois, qu'ils économisent. Les rondins de sapin vert crépitent, dégagent une fumée noire qui irrite la gorge, mais donnent une agréable chaleur avec une odeur de résine fraîche. La neige tombe de nouveau. De manière régulière, sans bruit, de gros flocons s'entassent sur les couches anciennes.

Les réserves de lentilles et de haricots sont épuisées. Ils boivent en abondance de la tisane d'écorce de bouleau. Après l'expérience des glands, ils se contentent des lichens, franchement mauvais, mais qui les nourrissent un peu et ne leur causent aucun mal de ventre.

Judith supporte la faim sans se plaindre. Elle s'est attachée aux pas de Marie-Hélène qu'elle ne quitte pas. La fillette, qui ne parle jamais quand ils sont en groupe, profite des moments où elle se trouve seule avec la jeune fille pour raconter sa vie à Nevers, évoquer sa mère qui lui manque beaucoup, la tante Léa qui la gardait et la gâtait de sucreries.

— Et ton papa ? lui demande Marie-Hélène, qui a constaté que David, si bavard, n'en parle jamais.

— Ma maman dit qu'il est parti très loin et qu'il reviendra un jour. Mais je sais que maman a de la peine, alors, je ne lui en parle pas, répond Judith en baissant les yeux.

Et tout à coup, ce cri :

— Ça y est ! La lumière !

Ils se tournent vers Joachim. David actionne la gégène, qui émet un léger sifflement. Joachim montre du doigt la petite lampe allumée sur la radio.

— Elle marche ! crie-t-il en sautant de joie.

— T'es sûr ? demande Matthieu qui a compris.

— Certain !

Il demande à David de pédaler et s'approche du micro.

— Allô, allô. Est-ce que vous m'entendez ? À vous.

Il attend un instant. La radio craque, mais aucune voix ne lui répond. Il insiste :

— Allô, ici l'Oustal, la maison du diable. Nous attendons des secours. Est-ce que vous m'entendez ?

Toujours rien. David, éreinté, cesse de pédaler. Christophe le remplace. Joachim répète son appel qui reste sans réponse.

— C'est normal, dit tout à coup Matthieu. Tu penses bien que les résistants ne vont pas parler. Ils ne veulent pas se faire repérer.

— Suppose que les Allemands nous aient entendus, s'inquiète Jeanne. Ils ne diront rien, mais on va les voir arriver sans crier gare !

Joachim s'écarte de son appareil, conscient tout à coup que si la radio peut les sauver, elle peut aussi les dénoncer.

C'est alors que Christophe a une inspiration. Il donne une grande tape dans le dos de Matthieu.

— Qu'est-ce qu'on est cons !

Matthieu lui lance un regard étonné.

— Le mouflon ! poursuit Christophe, j'ai trouvé le moyen de le descendre !

Il prend le fusil, vérifie qu'il est chargé.

— Venez ! Ce soir on aura de la viande.

— Explique-toi, s'emporte Matthieu.

— Eh bien c'est simple : je vais me placer là où tu étais, un peu en retrait de la bête, je vais tirer dessus. La balle va taper sur son corps gelé et le pousser dans le vide.

Joachim opine. Il s'en veut de ne pas y avoir pensé.

Matthieu doute :

— Tu crois qu'une balle sera suffisante ?

— J'en suis certain ! répond Christophe.

Tous ont envie de le croire. Arrivés au pied de la paroi, ils s'arrêtent stupéfaits.

— Nom de Dieu ! fait Christophe, en regardant la corniche d'où le mouflon a disparu.

— Les loups l'ont emporté, murmure Jeanne.

— Je me demande comment ils ont pu grimper là-haut, maugrée Christophe.

Matthieu soupire.

— Cette fois, on est foutus.

Quarante-troisième jour

Depuis trois jours, il neige sans discontinuer. Des dizaines de centimètres de poudreuse recouvrent l'ancienne couche gelée.

La peur s'est emparée d'eux. La corvée de bois les occupe une partie de la journée. Ils doivent pelleter des monceaux de neige pour trouver des lichens de plus en plus clairsemés. Ils ne se parlent que pour l'essentiel, ils se replient sur eux-mêmes, la tête baissée pour ne pas voir leur propre détresse sur le visage des autres. Les nuits succèdent aux journées dans la blancheur des flocons. Seuls Matthieu et Christophe sortent de temps en temps pour surveiller les alentours. Maudite neige qui les retient prisonniers ! Chacun à leur manière, ils se sentent responsables du désespoir de leurs camarades.

— Cela fait trois jours que Joachim a lancé son appel, dit Matthieu. Si les Allemands ou les maquis l'avaient capté, quelqu'un serait venu.

Marie-Hélène continue de faire bouillir de l'eau pour préparer la décoction d'écorce de bouleau. Ils se sont habitués au goût amer de ce breuvage et en font une grosse consommation. Par contre, personne ne se précipite pour manger les lichens. Curieusement, à force de privations, ils n'ont plus faim.

— Il faut se forcer, insiste Marie-Hélène.

Jeanne fait une horrible grimace, crache dans le feu et renverse son bol.

— Cesse de dire n'importe quoi ! hurle-t-elle. Tu vois bien qu'on est en train de crever !

C'est la première fois que les autres l'entendent crier et elle n'a pas sa voix habituelle. Elle se redresse vivement, comme prise d'une envie d'en finir, de ne plus vivre dans cette angoisse pire que la mort. Elle n'en peut plus de supporter les douleurs de son corps meurtri, de vivre dans la crasse, d'être repoussante. Christophe tente de la calmer :

— Voyons, Jeanne, il faut s'accrocher. Tant qu'on est vivants, on peut être sauvés !

— Tu sais bien que c'est pas vrai ! hurle-t-elle en repoussant le jeune homme et en courant vers la sortie.

Christophe se lance à ses trousses. Matthieu le rejoint. La nuit est tombée.

— Laisse-moi ! fait le grand adolescent. C'est moi qui dois aller la chercher.

— Regarde ses pas ! insiste Matthieu, sans tenir compte de ce que lui a dit son camarade. Il faut la rattraper, elle va se perdre.

Ils courent tous les deux, aveuglés par les flocons. Matthieu tombe, se relève rapidement et rejoint Christophe qui s'est arrêté.

— Je l'ai perdue !

Ils se penchent sur la neige lisse, marchent au hasard. Ils retrouvent finalement la jeune fille étendue sur le sentier du lac.

— Jeanne ! s'écrie Christophe en la soulevant par les épaules. Qu'est-ce qui t'a pris ?

— Je veux mourir, c'est tout !

— Mais enfin, tu vas arrêter tes simagrées !

Il la serre contre lui. Matthieu, resté en retrait, se rend compte qu'il n'a rien à faire là, et s'éloigne.

— Jeanne, poursuit Christophe, tu ne comprends pas que si tu meurs, je serai très malheureux.

— Qu'est-ce que ça peut me faire ?

— Je ne sais pas comment te dire. Tu ne peux pas saisir ça, toi qui détestes tout le monde !

— Qu'est-ce que tu dis ? Christophe, qu'est-ce que tu dis ?

— Des choses qui me font mal ! Et pourtant, je préférerais mourir plutôt que de ne pas les sentir. Tu ne peux pas comprendre, mais je suis plus malheureux que toi !

— C'est impossible ! crie Jeanne en se dégageant vivement.

Elle s'échappe dans la nuit. Il la rattrape.

— Je te dis de me laisser ! hurle-t-elle. C'est pourtant clair !

Cette fois, il est vaincu. Il se voûte, sa tête est trop lourde pour son corps osseux. Il chancelle. La douleur qui l'étreint écrase son cœur, chaque inspiration lui fait si mal qu'il a, lui aussi, envie de se laisser tomber sur le sol gelé.

— Jeanne, pourquoi tu me fais ça ?

Il se sent laid, détestable, tellement repoussant. Mourir et vite, s'enfoncer dans le refuge du néant. Jeanne a raison : ils sont dans une impasse et rien ne sert d'attendre, sinon de souffrir un peu plus.

Il marche au hasard, perdu à son tour dans cette nuit gelée. Il écarte les bras pour donner plus de prise au froid.

— Allez, viens !

Jeanne s'est plantée devant lui. Elle le regarde fixement. Lui retient ses sanglots ; il se sait inférieur, incapable d'être lui-même en face de ce petit bout de fille qui lui arrive à peine à l'épaule.

— Puisque tu m'y pousses, je vais te dire le fond de mon cœur. Ce n'est pas toi qui me fais horreur, c'est tous les hommes. Dès que l'un d'eux s'approche de moi, je tremble, j'ai envie de vomir...

— Mais pourquoi ?

— Tu veux le savoir ? Lorsque j'étais cachée dans un placard...

Elle ne peut pas aller plus loin dans l'évocation de ce souvenir, qui la torture autant que la faim et l'isolement. Tout son corps se crispe.

— C'est trop difficile, avoue-t-elle, vaincue à son tour.

— Jeanne, voyons, murmure-t-il. Tu sais bien qu'on a encore une chance de s'en sortir si on reste tous unis.

— Tu as raison, dit-elle, résignée. On rentre.

Quarante-quatrième jour

La neige s'est arrêtée de tomber pendant la nuit. Cette fois, Matthieu ne peut plus reculer : l'appel de Joachim n'a pas été entendu. Les secours ne viendront pas. L'image d'Henri Guillaumet perdu sans feu et sans nourriture dans la cordillère des Andes le hante encore. L'aviateur n'était pas différent des autres, ce qu'il a fait, Matthieu peut le faire aussi.

Les autres, couchés à même le sol, dorment ou somnolent. Les heures défilent. Sans montre, comment savoir si la nuit s'achève ou si elle ne fait que commencer ? Matthieu s'assure que personne ne le regarde et se lève, ajoute quelques bûches dans le feu, s'éloigne sans bruit. Il prend le fusil posé à l'entrée, le sac contenant la corde et une boîte de cartouches. Il s'arrête en face de la nuit immobile, fait un pas, hésite une dernière fois. Quelqu'un arrive à sa hauteur.

— Où vas-tu ?

Marie-Hélène le surveillait. Elle se tient en face de lui comme si elle avait deviné ses intentions. La lune éclaire son visage et ses grands yeux empreints d'une profonde tristesse.

— J'ai mal au ventre, alors, je vais faire un tour ! répond Matthieu.

— Avec le fusil ?

— J'ai entendu hurler les loups ! Rentre, il fait si froid et tu n'es pas assez couverte.

Elle hésite ; il voudrait la serrer dans ses bras, mais n'en fait rien. Marie-Hélène le regarde s'en aller dans la clarté bleue de la lune.

Le jour se lève. Matthieu marche malgré les douleurs lancinantes de ses genoux, des muscles de ses cuisses, son mal de dos qui le scie en deux. Des nuages courent dans le ciel. Le jeune homme avance d'un pas régulier dans la descente jusqu'au canyon. La large saignée grise tranche dans l'immensité blanche, d'un horizon à l'autre, barrière infranchissable entre le monde des hommes et celui de la montagne. Matthieu redoutait de ne pas y parvenir, et voilà que tout lui paraît simple : il va suivre le canyon en remontant vers la source du torrent, où se trouvent les becs de perroquet.

C'est le froid qui réveille Christophe. Le feu s'éteint. D'un bond, il prend des brindilles et les jette sur les charbons qui fument. Il souffle sur le foyer, soulevant des cendres blanches aussi légères que des plumes. Les charbons deviennent des braises, une petite flamme se forme sur les brindilles. Une fois de plus, le foyer est sauvé *in extremis*, mais pour combien de temps encore ?

Il se tourne vers les autres, cherche Matthieu. Cette nuit, il a entendu quelqu'un se lever, il a vu Marie-Hélène sortir et revenir seule. Il n'a pas posé de questions, croyant à une nouvelle dispute du couple. Ce matin, la jeune fille pleure, la tête posée sur les genoux.

— Qu'est-ce qui se passe ? crie-t-il.

Les autres sursautent, tournent autour d'eux des regards effarés et curieux. La surprise passée, Jeanne se lève et met la marmite d'eau à chauffer sur le trépied en fer rouillé récemment trouvé dans les décombres du refuge.

— Où est Matthieu ? insiste Christophe.

Marie-Hélène lève des yeux rougis sur le garçon squelettique.

— Il est parti, cette nuit !

— Mais où, nom de Dieu ! où ?

— Il ne l'a pas dit !

— Le con ! Il n'a aucune chance !

Christophe prend sa carabine et court vers la sortie. Jeanne veut l'arrêter.

— Réfléchis ! dit-elle de sa voix grave.

— C'est tout réfléchi. C'est moi qui devais partir. J'avais tout calculé, j'attendais que la neige s'arrête !

— Mais où tu veux aller ?

Il écarte Jeanne, court au hangar, cherche le sac dans lequel il avait mis la corde, ne le trouve pas et comprend. Le jour est clair, sans vent. Les traces de Matthieu vont tout droit vers le canyon ; ce n'est pas le chemin de quelqu'un qui hésite. Christophe marche vite, mais ses forces le trahissent. Il tombe à genoux, la carabine pèse à son bras. Il se relève en serrant les dents. « Il faut que je le rattrape. »

Il s'en veut de courir après celui qu'il a toujours considéré comme un incapable et qui lui montre le chemin. Depuis qu'il a vu les becs de perroquet, il pense à cette solution, mais en mesure aussi les dangers. « Une chance sur mille, réfléchit-il encore, alors que faire, nom de Dieu ! que faire ? »

Il repart. Le soleil monte dans le ciel et Christophe peine de plus en plus. Son grand corps sous-alimenté craque comme une vieille charpente. Mais il continue, les yeux rivés sur le bout du sillon tracé par son prédécesseur. Matthieu a quelques heures d'avance, mais la fatigue, l'épuisement doivent déjà l'avoir arrêté, car c'est un citadin. Christophe, descendant de berger savoyard, a une autre résistance !

Il atteint enfin le bord du canyon. Les pas suivent la cassure en remontant vers la source du torrent. Les heures défilent ; le soleil passe dans une échancrure de la montagne qui prolonge le jour. Pour tromper son estomac et éteindre le feu de son corps, Christophe mange de la neige. Il sait bien que sa course ne durera pas. Quand la nuit va arriver, le froid va tout figer. Il devrait chercher un abri, mais il marche.

Tout à coup, il s'arrête. Devant lui, une masse sombre se dresse au bout du sillon. Matthieu est là, assis, à bout de forces. À côté, le canon du fusil brille aux derniers rayons du soleil. Christophe fait un détour pour s'approcher sans être vu.

Matthieu sursaute, prend le fusil, se lève péniblement.

— Qu'est-ce qui t'a pris de partir sans rien dire à personne ? hurle Christophe sur un ton de reproche.

— Et toi, pourquoi tu viens m'emmerder ?

— Ah ! je t'emmerde ? Eh bien, continue seul. La neige va t'avaler et on te retrouvera dans dix, peut-être mille ans quand la montagne aura décidé de te rendre. Moi, je pars de mon côté.

Matthieu hésite un instant, jette son arme, se précipite sur l'arrivant avec une vivacité surprenante. Lui qui n'avait plus la force de faire un pas retrouve sous la colère une énergie insoupçonnée. Christophe reçoit la charge, tombe. Ils roulent dans la pente, soulevant un nuage gelé. Le souffle court, ils échangent rageusement des coups. Mais c'est le froid qui gagne. Ils se séparent, hors d'haleine, le visage tourné vers le ciel qui s'assombrit. Ils se regardent sans comprendre pourquoi ils en sont venus aux mains.

— Les armes, faut pas les perdre, s'inquiète Christophe.

— Pourquoi tu m'as suivi ? insiste Matthieu. J'ai besoin d'être seul.

— Parce que tu es un incapable ! Tu n'as aucune chance !

Matthieu voudrait lui expliquer qu'il prépare cette expédition depuis plusieurs jours. Christophe a fait la même chose, et il s'en veut de ne pas être parti le premier, de recevoir une leçon de courage d'un bourgeois qui ne sait rien de la montagne. Il décide :

— Maintenant qu'on est là, il faut y aller ensemble !

La lune s'est levée, sa lumière rasante allume des étincelles sur la neige.

— Le refuge est encore loin ! précise Christophe.

— Alors, qu'est-ce que tu proposes ?

— Qu'on cherche un endroit pour passer la nuit. On va creuser la neige près de cette paroi et se mettre à l'abri. Demain, on verra.

Leur estomac est vide depuis si longtemps qu'ils ne sentent plus la faim. Une douleur diffuse pétrit leur corps. Ils ont froid et grelottent.

— Faut bouger ! On peut crever d'un refroidissement, dit Christophe en essuyant une goutte de sang gelée sur sa joue.

Ils ont beaucoup de mal à se mettre sur leurs jambes. Ils se traînent jusqu'au mur rocheux. Avec la crosse de sa carabine, Christophe creuse une niche. Ils s'y laissent tomber, s'y enfouissent et s'endorment.

Matthieu se réveille en claquant des dents. Il regarde autour de lui : le jour se lève. Où est Christophe ? Lui qui voulait être seul est terrorisé à la pensée que le garçon l'a abandonné. Mais non, près de lui, la masse sombre du jeune homme sort de la neige. Il se redresse, lève la tête, les cheveux blancs. Christophe mesure la prouesse d'être encore en vie.

— On a fait la pire des conneries, dit-il.

— Sans imprudence, il n'y a pas d'exploit, répond Matthieu.

— Ça, c'est une parole de quelqu'un installé bien au chaud chez lui, pas d'un montagnard.

Christophe se lève péniblement, titube, s'affale, tente de se relever en jurant. Matthieu claque des dents et n'a pas la force de se mettre debout.

— Qu'est-ce qui t'arrive ?

— Je ne sais pas. J'ai mal partout. Je crois que je suis malade.

— Bon, tu vas rester là. Je vais essayer de trouver le refuge. Je reviendrai te chercher.

Le visage de Matthieu se contracte.

— Salaud ! Tu veux m'abandonner ! C'est ça, tu veux partir seul et ne pas t'encombrer d'un malade.

— Dis ce que tu veux, je m'en tape. Si tu as la force, marche, sinon, fous-moi la paix !

Christophe s'éloigne lentement de sa démarche incertaine de vieillard.

— Il faut que je trouve à bouffer, sinon, on n'ira pas très loin.

Il pense à la chouette abandonnée au vent. Ce matin, ce serait un mets de roi. La montagne est vide. Le soleil éclaire les pentes. Tout près de la faille, des têtes de sapin dépassent de la neige. Christophe s'en approche lentement, en espérant qu'un oiseau, un corbeau ou une buse, serait posté là à guetter un rat. Mais il n'y a rien. Pas le moindre signe de vie.

Son seul espoir, c'est de retrouver le refuge. Il croit reconnaître l'endroit, le vallon incliné du côté du soleil levant et la crête derrière laquelle s'abrite la maisonnette de pierres sèches. Il gravit lentement la pente en s'aidant de sa carabine comme d'une canne. Ce qu'il découvre l'anéantit : l'immensité blanche qui abolit les distances. Pas le moindre refuge : il s'est trompé. Son regard s'arrête soudain sur une forme qui bouge à une centaine de mètres de lui. Une forme blanche sur la blancheur. Il ne l'aurait pas remarquée sans l'ombre qu'elle projette. « Un lièvre, pense-t-il sans y croire. Un lièvre des neiges ! C'est le soleil qui me l'a montré ! Qu'est-ce qu'il fait là ? »

Il arme sa carabine, s'allonge et vise. Il ne tremble pas. Sa vue est nette comme du temps où il s'entraînait sur des cibles en carton. L'animal court en travers assez lentement. Il fait confiance à sa couleur d'hiver pour passer inaperçu. Christophe hésite. Son cœur bat si fort qu'il préfère attendre quelques secondes. Leur survie est au bout de son doigt gelé posé sur la détente. Il inspire fortement et vide ses poumons.

Il vise et tire. Le lièvre, touché, s'immobilise. Christophe s'apprête à crier sa joie, mais quelque chose de plus profond monte en lui. Une sorte de reconnaissance envers le hasard improbable qui a placé ce lièvre devant lui. Le hasard ?

Il ne court pas, mais son pas a retrouvé de l'assurance. Il s'approche du lièvre que le gel raidit déjà. Il le soulève et constate combien il est gros. De quoi recouvrer des forces et se sauver. Oui, mais comment faire du feu ?

Il fouille dans sa poche, en sort le couteau. « J'espère qu'il coupe assez ! » pense-t-il.

Il fait demi-tour pour retrouver Matthieu, fier comme un enfant qui vient de gagner à un jeu difficile. Quand Matthieu le voit arriver avec l'animal, les larmes noient ses yeux. Lui aussi a envie de dire merci.

— C'est qu'on n'a pas de quoi faire du feu, grogne Christophe.

Il pense au briquet perdu dans le refuge et comprend qu'en montagne chaque geste doit être réfléchi.

— Comment on va faire ?

— On va bouffer la viande crue, s'emporte Christophe, mais cette animosité est tournée contre lui-même. Les loups ne font pas cuire leur viande et ça ne les tue pas.

— Nous ne sommes pas des loups !

— Presque, répond Christophe en grelottant. Ce qui nous manque, c'est leur fourrure pour nous protéger du froid.

Matthieu regarde avec étonnement ce grand garçon trop maigre qui a le don de la vie. Il n'arrive pas à l'imaginer en train d'écouter studieusement le cours d'un maître.

— Tu étais dans quelle classe? demande-t-il à brûle-pourpoint. Moi, j'étais en première, je devrais passer mon premier bac au printemps prochain.

Christophe dévisage Matthieu et constate :

— C'est bien ce que je pensais : tu passes ta vie à l'école et tu ne sais rien.

— Pourquoi tu dis ça? Je sais parler l'anglais et l'espagnol.

— Ça te fait une belle jambe!

Christophe a entrepris de dépouiller le lièvre, dont il taille la fourrure immaculée.

— Moi, dit-il tout à coup, j'ai pas pu me faire à l'école. Alors, mon père m'a mis en apprentissage chez lui, dans son imprimerie. Mais ne crois pas que je sois un ignorant : pour imprimer les journaux, il faut connaître l'orthographe!

Quand le lièvre est dépouillé, vidé de ses viscères, les adolescents se regardent.

— Qu'est-ce qu'on fait maintenant? demande Matthieu.

— On mange, répond Christophe en taillant une langue de chair sombre et en la portant à sa bouche. Il grimace en la mastiquant.

— C'est dégueulasse, mais ça nourrit plus que les lichens ou les glands.

Il coupe une tranche dans la cuisse qu'il tend à Matthieu.

— Goûte, tu vas voir qu'on s'y fait!

— Quand j'étais sous l'avalanche, répond Matthieu en mâchant la viande, je n'avais aucune chance et pourtant, j'en suis sorti. Alors, tous les deux, on ne peut que réussir.

— On n'a pas une chance sur mille.

— C'est assez ! répond Matthieu.

Christophe se tait, mais la manière dont il regarde Matthieu montre qu'il est de son avis.

— Franchement, ça ne passe pas ! ajoute Matthieu en crachant. Je n'ai pas faim.

Des vagues de tremblements agitent son corps. Il se sent mal.

— Il faut, insiste Christophe. C'est déjà un miracle qu'on ait pu tuer ce lièvre, alors, ce n'est pas le moment de faire la fine bouche.

Il se force en retenant son envie de vomir.

— Voilà que tu parles de miracle ?...

— C'est une manière de dire qu'un concours de circonstances a fait que le lièvre était là, un autre nous a placés au même endroit au même moment. Il aurait fallu peu de chose pour que ça se passe autrement.

— C'est vrai, tu aurais pu le rater !

— J'ai fait six ans de tir. À mon niveau, on ne rate pas une cible comme celle-là.

Ils se taisent. Ils n'ont plus la force de se disputer, l'isolement les rapproche.

— La pensée de Marie-Hélène ne me quitte pas, dit Matthieu. Je suis parti pour la sauver.

Christophe hésite, parce qu'il ne peut pas donner le change. Il finit par demander :

— C'est vrai que tu as passé deux jours avec une fille ?

— C'était au printemps dernier. Elle s'appelait Deborah, c'était la fille d'un ami de mon père. Elle s'était réfugiée chez nous après l'arrestation de ses parents.

— Elle était belle ? demande Christophe, intrigué.

— Pas mal du tout. Elle avait vingt ans. Il y a eu une première alerte. Beaucoup de Juifs ont été arrêtés, d'autres se sont enfuis loin de Paris. Mon père avait beaucoup de relations, notamment à la préfecture, et se croyait à l'abri. Pourtant, il a voulu prendre ses précautions et nous a demandé de partir en Normandie. Deborah a voulu passer chez elle et on m'a demandé de l'accompagner. On y est allés et, une heure plus tard, le quartier était bouclé. On s'est enfermés dans une chambre dans son appartement vide. On y est restés deux jours.

— Et qu'est-ce que vous avez fait ?

— On est restés au lit ! Il y avait des provisions, on mangeait des conserves et on retournait au lit !

— Vous avez fait l'amour pendant tout ce temps ?

— Ouais. C'était chouette ! Et toi, tu as connu une fille ?

Christophe hésite, puis déclare sur ce ton fanfaron qui l'enlaidit :

— Bien sûr. C'était une ouvrière de mon père, alors tu comprends que c'était facile pour moi ! Elle s'appelait Sophie. Je lui ai donné rendez-vous dans un pré, à côté de l'imprimerie, et on s'est couchés dans l'herbe !

Il baisse les yeux. Lui qui, d'ordinaire, ment avec aplomb se sent mal à l'aise dans cette montagne, à la veille de forcer le passage difficile. La vérité, c'est que Sophie l'a bien rejoint dans le pré, mais que, quand il s'est montré entreprenant, elle l'a remis à sa place avec une magistrale gifle qu'il n'est pas près d'oublier.

— Et avec Jeanne ? demande Matthieu.

— Je ne veux pas en parler. Maintenant, on va repartir. Il faut trouver le refuge.

Jeanne doit se mettre en colère pour que Joachim et David partent avec elle à la corvée de bois. Depuis que les deux grands sont partis, les autres n'ont plus la force de bouger. Ils restent assis près du feu qui s'éteint, indifférents au temps qui ne passe pas. Marie-Hélène s'occupe de Judith, qui claque des dents. La jeune fille lui fait boire de la tisane d'écorce de bouleau. Une toux sèche secoue régulièrement son petit corps.

C'est près de l'emplacement vide du bois que Jeanne explose :

— Si on ne fait pas de provisions tant que le soleil brille, on sera morts avant que les secours arrivent.

Ils tournent vers elle des visages faméliques aux yeux trop grands. Les joues de Joachim se sont creusées, son aspect de vieillard est accentué par sa démarche lente et peu assurée. Ses lunettes glissent de son nez, découvrant ses yeux veinés de rouge. À quoi bon faire du feu puisqu'ils seront morts de faim avant d'avoir froid ?

— Une chose est sûre, constate-t-il, si on reste ici, on va mourir. Avec la radio, on a plus de chances.

— Qu'est-ce que tu veux dire ? demande Jeanne, qui a compris.

— Si on appelle, on peut être entendus par les Allemands, c'est vrai, mais aussi par les maquis.

— Tu veux dire que…

— Qu'il faut recommencer. Peut-être que quelqu'un nous entendra !

— Tu as raison.

Jeanne monte sur la gégène. Joachim branche la radio.

— Allô, allô, m'entendez-vous ? fait-il d'une voix rauque.

Il inverse le bouton. La radio craque, chuinte, puis une voix déformée dit quelque chose. David pousse un cri de joie. Méfiante, Marie-Hélène reste en retrait. Jeanne appuie moins fort sur les pédales, un doute la retient :

— Je me demande si on a raison...

— Ça marche, s'emporte Joachim, qu'est-ce que tu veux de plus ?

Cette fois, quelqu'un leur parle :

— Je vous ai bien entendu, qui êtes-vous ?

Joachim hésite un instant. Lui aussi se méfie. Entendre quelqu'un après tant de jours d'isolement lui paraît très improbable. Alors, d'une voix retenue, il demande en approchant ses lèvres de la grille du micro :

— Et vous, qui êtes-vous ?

— Parlez en premier.

Cette fois, c'est sûr, on lui répond dans un français sans le moindre accent. Jeanne s'est remise à pédaler.

— On est à l'Oustal, la maison du diable, depuis très longtemps. On attend que quelqu'un vienne nous chercher.

— Qu'est-ce que vous faites à l'Oustal ?

— On n'en peut plus, se lamente Joachim. On n'a plus rien à manger.

Un craquement se fait entendre, suivi de sifflements aigus. La communication est coupée.

— Merde ! dit Joachim d'ordinaire bien élevé.

Il bricole l'appareil, mais ne réussit pas à rétablir la liaison.

— C'est pas grave, décide-t-il. On s'est fait entendre, les secours vont venir.

— J'ai pas confiance, dit tout à coup Marie-Hélène. C'est peut-être aux Allemands qu'on a parlé.

— Mais non, répond Joachim. Tu as déjà vu des Allemands parler français comme ça ?

Le feu crépite. La résine du bois vert grésille.

— On n'est pas encore morts, réplique Marie-Hélène. On va se murer dans la grotte. Personne n'en connaît l'entrée, sauf les contrebandiers.

— Ils auront tôt fait de la trouver, rétorque David. Avec les chemins qu'on a tracés dans la neige, on n'a aucune chance.

— Et le vent ? Tu oublies que le vent efface les traces ?

— Non, c'est faux, dit soudain Joachim. Le vent efface tout sur une neige fraîche. Maintenant, elle est gelée, aussi dure que du rocher, et elle garderait nos traces pendant mille ans si ça ne dégelait pas. Si Christophe était là, peut-être…

Ils se taisent tout à coup. Où sont Christophe et Matthieu ?

— Christophe connaît la montagne, dit Jeanne sur un ton rassurant. Ils sont sûrement arrivés au refuge et cherchent le passage. Comme les secours sont obligés de passer par là, ils les verront avant nous !

Jeanne s'empare du fusil et le dresse devant elle.

— Avec ça, on peut se défendre ! Des fois que les Allemands viendraient par un autre chemin !

— C'est dangereux, rappelle Joachim.

— On verra. Une chose est sûre : on se laissera pas faire. Maintenant, au boulot.

Marie-Hélène et Jeanne prennent les outils posés à l'entrée de la grotte, la scie et la hache, et descendent lentement vers le bosquet, suivies de Joachim, David et Judith. Ils marchent en file indienne sur le petit sentier creusé dans la neige. Tout à coup, David arrête Joachim.

— Regarde !

Deux rapaces volent au-dessus de la corniche.

Joachim a une idée et demande :

— Ça se mange, ces oiseaux ?

— Ce sont des buses ou des vautours, répond David. Le tonton Georges dit que c'est très gros comme ça, mais qu'une fois que tu les as plumés il ne reste rien.

Pendant qu'il parle, le garçon ne quitte pas des yeux un autre endroit de la montagne, beaucoup plus près, où des taillis forment des bosses rondes dans la platitude de la neige.

— C'est pas ça que je voulais dire. Regarde en bas, ces bêtes qui grattent la neige…

— Ouais. On dirait des moutons. C'est peut-être ce qu'ils appellent des mouflons. Si Christophe était là, ce soir, on mangerait de la viande.

— Mais Christophe n'est pas là ! rétorque Joachim en retournant à la grotte.

En bas, Jeanne et Marie-Hélène se sont mises au travail. La petite Judith rassemble les branches en tournant un regard plein de reproches à son frère qui ne participe pas à la corvée. Joachim va chercher le lourd fusil. David comprend et s'étonne :

— Tu crois que tu peux ?

— Si on n'essaie pas, on le regrettera.

Il se couche sur la neige comme il a vu Christophe le faire et pointe le canon en direction des animaux.

— Moi, je serais toi, je réfléchirais ! insiste David qui se tient à l'écart. C'est une grosse arme, il faut savoir s'en servir.

Sans un mot, il ajuste ses lunettes et vise longuement. Le coup part, le fusil se cabre, frappe violemment le tireur. Le bruit déclenche le tonnerre d'une avalanche. Là-bas, les mouflons s'éloignent en soulevant un nuage de neige.

Jeanne se précipite vers le garçon assommé dont la joue droite est en sang. Ses lunettes ont été projetées dans le sentier. David les récupère et constate qu'elles ne sont pas cassées, une chance pour le myope incapable de se diriger.

— Mais qu'est-ce que vous faites ? hurle Marie-Hélène.

— C'est pas moi ! répond David. C'est Joachim, il a voulu tuer une des bêtes qui étaient là-bas.

Jeanne aide Joachim à se remettre debout. Pour calmer la douleur, la jeune fille applique de la neige sur la joue blessée.

— On vous a dit de laisser le fusil, que c'était trop dangereux ! crie encore Marie-Hélène.

Jeanne aide Joachim à marcher jusqu'à la grotte. Là, elle le fait asseoir près du feu. Marie-Hélène trouve un morceau de tissu sec pour essuyer le sang qui coule. Les chairs écrasées prennent une couleur violette et enflent à vue d'œil.

— Et le mouflon ? demande-t-il d'une voix saccadée.

Personne ne lui répond. Marie-Hélène range l'arme à sa place en se disant que la mésaventure de Joachim dissuadera les autres de se servir de l'arme.

Joachim prend ses lunettes et sort : la corvée de bois est essentielle, c'est tout ce qui leur reste pour garder l'impression de se battre. Ils tirent les branches jusqu'à la grotte, s'arc-boutent, s'obstinent comme des fourmis.

— Si Marteau était encore là, on pourrait l'atteler, il porterait tout en une seule fois, dit David.

Personne ne lui répond. Atteler l'âne est aussi improbable que tuer un mouflon avec le fusil. Ils s'activent sans un mot et remontent les branches lourdes d'aiguilles qui crépitent dans le feu. À la tombée de la nuit, quand le froid descend des sommets, Marie-Hélène ramasse des lichens dont la vue suffit à lui retourner l'estomac.

Ce soir, les petits mastiquent leur pitance fibreuse en retenant leur envie de vomir. Ils boivent en abondance cette décoction d'écorce de bouleau qui apaise leur écœurement, puis ils s'endorment, leur écuelle devant eux, sans s'allonger. Ils sombrent dans une léthargie protectrice qui n'est pas du bon sommeil, mais une fuite.

Marie-Hélène pleure. En silence. Les larmes serpentent sur ses joues en accrochant un peu de la lumière chancelante des flammes. Son secret devient de plus en plus lourd à porter. Elle doit le partager, et ne peut en parler qu'à la seule personne capable de l'entendre. Elle ajoute du bois dans le feu et s'assoit près de Jeanne.

— J'ai besoin de te parler.

— Eh bien, parle.

— C'est pour Matthieu !

Jeanne tourne lentement son visage aux joues creuses. Ses yeux noirs n'ont pas perdu leur force, même si des rides craquellent la peau au coin des paupières. On sent que le feu intérieur brûle toujours. Tous les ressorts ne sont pas encore cassés.

Marie-Hélène inspire, puis lâche d'un trait :

— Je suis enceinte !

Jeanne sursaute, comme touchée au vif, piquée par un frelon.

— Qu'est-ce que tu racontes ? souffle-t-elle.

— Matthieu et moi… Enfin, voilà, je n'ai pas eu mes règles depuis que c'est arrivé.

Jeanne ne laisse rien paraître du tumulte qui l'agite. De terribles images défilent dans sa tête. Une douleur intense la submerge, bloque sa respiration.

— Ça t'apprendra à baiser !

La crudité de cette affirmation arrache un petit cri à Marie-Hélène, qui a toujours reculé devant la force des mots. Finalement, Jeanne se fait rassurante :

— Tu as mal calculé.

— Non, répond Marie-Hélène. J'aurais dû avoir mes règles depuis plusieurs jours.

— Qu'est-ce que t'en sais ? On ne sait même plus depuis combien de temps on est là, ni discerner le jour de la nuit. Même Joachim a perdu le compte. Alors, tu comprends que tu te fais du souci pour rien.

— Et ce qui me tracasse le plus, c'est que j'ai la nausée, j'ai envie de vomir tout le temps. C'est un signe.

— On a tous envie de vomir tout le temps !

Jeanne regarde sans le voir le tas de branchages posé à côté d'elle. L'un d'eux est couvert de pignes. Soudain, une association se fait dans sa tête. Le dimanche, avant la guerre, son père achetait toujours un gâteau chez le pâtissier de sa rue. Jeanne se souvient des pignons, ces petites graines au goût de résine qui se trouvaient sur la croûte.

Elle se lève, détache une pomme de pin et écarte les écailles. Les graines sont là. Elle les fait tomber dans sa main, les porte à sa bouche, les mâche. Marie-Hélène la regarde et comprend.

— Tu crois que…

Elles récupèrent les pignes restées attachées aux branches. Il suffit de les frapper vivement sur le sol pour en faire tomber les grains collés sur une ailette transparente, aussi délicate qu'une aile de libellule.

— On peut, peut-être, les faire cuire dans de l'eau ! propose Marie-Hélène. C'est sûrement meilleur que le lichen.

— Et plus nourrissant ! ajoute Jeanne. Il faut aller en chercher d'autres.

Pleines d'espoir, elles sortent dans la nuit, gagnent le bosquet sous la lune. L'enthousiasme les rend insensibles au froid.

— On ne voit rien ! dit Jeanne. Demain, quand il fera jour, on en trouvera sûrement beaucoup d'autres.

De retour à la grotte, elles récupèrent les graines et jettent les pignes vides au feu, qui grésillent avec de belles flammes vivantes.

Marie-Hélène place la marmite pleine d'eau sur le foyer. Quand l'eau frémit, elle ajoute les graines, comme du riz. Une agréable odeur se répand dans l'air. David, le premier, ouvre les yeux.

La jeune fille répartit les graines cuites dans les cinq écuelles. Cela n'en fait pas beaucoup pour chacun, mais l'espoir est revenu. Le goût prononcé de résine pique la bouche et la gorge, mais c'est tellement meilleur que le lichen.

Quarante-cinquième jour

Ils n'ont qu'une hâte : descendre cueillir des pignes. Ils s'y rendent presque joyeux. Pour un peu, David se moquerait de Joachim et de son énorme joue bleue.

— On dirait que tu as engraissé, mais d'un côté seulement ! dit-il avec son regard espiègle.

Au bosquet, ils déchantent vite. Leur tâche ne sera pas aussi aisée qu'ils le pensaient. Un seul arbre possède des fruits. Ils ont beau scruter les branches élevées, parcourir le bosquet dans tous les sens, rien.

— Franchement, s'insurge Jeanne, on se demande pourquoi les autres n'en ont pas !...

— C'est simple, précise Joachim. Les pignes ne poussent que sur les pins. Or les autres arbres sont des sapins !

C'est vrai : l'arbre à pignes est un pin aux longues aiguilles, les autres sont des épicéas aux aiguilles courtes. La différence leur saute désormais aux yeux.

Ils cueillent les pignes à leur portée et constatent que les branches les plus chargées se trouvent au sommet de l'arbre. Déjà David grimpe sur le tronc écailleux. Mais il a mal évalué ses forces. Il s'arrête à la première fourche, hors d'haleine.

— Descends, tu vas te casser la figure, dit Joachim. On va couper l'arbre !

Couper l'arbre ! Ce serait une bonne idée, mais le tronc est énorme et ils ne disposent que de deux haches et d'une scie édentée.

— Ça prendra le temps qu'il faudra, mais on finira par y arriver. On ne va quand même pas une fois de plus abandonner de la nourriture parce qu'elle est trop haut perchée !

Joachim frappe la base du tronc avec sa hache. L'écorce vole en éclats sombres. Et la chair blanche du bois entaillé apparaît, comme un début de victoire. David s'empare de la scie.

Ils ont pu ramasser un grand sac de pignes, de quoi faire deux repas. Jeanne et Marie-Hélène marchent côte à côte. Cette amélioration momentanée de leur ordinaire est leur victoire commune.

Joachim et David s'obstinent toute la journée sur l'arbre dont ils ont profondément entaillé le tronc, mais le pin encore solide sur son unique pied refuse de se coucher.

— Quel âge il peut bien avoir ? demande David qui n'en peut plus.

— On va le savoir. Il suffit de compter les rayures sur le tronc. Une par année.

La nuit tombe. Ils doivent remonter, car le froid s'intensifie dès que l'ombre monte de la vallée. Ils se sont attaqués à une tâche démesurée pour leurs petits moyens, mais la mener au bout, renverser ce monument de la nature est une manière pour eux de vaincre l'adversité, de rester du côté des hommes.

Ils mangent leur ration de pignons et s'endorment, fourbus.

Quarante-sixième jour

Malgré les douleurs dans leurs membres, leur dos vermoulu, Joachim et David repartent au travail.

— On va venir vous aider ! dit Jeanne, qui commence à croire à la réussite de leur tentative.

Tous s'y mettent, à tour de rôle. Joachim ne peut s'empêcher de donner des ordres, d'expliquer comment tenir la hache et actionner la scie pour éviter qu'elle ne se coince dans le bois.

— Elle ne coupe plus, mais on n'a aucun moyen pour l'aiguiser ! déplore enfin le garçon, dont la joue droite a viré au noir marbré de rouge.

Les heures passent. Le soleil descend de nouveau sur les crêtes. Les bûcherons travaillent avec moins d'entrain. L'entaille est profonde et pourtant l'arbre reste debout. Un vent léger chante sur les hautes branches qui se balancent. Le géant blessé refuse de se soumettre.

— On n'y arrivera jamais ! se décourage David.

Ils remontent à la grotte en emportant des branches coupées sur les petits sapins qui poussent entre les grands arbres. Ce soir, ils devront se contenter des lichens bouillis. Ils s'assoient autour du feu que Marie-Hélène ravive. L'approvisionnement en bois leur demande de tels efforts qu'ils ont appris à l'économiser en couvrant les braises de cendres, ce qui leur permet aussi de relâcher leur surveillance.

Exténué, Joachim ne veut pas perdre espoir :

— Les secours sont arrivés au passage. Matthieu et Christophe les ont rejoints. Ils seront là dans deux jours.

— Faut espérer que tu as raison ! conclut Marie-Hélène.

dans la montagne

Ils perdent beaucoup de temps à chercher le refuge où Christophe et Jeanne ont passé deux jours. Le vent qui semblait si bien accroché au nord tourne à l'ouest et se renforce au fil des heures. Des rideaux de neige s'opposent à leur progression. Ils avancent au hasard, le refuge a disparu.

— Mon grand-père m'a toujours dit : « L'hiver, la montagne change tout le temps. Si tu veux retrouver ton chemin, repère-toi avec ce qui ne change jamais, les sommets, et ne les perds pas de vue », déclare Christophe.

— Et alors ?

— Alors, quand on est partis du refuge, j'ai tout de suite pensé à regarder les sommets, mais j'arrive plus à me souvenir exactement !

Ils redoutent surtout de glisser ; la peur d'être emportés par une coulée jusqu'au précipice, de s'écraser sur les rochers du fond, retient leurs pas. Ils tâtent le terrain, évitent les zones dangereuses, rebroussent chemin. Christophe ne sait plus s'ils sont dans la bonne direction.

Matthieu se sent toujours aussi mal. Des frissons parcourent son corps, des tremblements gelés secouent sa poitrine. Ses jambes le font souffrir ; il doit fournir un effort toujours plus important pour suivre son compagnon.

— Qu'est-ce que tu as ? demande Christophe.

— Je sais pas ! Un coup de froid. C'est rien, on continue.

Ils finissent par trouver un auvent rocheux, ils en dégagent la neige et s'y blottissent, l'un près de l'autre, formant un seul corps chaud face à l'immensité gelée sur laquelle flotte une nuit légère. Les armes posées sur leurs genoux, recroquevillés pour ne laisser aucune prise au froid, ils se forcent à manger du râble de lièvre cru. Christophe mord dans la viande dure, simulant un bel appétit. Matthieu ne parvient pas à avaler une seule bouchée.

— J'ai pas faim, se résigne-t-il.

Christophe pose sa paume sur le front brûlant de Matthieu.

— Tu as de la fièvre, constate-t-il.

Le silence de l'hiver, immense, monstrueux, règne sur le monde qu'il cache, le domine, lui impose son indifférence minérale. Il bourdonne aux oreilles des deux garçons, invente des bruits qui n'existent pas, des mirages.

Ils voudraient se laisser engloutir dans la fluidité du temps et ne reprendre conscience qu'au jour, au moment de se remettre en marche, mais la peur les tient en alerte.

— Dans l'état de faiblesse où tu es, tu dois te forcer à manger.

— Je ne peux pas. J'ai l'impression de me retourner comme un gant.

Christophe ne répond pas. Ils se sont placés en bordure du canyon qu'ils ne doivent pas perdre de vue sous peine d'errer pendant des jours sur des pentes où tout se ressemble. Matthieu frissonne et claque des dents.

— Dis, tu ne vas pas être malade ? s'inquiète Christophe.

— Penses-tu. C'est un coup de fatigue. Demain, ça ira mieux.

Ils finissent par s'assoupir jusqu'à ce qu'un cri strident les réveille.

— C'est le vent qui se brise sur une crête. Qu'est-ce que tu veux que ce soit ? dit Christophe, qui sent toujours Matthieu grelotter près de lui.

Ils se taisent. Au bout d'un long silence, Christophe murmure :

— Maintenant, on n'a pas le choix. On est obligés de repérer le passage. Ce que je ne comprends pas, c'est qu'on ne trouve pas ce maudit refuge. Il devrait être là !

— Il est peut-être sous une avalanche !

— C'est possible, mais franchement on n'a pas de pot !

Le cri recommence. Tout près d'eux. Les yeux grands ouverts, ils tendent l'oreille, attentifs au moindre crissement. Christophe tient sa carabine dressée devant lui, prêt à faire feu. Matthieu serre les dents. Tout à coup, il sursaute.

— Là, à côté !

Il a entendu comme des pas qui tasseraient la neige. Et puis cette impression de frôlement, comme si quelqu'un venait de passer près de lui.

— Qu'est-ce que c'est ?

— Je ne sais pas ! répond Christophe, la gorge sèche. Mon grand-père, qui connaît bien la haute montagne, m'a dit que quand tu as très froid, tu es comme soûl et que tu entends des tas de choses qui n'existent pas.

Ils se tassent dans la petite cavité, contractent leurs muscles, bougent les jambes et les bras, se forcent à penser à des moments heureux de leur vie, mais leurs oreilles aux aguets continuent d'entendre ou de fabriquer des bruits menaçants.

Les heures défilent. Le ciel s'est dégagé ; une multitude d'étoiles scintillent. Blottis dans leur abri, protégés par la neige entassée autour d'eux, les deux garçons n'ont pas froid. Matthieu semble dormir. Christophe, rassuré par le poids de son arme contre lui, ferme les yeux.

Quarante-septième jour

En sortant de la grotte, Joachim constate que le temps change. Le soleil est moins franc ; le vent hurle sur les hauteurs. Le garçon comprend qu'il leur faut se dépêcher d'abattre le pin avant la tempête. Il se rend au bosquet et frappe de nouveau l'entaille blanche avec le fer de la hache, creuse la saignée de plus en plus profonde.

— Ce qui m'étonne, dit-il en cédant la hache à Jeanne, c'est que le tronc est presque entièrement coupé et que ce maudit pin est toujours debout.

— Il n'a pas envie de mourir ! dit Judith.

Tout à coup, un craquement puissant fait reculer les enfants. Là-haut, la tête de l'arbre bouge lentement, semble hésiter, puis part dans le sens de la pente et prend de la vitesse.

— Poussez-vous ! hurle Joachim en courant.

Le tronc craque, emporté par son propre poids, se fend. L'arbre s'abat avec un bruit de tonnerre et de branches brisées, soulevant une explosion de neige. Puis le calme revient, celui du vent, des pierres. Joachim regarde Jeanne qui tient toujours la hache, et ne sait pas s'il doit rire ou pleurer. Il a le sentiment d'avoir commis une bêtise qui le dépasse.

— Tout de même, un arbre si grand, si vieux…

— Il ne verra plus le printemps, ajoute Jeanne en s'asseyant à côté du tronc.

— En attendant, on va manger, réplique David, qui cueille déjà les pommes de pin.

Marie-Hélène s'approche de Jeanne, un sourire radieux aux lèvres.

— Mes règles, lui glisse-t-elle, ça y est !

— Tu vois bien que ça ne valait pas le coup de te tracasser, répond Jeanne sur un ton bourru.

Quand Christophe se réveille, le jour blanchit le ciel. Il se redresse, conscient qu'être vivant au retour de la lumière est une première victoire. Matthieu claque des dents. Son visage est blême, ses yeux brillent d'une fièvre intense.

— Tu ne vas pas mieux ?

— Je crois bien que je suis malade pour de bon.

Ils sortent de leur abri, les membres raides. La neige ne tombe plus ; la brume flotte à un mètre du sol. Ils se trouvent au milieu d'une pente. Marcher vers le sommet leur semble le plus logique, mais ils savent aussi que les forces vont bientôt leur manquer. Tout à coup, Christophe a une inspiration.

— On a paniqué pour rien ! Regarde, le pic qui est devant nous ne te rappelle rien ?

— Ouais, ça peut ressembler à un bec de perroquet, mais aussi au bec d'un autre oiseau.

— L'avalanche n'a pas tout recouvert ! Il y a d'autres becs de perroquet, plus loin, là où le canyon s'arrête. Et c'est là que se trouve le passage.

Courageusement, ils partent vers le bout de la dénivellation qui remonte en pente douce. Matthieu a l'impression de marcher sur des plumes. Son corps est parcouru de frissons, il ne sent plus ses mains et ses pieds. Seul son cœur remplit sa poitrine de battements désordonnés.

— La montagne nous tient comme de lourds insectes au fond d'un verre ! dit Christophe. Tu t'accroches aux bords avant de glisser de nouveau.

Ils puisent en eux leurs dernières forces, oublient le froid qui rampe sous leurs vêtements et affrontent la côte dressée comme un mur pour leurs jambes épuisées. La neige dure résiste bien sous leurs pieds, mais très vite ils doivent déclarer forfait.

— Puisqu'on ne peut pas remonter, on va essayer de descendre. Regarde, il y a un passage ici.

Matthieu fournit un effort surhumain pour suivre Christophe. Soudain, sa vue se brouille, il trébuche, roule dans la pente.

— C'est rien, j'ai glissé.

— Il faut bien se dire que c'est notre dernière chance, insiste Christophe.

Il aide Matthieu à se relever. Le vent s'est calmé. La fatigue, l'épuisement déforment leur vue.

— C'est curieux, je n'ai plus faim, mais je meurs de soif !

— Mange de la neige...

— Je peux plus ! Ça me tourne l'estomac, et cette neige qui gèle la bouche fait si peu d'eau !

Ils reprennent leur marche, la ponctuent de pauses de plus en plus longues, jusqu'à ce qu'ils ne puissent plus avancer. Ils ont le réflexe de creuser un nid, de se serrer l'un près de l'autre, mais leur esprit est déjà ailleurs. Ils voguent, silencieux, dans un monde d'images insolites et nouvelles. Ils ne parlent plus.

Leur respiration s'est accélérée comme s'ils avaient couru. Tout au fond de leur être, une voix stridente leur crie que la douce torpeur qui les envahit va les tuer, qu'ils doivent se lever, bouger, même si cela leur fait très mal.

— Si on pouvait faire du feu...

— C'est facile à dire, mais il n'y a pas de bois !

Ils s'assoupissent. Malgré le froid intense, Matthieu sue abondamment.

— Christophe, tu m'entends ?

— Qu'est-ce que tu veux ?

— Il faut que je te dise, bredouille le malade, quand je suis venu ici, j'avais une grande admiration pour mon père. Maintenant, je me demande quel homme c'est...

— Laisse ça !

Matthieu ferme les yeux. Un léger sourire allonge ses lèvres.

— Merde, les armes ! se souvient brusquement Christophe.

Il les a laissées sur la neige quand il a aidé Matthieu à se relever.

— Je vais les chercher.

Il marche, semblable à un jouet dont le ressort est détendu. Il marche en ne pensant qu'à ce qu'il fait : lever un pied, le poser devant l'autre, s'y appuyer et lever le suivant. Les armes sont lourdes, mais Christophe ne peut se résoudre à en abandonner une. Il rejoint Matthieu qu'il trouve debout, un miracle.

— Je vais mieux ! Je me suis reposé un peu et je me sens en forme.

— Alors, on y va, dit Christophe. Le passage est devant nous. Quelque part au milieu des becs de perroquet.

Ils repartent.

Pas pour longtemps.

Au bout de quelques pas, Matthieu s'effondre. L'illusion a été de courte durée. Le malade délire, parle d'une montagne inconnue, puis d'une île entourée de mer aussi bleue que le ciel.

— Matthieu, tu vas cesser de dire des conneries ! hurle Christophe en le secouant.

Il veut le soulever, mais ses propres forces le trahissent. Vaincu, il s'assoit. Le vent s'est de nouveau levé.

— On est mal !

À bout, Christophe creuse la neige pour passer la nuit.

— Comme des bêtes, nous sommes comme des bêtes ! maugrée-t-il avant de sombrer dans un sommeil lourd.

Quarante-huitième jour

Quand il reprend conscience, la lune se cache derrière les montagnes. Le soleil va bientôt se lever, l'aube blanchit les crêtes. Comment ont-ils pu dormir si longtemps et rester vivants ? Matthieu délire toujours. Christophe hésite à plaquer de la neige sur son front brûlant. Ses articulations craquent comme du vieux bois.

— Ma mère me passe tout, murmure le malade. J'ai deux sœurs et un frère plus âgés que moi. Je suis le petit dernier et ma mère ne supporte pas de me voir pleurer... Selon mon père, je suis le plus apte à lui succéder. Je me suis toujours demandé pourquoi mon frère aîné était parti travailler chez un concurrent. Je crois que j'ai compris.

— Arrête de déconner, éclate Christophe en regardant la montagne. On va continuer, le passage ne doit plus se trouver très loin.

Il se force à avaler quelques morceaux de viande gelée qui craquent sous la dent. C'est terriblement mauvais, mais indispensable. Il en coupe des petits cubes pour Matthieu, qui refuse.

— Tu dois manger !

Le soleil s'est levé. Les sommets semblent proches les uns des autres derrière un ciel clair qui ne tarde pas à s'assombrir. Matthieu fait la grimace et crache le cube de viande crue.

— Magne-toi ! Il faut partir tout de suite.

Christophe soulève le malade par le bras pour l'obliger à se mettre debout. Matthieu ne tient plus sur ses jambes.

— Mais, putain, fais un effort ! Quelle nouille !

Matthieu ne peut pas. Les forces ont déserté son corps devenu insensible.

— Pars, dit-il. Laisse-moi ici. Je vais dormir encore un peu, après ça ira mieux. Si tu trouves le passage, descends chercher du secours !

— Mais tu vas crever ! hurle Christophe. Tu ne sens pas le froid ? Et puis le mauvais temps revient. Tu es encore plus con que je ne croyais !

Dans un effort considérable, Matthieu réussit à se mettre sur ses jambes. Christophe l'aide à faire un pas, ils trébuchent et tombent.

— Va seul, je te dis, insiste Matthieu. Je vais me reposer un peu, ensuite, je te rejoindrai.

— Tu te rends compte de ce que tu dis ?

Christophe ouvre le sac à dos que Matthieu a emporté, prend la corde. Il attache le malade sous les bras autour de la poitrine.

— Qu'est-ce que tu fais ? Tu vois bien que tu m'étouffes !

— Cesse de rouspéter.

Quand Matthieu est solidement attaché, Christophe prend l'autre bout de la corde et tire comme un mulet devant la charrue. La neige est dure et glissante, l'effort pour déplacer Matthieu n'est pas très important.

— Quand je pense que je suis en train de me sacrifier pour un Juif ! Ce doit être une tare de famille ! plaisante-t-il.

Il s'arc-boute dans la petite côte qui conduit à une sorte de détroit entre deux pitons rocheux, franchit le passage qu'il croit reconnaître. Derrière, une nouvelle côte, plus difficile, l'attend, avec, au bout, une sorte de plateau en bordure du canyon. Il sait où il est.

— Qu'est-ce que je suis tarte, dit-il à haute voix. J'aurais pu chercher le refuge pendant longtemps ! Il est de l'autre côté. Ici, tout se ressemble !

Christophe grimpe la côte. La corde scie son épaule droite ; il plante la pointe de ses pieds dans la neige mais, bientôt, ses forces le trahissent. Il s'arrête. Le vent s'est levé ; des nuages inquiètent le jeune homme.

— On n'y arrivera jamais !

Il lâche la corde. Matthieu, la tête sur la neige, insensible au froid, ferme les yeux. « On va crever tous les deux ! » pense Christophe en s'asseyant à côté du malade toujours inerte. À sa place, que ferait Matthieu ? N'est-ce pas idiot de se sacrifier pour lui ? de mourir là alors qu'il a la possibilité de se sauver ?

— Allez, tu vas te réveiller ! Il faut te mettre à l'abri, la tempête va arriver.

Matthieu ouvre les yeux et regarde autour de lui comme s'il revenait de très loin.

— J'ai froid !

— Et qu'est-ce que j'y peux que tu aies froid ?

— J'ai soif !

— Zut !

Christophe mesure son impuissance. L'envie de fuir occupe son esprit. Courir très loin, ne plus voir, ne plus entendre ce garçon de son âge qui va mourir parce qu'il est malade ! Alors, dans un geste rapide, il détache la corde et la place dans la musette.

— Qu'est-ce que tu fais ? s'inquiète tout à coup Matthieu en levant la tête. Tu vas pas me laisser ?

Surtout ne pas répondre, ne pas tenter de justifier ce qui s'impose et lui semble très mal. Il endosse la musette et s'enfuit, sourd aux appels du malade. Il grimpe la côte, arrive au sommet et constate que l'horizon est dégagé, qu'il n'y aura pas de tempête. En face de lui, le canyon se resserre jusqu'à une paroi abrupte entre une série de petits pics incurvés et larges à la base comme des becs de perroquet. Le passage est là, devant lui, mais, comme la première fois, il mesure le risque de se lancer au hasard au-dessus du vide.

« Réfléchissons. » Il s'approche sur une sorte de terrasse qui domine les différents pics. « Il faudrait un miracle pour le trouver. » Pourquoi pense-t-il, à cet instant, à sa mère qui le frappait lorsqu'il disait une grossièreté ? Alice est une femme de forte corpulence, peu délicate. Lingère dans une maison bourgeoise de Lyon, après son mariage avec l'ouvrier imprimeur devenu patron, elle s'est prise pour une personne distinguée, reniant ses anciennes amies et cherchant à fréquenter la bonne bourgeoisie. « Quoi qu'on fasse, on ne peut pas effacer ses origines, se dit Christophe. Moi, je suis grossier, hâbleur, je suis lâche aussi, je ne peux rien y changer ! »

Des corbeaux tournoient entre les pics et se posent tous au même endroit, formant une tache sombre sur la neige. Ils picorent probablement une petite charogne morte là où le canyon semble s'arrêter. Serait-ce un bouquetin qui est tombé là en voulant passer de l'autre côté ? Non, les bouquetins ne se trompent pas. Ce sont les loups qui ont laissé là cette carcasse que les oiseaux nettoient.

Et Matthieu ?

Christophe ne peut rien tenter tant sa mauvaise conscience obstrue son esprit, gêne sa réflexion, brouille sa vue. Il fait demi-tour jusqu'à la tache sombre, visible de loin, au-dessus de laquelle tournent déjà les corbeaux. Le soir tombe, le vent s'est de nouveau levé.

Christophe s'approche et constate avec soulagement que Matthieu respire. Il le secoue.

— Pourquoi tu me réveilles ?

— Debout ! T'es en train de crever !

— Mais non. J'ai chaud. Je suis guéri !

Dans un geste désinvolte, Matthieu enlève ses gants. Christophe touche ses mains glacées, ses bras déjà raides de froid.

— Reprends tes gants et remue-toi ! Le froid est en train de te tuer.

Matthieu éclate d'un grand rire qui sonne sinistrement dans le silence de la montagne.

— J'ai trouvé le passage, ment Christophe. Allez, viens !

— Fous-moi la paix ! Tu vois bien que je suis guéri et qu'il ne fait plus froid. On a le temps !

Exaspéré, Christophe frappe Matthieu d'un coup de pied dans l'estomac. Le malade pousse un cri, mais recouvre ses esprits.

— Qu'est-ce qui te prend ?

— Debout, merde !

Matthieu se redresse lentement. Christophe l'attache avec la corde.

— On y va !

Ils commencent l'ascension. Christophe tire son camarade qui titube, tombe sur les genoux, se relève lentement.

— Mais tu vas faire un effort !

Christophe s'agrippe des pieds et des mains à la neige gelée. Il rampe plus qu'il ne marche sans jamais quitter des yeux le sommet de la pente, but ultime de son acharnement animal. Ils y arrivent enfin quand des hurlements les arrêtent. Christophe arme sa carabine.

— Les loups, murmure-t-il.

Couché sur la neige, Matthieu grelotte de nouveau et respire difficilement. L'exercice lui a redonné un peu de lucidité.

— Je vais crever, dit-il.

— Crève et m'emmerde plus !

Les hurlements se rapprochent. Christophe, l'arme pointée, attend les fauves qui débouchent sur la crête. Ils sont trois en train de courser un bouquetin. L'animal, un vieux mâle aux cornes recourbées, court vers le cul-de-sac, ce qui surprend Christophe.

— Il sait ce qu'il fait, se dit le jeune homme, mais tout de même…

Sans hésiter, le bouquetin se faufile entre les becs de perroquet, marche sur une corniche invisible et arrive de l'autre côté. Les loups s'arrêtent en bordure du vide. Christophe tire en l'air pour les apeurer.

— Cette fois, je crois que j'ai compris.

Il tourne un regard rayonnant vers Matthieu.

— Qu'est-ce que tu veux dire ? demande ce dernier en claquant des dents. Tu as tiré en l'air, pourquoi tu n'as pas fait un carton sur un loup ? Ça te ressemble pas, ça !

Christophe arme de nouveau sa carabine.

— Ils nous ont sauvé la vie !

— Ah bon ? Et pourquoi ?

— Tu verras.

Réfléchir avant de faire n'importe quoi.

La lumière faiblit. Christophe juge que ce n'est pas le bon moment pour tenter de passer. Il trouve une corniche à proximité, forme un mur de neige pour arrêter le vent, installe le malade et se terre près de lui.

La nuit est très sombre. Christophe pense au bouquetin qui a sauté sur le rebord de la corniche. À mesure que les heures passent, il se demande si ce n'est pas un piège. Ce que peut faire un bouquetin n'est pas à la portée d'un homme : là où les minuscules sabots acérés ont pu trouver appui, ses pieds vont glisser. Si les loups n'ont pas poursuivi leur proie, c'est qu'ils redoutent eux aussi d'être précipités dans le vide. Et pourtant, les contrebandiers réussissent à passer ! Matthieu ne cesse de délirer, d'appeler sa mère et une autre femme. Quand il ouvre les yeux, c'est pour se plaindre de la soif et du froid. Christophe lui glisse de la neige entre les lèvres, mais le malade la recrache. Puis, au petit matin, il recommence à suer, à dire qu'il a trop chaud. Christophe a toutes les peines du monde à l'empêcher de se déshabiller.

— Je te jure, dit Christophe, que si on sort vivants d'ici, je ne veux plus jamais te voir.

Quarante-neuvième jour

Bien avant le lever du soleil, la clarté du ciel et de la neige permet de se diriger. Christophe, de plus en plus perplexe, laisse Matthieu à ses délires et se dirige vers l'endroit où les loups ont cessé leur poursuite. À sa droite, les becs de perroquet forment un dédale difficile d'accès. Devant lui, le canyon, profond d'une centaine de mètres, vient buter contre une paroi dressée comme un mur. C'est là qu'il est le moins large, moins de dix mètres, pense le jeune homme. Il voit nettement, taillée dans cette paroi, la petite cassure d'une dizaine de centimètres qui a permis au bouquetin poursuivi de prendre appui pour sauter de l'autre côté. « Ce qu'un animal peut faire, un homme doit pouvoir le faire aussi », ressasse-t-il pour se persuader.

« Je vais m'attacher à la corde que je fixerai ici, sur ce bec de perroquet. Si je glisse, elle me retiendra. »

Il retourne chercher Matthieu, qui a recouvré ses esprits.

— Je vais mieux ! dit le jeune homme en se mettant sur ses jambes. Cette fois, je crois que je suis guéri.

— Non, tu n'es pas guéri, mais si tu as assez de forces pour passer de l'autre côté, on est sauvés.

Tout en parlant, Christophe a fixé la corde autour d'un piton et éprouve la solidité de son nœud.

— Tu vas m'attendre ici. Je vais tenter de passer, dit-il sans quitter des yeux le fond du canyon. Quand je serai de l'autre côté, tu détacheras la corde du rocher et tu t'attacheras pour passer à ton tour.

Christophe s'approche en estimant du bout de la carabine la solidité de la neige gelée, peu épaisse dans cette partie abritée du vent. Le passage, terriblement étroit, est en partie masqué. Le jeune homme s'y engage en serrant les dents. Les yeux fermés, la joue collée à la paroi gelée, il progresse lentement, en concentrant ses pensées sur ses pieds qui cherchent une prise sûre. Le cœur battant, il retient sa respiration, qui pourrait le déséquilibrer.

Là où le bouquetin a sauté de l'autre côté, la place est un peu plus large. Le jeune homme fait une halte pour souffler. La peur durcit ses muscles. Le froid le pousse à accomplir des gestes saccadés, extrêmement dangereux. Il reprend sa lente progression en faisant glisser la pointe de son pied gauche sur le rebord. Quelques mètres plus loin, le passage s'élargit enfin pour devenir un véritable sentier : le voilà de l'autre côté. Il pousse un cri de victoire qui le libère d'une tension insoutenable.

— On est sauvés ! hurle-t-il. Maintenant, on n'a qu'à descendre jusqu'à la vallée.

Christophe s'éloigne dans la neige dure, puis revient sur ses pas et crie à Matthieu :

— À toi, maintenant, tu vas t'attacher solidement à la corde. Fais attention, si ton nœud lâche, tu tombes dans le vide. Et surtout, écoute bien ce que je dis.

Matthieu claque des dents : la terreur du vide le paralyse. Pourtant, il ne peut pas reculer. Pendant que Christophe, de son côté, fixe la corde à un rocher, il l'enroule autour de sa taille. Rassemblant tout son courage, il s'approche de la paroi, avance lentement vers la minuscule crête.

— Sois prudent, conseille Christophe. On est presque au bout de nos peines.

— Je peux plus, j'ai le vertige !

— Oublie-le, ne regarde pas en bas et tout se passera bien.

Mais Matthieu n'entend plus son camarade. La voix qui lui parle se déforme, devient un charabia incompréhensible. La tête lui tourne, le vide l'aspire. Tout à coup, son pied dérape, il pousse un cri, tombe en chute libre.

— Merde ! hurle Christophe.

Au bout de la corde, le jeune homme gesticule en appelant au secours. Christophe laisse éclater sa colère :

— Franchement, t'es nul ! Au lieu de faire tout ce raffut, accroche-toi et remonte en vitesse. Tu vas geler au bout de ta corde.

En bas, Matthieu tente de se redresser. Il s'est attaché à la taille et se retrouve la tête en bas.

— Magne-toi.

Enfin, après un effort considérable, Matthieu réussit à agripper la corde et à se rétablir. Il tire sur ses bras, réussit à monter de quelques centimètres, puis lâche prise.

— Je peux pas ! hurle-t-il, vaincu. Ça tourne.

— Alors, qu'est-ce qu'on fait ?

Christophe s'agrippe à la corde enfoncée dans la neige, tire de toutes ses forces, serre les dents, s'arc-boute. Il n'écoute pas les douleurs de ses membres, ses reins en feu, et il réussit à remonter son camarade de un mètre. Il se reprend, les yeux fermés, en ne pensant qu'à son effort. Il gagne encore quelques centimètres, mais ses forces s'épuisent. Le cœur battant à se rompre, il réussit à garder ce qu'il a gagné. Cela dure ainsi longtemps, jusqu'à ce que ses bras aussi raides que du bois craquent, cèdent d'un coup. La corde glisse dans ses mains contractées, entaille la paume. Un hurlement monte des profondeurs, un autre lui répond. Christophe s'affale sur le bord de la faille.

— Mais qu'est-ce qu'on est cons ! sanglote le garçon.

Il reste ainsi un long moment avant de prendre conscience qu'il condamne Matthieu en restant là au bord de ce maudit passage. Les pensées défilent très vite dans sa tête. Il s'est battu contre le vide, il doit maintenant se battre contre le temps.

— Je reviens ! hurle-t-il. N'arrête pas de bouger, sinon le froid va te figer.

Il court dans la pente. Le gel pique ses pieds et ses doigts, mais il ne le sent pas. Il tombe, roule avec l'avalanche, se relève et poursuit sa descente vers la vallée. Lui qui n'a presque pas mangé depuis deux jours, lui qui la veille n'arrivait pas à mettre un pied devant l'autre court à pleines jambes.

— Faites que j'arrive assez tôt, geint-il sans savoir où il va, ni à qui il s'adresse.

Devant lui, la brume cache la vallée. La neige est maintenant moins épaisse. Il contourne un bosquet, s'enfonce dans des congères d'où il sort en battant des bras. Et cela dure longtemps. Ce n'est plus le Christophe à bout de forces qui dévale les pentes, c'est un revenant qui mobilise ses ultimes ressources pour sauver son camarade.

Quand il arrive à une route déneigée où se dessinent des traces de pneus, il pousse un cri de triomphe. Cette fois, les hommes ne sont pas loin. Cette certitude le vide de sa dernière énergie. Il glisse, tombe de tout son long et ne bouge plus.

Cinquantième jour

Ils se tassent près du feu que les deux jeunes filles ont réussi à conserver. Ils n'osent plus sortir.

Ils ne luttent plus. Ils ont fini les pignes du pin abattu dont ils font brûler les petites branches, car ils n'ont plus la force de scier le tronc; la récolte du lichen est de plus en plus difficile sous un mètre de neige. L'issue est proche; l'espoir et la peur réunis engendrent des mirages.

La nuit dernière, Jeanne a aperçu des lumières en bas du bosquet; redoutant les Allemands, elle n'a pas eu le courage d'aller voir ce que c'était. Au matin, Judith s'est mise à hurler. Le diable était dans la grotte et la menaçait de sa fourche. Marie-Hélène l'a bercée dans ses bras; la petite fille s'est réveillée en sanglots et a mis un long moment avant de réaliser qu'elle était en sécurité.

Cet après-midi, des avions traversent le ciel, emplissant la montagne de leur tintamarre assourdissant. Et ce soir, David revient du bosquet en courant.

— J'ai vu quelqu'un qui regardait vers ici ! s'écrie-t-il affolé.

Jeanne va chercher le fusil qui leur reste et ouvre une boîte de munitions.

— Avec ça, on peut se défendre.

— J'ai peur ! pleurniche Judith.

Marie-Hélène comprend qu'ils sont en train de devenir fous et mesure alors l'importance des gestes quotidiens, des habitudes qui permettent de garder les idées en place.

— Il faut aller chercher du bois, sinon, le feu va s'éteindre et on aura très froid. Et puis, il faut trouver des lichens pour manger ce soir.

Ces contraintes les ramènent à la réalité. Tremblants, ils descendent tous ensemble jusqu'au bosquet. Jeanne passe la première en tenant l'arme prête à tirer. Ils coupent rapidement plusieurs brassées de branches. En fouillant la neige pour débusquer des lichens de plus en plus rares, Joachim déterre des touffes d'herbe.

— L'herbe peut se manger, dit-il en pensant à la mésaventure des glands. Peut-être que mélangée aux lichens, ça sera bon...

Tout à coup, il se redresse, appelle les autres :

— Là-bas...

Il recule jusqu'à un tronc d'arbre derrière lequel il se dissimule. Jeanne s'approche, le canon du fusil pointé dans la direction indiquée par le garçon.

— J'ai vu quelqu'un qui se cachait !

Ils remontent à la grotte en courant, oubliant sur place leur provision de bois. Le feu est en train de s'éteindre.

— Qu'est-ce que tu as vu ? demande alors Marie-Hélène, qui comprend que la panique est pire que tout le reste.

— J'ai vu comme quelque chose qui se cachait.

— Moi aussi, je l'ai vu ! ajoute David en tendant ses mains aux tisons qui palpitent sur les cendres.

Marie-Hélène et Jeanne échangent un regard entendu.

— Vous allez rester ici, on va chercher du bois toutes les deux, dit Jeanne, qui tient toujours le fusil.

Elles partent dans le sentier creusé dans la neige. Au bosquet, Marie-Hélène rassemble rapidement un fagot de branches qu'elle charge sur son dos. Jeanne, le canon pointé devant elle, marche dans la direction indiquée par Joachim et ne constate rien de particulier.

— Ça ne veut rien dire, conclut-elle.

Les branches de sapin crépitent au feu, un bruit qui les rassure.

— On a une arme et des munitions, dit Jeanne. Si les Allemands s'approchent, on pourra les canarder au moment où ils ne s'y attendront pas ! On n'a plus rien à perdre !

— Il faudra surtout viser juste et ne pas trembler, fanfaronne Joachim.

La nuit tombe lentement, les premiers flocons de neige papillonnent. Ils se pressent près du feu, boivent de la décoction d'écorce de bouleau et mangent le restant de lichens. Joachim obstrue l'entrée de la grotte avec les planches et demande à David de lui donner un coup de main pour les caler. Quand c'est fait, ils se sentent un peu plus rassurés. Judith se pelotonne contre Marie-Hélène, les autres s'assoient près du feu. Depuis que Christophe et Matthieu sont partis, ils ne s'allongent plus sur leurs vêtements étalés à même le sol, ils dorment assis, la tête posée sur les genoux.

Cinquante-troisième jour

Le feu s'est éteint pendant la nuit. Joachim retourne les cendres et ne trouve aucune braise. Ce désastre les laisse presque indifférents. Ils restent assis, repliés sur eux-mêmes, résignés. La vie s'en va lentement de leur corps sans douleur, sans provoquer le moindre sursaut. C'est l'aboutissement de leur supplice. Jeanne, qui semblait si forte, s'abandonne à la fatalité. Elle a posé le fusil à l'entrée de la grotte et évite de croiser le regard de Marie-Hélène. La pensée de Christophe ne la quitte pas. Pourquoi n'est-il pas revenu avec les sauveteurs ? Il est donc mort, alors pourquoi vouloir vivre ?

Marie-Hélène pense aussi à Matthieu. Imaginer que le jeune homme a réussi à descendre dans la vallée et qu'il les a abandonnés lui fait terriblement mal.

— C'est une catastrophe, dit-elle à Joachim qui lui jette un bref regard et baisse de nouveau la tête.

— Cette fois, Dieu nous fait signe, murmure-t-il. On ne peut rien de plus que répondre à Son appel.

Durant cette journée morne, les heures passent, identiques, infinies, sans consistance. La brume reste accrochée à la neige. Sans montre, le temps n'a plus de sens : certains instants durent une éternité, d'autres filent à toute allure. Ils ne se parlent plus.

Et puis brusquement...

Joachim se redresse, pose une main sur son ventre qui lui fait très mal, grimace et se dirige vers la sortie. Il revient aussitôt, affolé :

— Vite, des hommes...

Jeanne et Marie-Hélène se lèvent à leur tour. Des hommes ! Christophe et Matthieu auraient-ils réussi ? Non, Joachim a sûrement eu une de ces hallucinations qui les frappent depuis quelques temps. Méfiante, Jeanne s'empare du fusil et regarde dehors. Cette fois, ce n'est pas un mirage. Une colonne de six hommes monte en file indienne. Marie-Hélène la rejoint et s'apprête à se montrer. Jeanne la retient :

— On sait pas qui c'est. Faut se méfier.

Judith s'accroche à Marie-Hélène, David rentre la tête dans les épaules et va se cacher au fond de la grotte. Joachim installe la barrière dans l'entrée. Jeanne regarde par les interstices les hommes suivre les sentiers des enfants, s'arrêter à l'arbre coupé, puis l'un d'eux, qui se trouve près des ruines de la chapelle, leur crie quelque chose dans une langue que la jeune fille identifie aussitôt :

— Des Allemands.

Elle serre le fusil dans ses mains.

— Le premier qui vient par ici, je l'abats.

Tout à coup, de puissantes détonations retentissent. L'homme qui était près des ruines pivote sur lui-même et tombe. Des cris percent le crépitement des armes. Jeanne voit les Allemands abrités derrière des rochers près de la grotte et d'autres hommes qui arrivent sur la droite. Les balles sifflent. La panique s'empare d'elle.

— Il faut se tirer ! hurle-t-elle. Ils vont nous prendre en otages !

Des cris lui répondent. David hurle, la tête cachée dans ses bras ; Judith implore Marie-Hélène de ne pas l'abandonner. Joachim se cache derrière Jeanne, qui tient toujours le fusil.

— Allez, on dégage !

Inconscients du danger, ils sortent en hurlant, se lancent dans la pente entre les belligérants. Les balles sifflent autour d'eux. Marie-Hélène tire la main de Judith, qui n'a plus la force de courir. Jeanne jette son arme qui la gêne pour courir et se laisse emporter par la pente.

Pour les protéger, des maquis sortent à découvert et courent en direction des enfants, tandis que d'autres tirent abondamment pour les couvrir.

— Qu'est-ce que vous foutez là ? hurle l'un d'eux.

Les enfants n'entendent pas. Les coups de feu claquent. Un Allemand, touché, tombe en hurlant. Les autres comprennent qu'ils sont pris à revers par un tireur isolé qui a réussi à passer derrière le hangar. Le désordre est total dans cet endroit habituellement voué au silence des pierres.

— J'ai oublié mon violon !

Joachim s'arrête, hésite, puis fait demi-tour, passe à côté de tireurs couchés dans la neige.

— Qu'est-ce que tu fais ?

— Mon violon !

— Laisse ton violon, tu vas te faire tuer !

— C'est impossible.

Joachim court à la grotte et en ressort presque aussitôt avec sa boîte sous le bras. Une balle siffle, la boîte vole en éclats. Le violon brisé tombe à ses pieds. Inconscient du danger, Joachim s'arrête et ramasse méticuleusement les morceaux épars.

— Mais tu vas foutre le camp ! hurle quelqu'un.

— C'est tout ce qui me reste ! répond le garçon en continuant de ramasser les morceaux de bois verni.

Marie-Hélène trébuche et entraîne Judith dans sa chute. Deux hommes sortent de leur abri de neige pour les secourir. David, en boule sur la neige, ne bouge plus. Sa sœur le voit et se met à hurler. Un des hommes récupère le gamin paralysé de peur, mais indemne.

Le tireur qui s'est caché derrière le hangar harcèle toujours les Allemands, dont deux, blessés à mort, râlent à l'entrée de la grotte. Les autres comprennent que la partie est perdue pour eux et s'enfuient. Le tireur sort à découvert pour les poursuivre. En le reconnaissant, Jeanne s'arrête, ignorant les maquis qui lui ordonnent de se coucher. Tout à coup, le tireur pousse un cri, lâche son arme et tombe à la renverse.

Jeanne court, insensible aux coups de feu que les fugitifs tirent pour se protéger.

— Arrête-toi ! hurle le maquis, qui force Joachim à se mettre à l'abri. Tu vas te faire tuer !

— M'en fous !

Elle remonte jusqu'au garçon inerte, s'agenouille près de lui. La neige se teinte de rouge.

— Christophe !

Ce cri ranime le blessé qui ouvre les yeux, grimace.

— J'ai mal ! murmure-t-il.

— Il faut que tu vives, tu entends ! crie la jeune fille.

Ses yeux se ferment, sa poitrine se gonfle puis se vide dans un râle.

— Christophe ! s'écrie encore Jeanne en éclatant en sanglots.

Elle se laisse tomber sur lui en serrant la tête blonde contre sa poitrine.

— Je t'aime ! lui souffle-t-elle.

Les tirs se sont arrêtés : sur les six Allemands, deux ont été tués, les autres fuient.

Des maquis se dirigent vers Jeanne et Christophe.

— Ils l'ont tué ! hurle Jeanne qui refuse de se détacher de Christophe. Vous vous rendez compte ?

La jeune fille, d'ordinaire si retenue, pleure en tournant un visage grimaçant vers un jeune soldat qui prend le pouls du blessé.

— Non. Il est vivant. On va le porter dans la grotte pour le soigner. On a ce qu'il faut.

— Qu'est-ce qui s'est passé ?

Personne ne répond à cette question angoissée de Marie-Hélène, qui vient de les rejoindre. Quand elle a reconnu Christophe, elle s'est mise à trembler en jetant autour d'elle un regard plein d'angoisse.

— Et Matthieu ?

Personne ne lui répond.

David et Judith pleurent, assis devant la grotte, insensibles au froid. Ils se demandent s'ils ne vont pas mourir de fatigue à l'ultime moment, maintenant que les secours sont arrivés. Un soldat pose son blouson sur les épaules de la fillette. Un autre rassemble les tisons et allume le feu dans l'idée de les réchauffer avec une boîte de haricots blancs.

— Pas le temps, dit un troisième qui arrive en trombe. Il faut décamper vers l'Espagne. Les

Allemands vont revenir et on n'a pas les moyens de se défendre.

— Et Matthieu ? questionne encore Marie-Hélène d'une voix blanche.

— Matthieu ? demande l'homme qui nettoie la plaie à l'épaule de Christophe. De qui tu veux parler ?

Le blessé ouvre péniblement les yeux en faisant une horrible grimace.

— Il était malade. Il avait froid et chaud. Il tremblait. On est arrivés aux becs de perroquet. Il y en avait plusieurs et on ne savait pas lequel était le bon. C'est un bouquetin poursuivi par les loups qui nous a montré le chemin, mais Matthieu est tombé.

Marie-Hélène pousse un cri.

— Il était attaché, il pendait au bout de la corde, au-dessus du vide, poursuit Christophe. Et moi, j'ai rien pu faire pour le sortir, rien... Il n'avait pas assez de forces et moi non plus. Alors...

Il éclate en sanglots. Un des hommes se penche sur lui.

— Tu as été très courageux ! Cesse de te faire du mal !

Tout à coup, Marie-Hélène se précipite sur Christophe et le secoue vivement.

— Et tu as coupé la corde, c'est ça ?

— Laisse-le, il souffre beaucoup, dit le résistant en éloignant Marie-Hélène qui se débat.

— Je le connais, crie-t-elle. C'est un peureux. Il a coupé la corde !

— Non, j'ai pas coupé la corde. J'ai voulu l'aider à remonter, je le jure. Mais je pouvais pas. Alors, j'ai couru jusqu'à la vallée. Aussi vite que je le pouvais. Je suis arrivé sur une route et je suis tombé.

C'est une patrouille de maquis qui m'a ramassé. On est remontés, mais ça a pris trois bonnes heures, à cause de la neige et du vent qui s'était levé. C'était trop tard.

Marie-Hélène s'écroule dans un coin. Effaré, David sort de la grotte et voit Joachim en train de ramasser les derniers morceaux de son violon.

— Je vais t'aider, dit le gamin qui s'accroupit.

— Et puis un des maquis a appris que six SS étaient partis pour vous récupérer, poursuit Christophe. Il paraît qu'ils avaient reçu un appel radio. On a pu les rattraper, sinon les Allemands vous cueillaient et tout serait dit.

— Dépêchons, dit encore un soldat en ramassant les sacs des enfants. Il faut décamper tant qu'on le peut !

— J'ai presque fini, dit celui qui s'affaire près de Christophe. Il faut un brancard pour le transporter.

— On s'en occupe.

Jeanne ne quitte pas Christophe allongé près du feu. Sa blessure au bas de l'épaule saigne abondamment. Il grimace. Elle lui tient la main et ce contact suffit à lui donner des forces.

— C'était moins une ! dit l'homme qui vient d'extraire la balle. Tu pourras offrir un cierge à la Vierge des neiges !

Jeanne lui caresse le front d'une main dont la douceur lui fait un bien infini.

— T'en fais pas, tu vas guérir. Maintenant, je sais ce que je veux.

Il semble à la jeune fille que l'attaque des maquis et le courage de Christophe l'ont sauvée. Une porte vient de s'ouvrir. La prisonnière quitte son enfer.

La douleur donne au regard du jeune homme une profondeur inattendue, comme la marque d'une maturité conquise dans les neiges de l'Oustal.

— Pauvre Matthieu, murmure-t-il.

Il se tait, le regard dans celui de Jeanne, qui reste grave.

— Parle-moi, dit-il. Je veux t'entendre. Ça m'empêche d'avoir mal.

— Tu sais, les quatre maquis qui sont venus me chercher dans la chambre... Ils riaient. L'un d'eux s'est approché de moi et m'a regardée d'une manière qui ne me plaisait pas. Il a posé sa main sur ma poitrine et ensuite sur mes jambes. Enfin, je ne veux plus y penser.

Jeanne s'arrête, comme vaincue par le poids de ce terrible souvenir dont elle doit se libérer en l'avouant à Christophe.

— Tu comprends, maintenant...

Oui, Christophe comprend et mesure la souffrance de la jeune fille. Il tourne les yeux sur la petite figure terriblement maigre de Jeanne.

— On les retrouvera, ces salauds !

— Non, répond-elle. Aujourd'hui, c'est le premier jour du monde.

QUE SONT-ILS DEVENUS ?

Ils ont été accueillis en Espagne. Éloignés les uns des autres, ils ont réappris à vivre. À la fin de la guerre, ils sont rentrés chez eux avec ce qui leur restait de famille.

David et Judith ont eu la joie de retrouver leur mère. Judith est devenue institutrice et s'est mariée en 1959 avec Jean Bréhart, lui aussi enseignant. Ils ont eu trois filles et passent leur retraite dans le Berry. David est devenu coiffeur à Nevers. Il s'est marié en 1960. Son épouse est morte deux ans plus tard d'un cancer foudroyant. Il a élevé seul leur fille Alexandra.

Joachim a confié les morceaux de son violon à un luthier parisien qui a reconstruit l'instrument. Puis il s'est lancé dans la musique. Sa mère a cherché à le revoir. Il a refusé en se souvenant des mains pleines de cambouis de celui qui lui a donné son nom et qui était mort en déportation. Il a très vite compris que le talent lui manquait pour faire une carrière de virtuose, alors il a créé une maison de disques aux États-Unis. Désormais, il règne sur un empire médiatique constitué de radios, d'une douzaine de chaînes de télévision. Il s'est marié plusieurs fois et aime paraître en public au bras de jeunes beautés dont il conduit la carrière. Il a troqué ses épaisses lunettes pour des lentilles colorées. Ses cheveux lisses de l'Oustal ont adopté d'abord la banane à la Elvis, puis se sont assagis en une coupe qui met en valeur son visage resté maigre et étonnamment jeune. Certains journaux *people* racontent qu'il a dépensé une fortune en chirurgie esthétique.

Mais il n'a pas oublié.

À la Libération, Marie-Hélène est revenue en région parisienne. Sa mère étant morte en déportation, la jeune fille n'a pas voulu rester auprès de son père. Elle est repartie en Espagne où elle a épousé Luis Bellamonte, un producteur d'oranges. Deux filles sont nées de ce mariage.

Christophe, hospitalisé à Barcelone, s'est vite remis de sa blessure. Il a été accueilli par une famille d'agriculteurs de Burgos avec qui il ne s'est pas entendu. Il s'est enfui avec une seule pensée en tête : retrouver Jeanne et entrer dans la Résistance.

La jeune fille était placée dans un orphelinat de Pampliega tenu par des sœurs où elle s'ennuyait mortellement. Christophe a réussi à l'enlever. Ils ont repassé les Pyrénées et ont pris contact avec les résistants de Vicdessos.

Jeanne a été arrêtée en juin 1944 et envoyée dans un camp de concentration.

À la Libération, Christophe, après un bref séjour à Lyon où il a retrouvé son imprimerie en ruine, s'est installé à Poitiers. Il a activement recherché Jeanne, dont il a retrouvé la mère. Il a remué ciel et terre, passé des heures au centre d'accueil du Lutétia à Paris pour obtenir la preuve qu'elle était sortie vivante du camp de concentration.

Elle est revenue en 1945. Ils se sont mariés le 31 octobre. Une fille est née quatre années plus tard, qui s'est appelée Séverine en souvenir de la petite malade morte à l'Oustal. Ils ont monté ensemble une imprimerie.

Christophe et Jeanne ont vendu leur affaire en 2001 pour consacrer leur temps entre le Nouveau Monde et la maison qu'ils ont achetée sur l'île de Ré.

Et, chaque printemps, Joachim organise une grande fête. Partant de Foix, un hélicoptère emmène les survivants de la maison du diable pour le banquet du souvenir. Ils allument un grand feu à l'intérieur de la grotte, sur les pierres qui ont gardé les traces de leur ancien séjour. Marie-Hélène pose la marmite ébréchée sur les flammes et ils mangent en entrée des lichens cuits dans l'eau de la source. « Parce que c'est important de ne pas oublier », précise Joachim.

Ensuite, ils se rendent dans le bosquet où de petites fleurs blanches s'épanouissent au-dessus de la neige encore gelée. Le miracle du printemps.

Au retour à Vicdessos, ils vont se recueillir sur les tombes de Loïc, Jocelyne et Marcello. Tout à côté, deux autres tombes en marbre blanc ont été ajoutées en 1950, celles de Séverine et Matthieu.

Puis ils repartent chacun de leur côté, l'esprit plein de cette image sublime, la neige fleurie là où ils sont nés une seconde fois.

Achevé d'imprimer par GGP Media GmbH, Pößneck
en Juin 2010
pour le compte de France Loisirs,
Paris

N° d'éditeur: 59809
Dépôt légal: Juin 2010

Imprimé en Allemagne